KURT GEISLER
Endstation Ostsee

LEBEN AM ABGRUND Über dem Weihnachtsmarkt in der Kieler Innenstadt kappt Holger Schrock, ein Sozialfall aus dem mit negativem Ruf behafteten Stadtteil Gaarden, die Befestigungen von einigen mannshohen Weihnachtsmannfiguren aus Plastik. Anschließend springt er selbst vom Dach des Kaufhauses in den Freitod. Kommissar Hansen kann sich darauf zunächst keinen Reim machen, doch dann flieht ein junger Mann vom Unglücksort vor der Polizei über die Hörnbrücke zum Ostufer. Bei ersten Ermittlungen in der Wohnung des Toten wird schnell klar, dass die Kripo vor einer Mauer des Schweigens stehen wird, denn in diesem Stadtteil hält man zusammen.

In seiner Not wendet sich Kommissar Hansen wieder einmal an Helge Stuhr, der in dem Kieler Problembezirk Gaarden geboren wurde und die Verhältnisse dort bestens kennen muss. Der ist allerdings todunglücklich über den Auftrag. Dennoch lässt er sich überreden und rutscht tief hinein in einen Strudel von Mord, Totschlag und Drogenhandel.

Der Kieler Autor Kurt Geisler ist eingefleischter Schleswig-Holsteiner. Nach seinem Studium der deutschen, englischen und dänischen Sprache im Land zwischen den Meeren arbeitete er lange Zeit als Lehrer, bis er ins Bildungsministerium berufen wurde. Schleswig-Holstein und seine Menschen hält er nicht nur im Wort, sondern auch im Bild fest, was seinen Blickwinkel für das literarische Schaffen geprägt hat.

KURT GEISLER
Endstation Ostsee
Kriminalroman

Immer informiert

Spannung pur – mit unserem Newsletter informieren wir Sie
regelmäßig über Wissenswertes aus unserer Bücherwelt.

Gefällt mir!

Facebook: @Gmeiner.Verlag
Instagram: @gmeinerverlag
Twitter: @GmeinerVerlag

Besuchen Sie uns im Internet:
www.gmeiner-verlag.de

© 2020 – Gmeiner-Verlag GmbH
Im Ehnried 5, 88605 Meßkirch
Telefon 07575 / 2095 - 0
info@gmeiner-verlag.de
Alle Rechte vorbehalten
1. Auflage 2020

Lektorat: Claudia Senghaas, Kirchardt
Herstellung: Mirjam Hecht
Umschlaggestaltung: U.O.R.G. Lutz Eberle, Stuttgart
unter Verwendung eines Fotos von: © Wilm Ihlenfeld / shutterstock.com
Druck: CPI books GmbH, Leck
Printed in Germany
ISBN 978-3-8392-2710-7

Personen und Handlung sind frei erfunden.
Ähnlichkeiten mit lebenden oder toten Personen
sind rein zufällig und nicht beabsichtigt.

ABTANZ

Lauthals fluchte er wegen der verdammten Kälte. Der eiskalte Wind pfiff ihm unangenehm um die Ohren. Sein flatteriges, aber äußerst günstig erstandenes Weihnachtsmannkostüm war viel zu dünn, um ihm gegen die Kälteschübe irgendeinen Schutz bieten zu können. Nun gut, er würde sich erkälten, aber das war letztendlich auch egal. Der auf ihn zustiebende Schnee ließ die Kletterei auf dem glatten Untergrund trotz seiner Springerstiefel zu einer gefährlichen Schlitterpartie geraten, denn ein Geländer gab es an der Dachkante nicht.

Zweifelsohne befand sich Holger Schrock am Tiefpunkt seines Daseins: Er war blank und in seine Wohnung wollte er auch nicht mehr zurück. Aber heute würde er ein Signal für seine Kumpel setzen. Sie würden schon begreifen, dass es ihnen als Nächste an den Kragen gehen würde.

Endlich hatte er es geschafft, sich zu einem der vielen beleuchteten übermannsgroßen Plastikweihnachtsmänner vorzukämpfen, die den ganzen Advent über auf dem großen Kieler Einkaufstempel über die Weihnachtseinkäufer Wacht hielten. Verärgert musste er feststellen, dass diese Plastikfiguren mit teuflisch vielen kleinen Drähten gesichert waren. Vorsichtig lugte er die fünf Stockwerke zum Weihnachtsmarkt auf dem Holstenplatz hinunter, der trotz der ungemütlichen Witterung erstaunlich gut besucht war.

Früher, als er noch in der Stadt wohnte und die Taschen voller Geld hatte, hatte er dort ab und zu gefeiert. Damals genoss er es sehr, wenn er mit seiner Moni im Arm seinen erstaunten Freunden beim Glühwein erklärte, wie herum sich die Welt drehte.

Immerhin hatte Schrock studiert. Nur die letzte Prüfung, die hatte er nicht mehr absolviert. Schließlich wusste er genau, dass die akademische Welt einen Bastard wie ihn niemals an ihre Futtertröge heranlassen würde. Die feinen Herren hielten allesamt fest zusammen.

So musste er sich notgedrungen in einem Elektrohandel verdingen. Kein Traumjob, aber wenigstens konnte er sich mit Moni ein halbwegs feines Leben leisten. Gemeinsam schafften sie sich ihren kleinen französischen Freund an, einen Renault R5. Die vielen Ausflüge mit ihr durch die Holsteinische Schweiz waren fantastisch.

Schrock überkam Wehmut. Seine geliebte Moni. Irgendwann wollte sie ihn nicht mehr. Knall auf Fall musste er ausziehen, obwohl sie schon so lange zusammenlebten. Eine Frau wie Monika hatte er nicht wieder gefunden. Auf der Arbeit schmissen sie ihn bald raus, nur weil er öfter mal durchgefeiert hatte. Kein Wunder, dass der Laden zwei Jahre später in die Grütze ging.

Nun stand er allein auf seiner Mission fünf Stockwerke hoch über dem Kieler Weihnachtsmarkt. Und er wusste genau: Wenn man zu lange in einen Abgrund blickte, dann schaute irgendwann der Abgrund auch in einen hinein.

So nestelte er trotz seiner durchgefrorenen Finger einen kleinen Seitenschneider aus der Tasche und wandte sich den Sicherungsdrähten zu, um den ersten Weihnachtsmann abzukneifen. Knacks. Der begann sofort, unruhig an den verbliebenen Befestigungen zu tänzeln. Schnell folgten der zweite und dritte Draht, und nun zappelte die Plastikfigur nur noch an dem dünnen Kabel, welches die Beleuchtung speiste. Hasserfüllt trat Schrock mit seinen Springerstiefeln zu, und schon stob die Plastikfigur, getrieben durch den heftigen Wind, wie ein Geschoss in die Tiefe.

Schadenfroh vernahm Schrock das aufgeregte Hupkonzert auf der belebten Straßenkreuzung unter ihm, und selbst auf dem Weihnachtsmarkt schien Unruhe aufzukommen. Der Absturz der Plastikfigur war nicht unbemerkt geblieben. Er konnte sicher sein, dass die Polizei gerufen werden würde, um für Ordnung zu sorgen.

Das war allerdings nur der erste Teil seines Plans. Die Hornochsen auf dem Weihnachtsmarkt sollten heute noch ihr blaues Wunder erleben. Die Kälte war ihm jetzt scheißegal, und so machte er sich eifrig an dem nächsten Weihnachtsmann zu schaffen. Knack, knack, knack, und dann der nächste Tritt in den Hintern. So wie ihm selbst ständig der Arsch versohlt wurde.

Sein ganzes Leben war er dazu verdammt, Steine den Berg hinaufzurollen. Immer wieder trat ihn das Leben mit beiden Füßen in die Fresse. Und wenn man erst einmal blutete, dann kamen die Krokodile. All das, was er in den letzten Jahren hinter sich gebracht hatte, war nicht mehr durch Handauflegen zu heilen.

Immer stärker war in den letzten Tagen sein Entschluss gereift, nicht mehr auf Zehenspitzen zu schleichen. Bei seinem Abtanz heute würde er sich gerademachen, ein Zeichen setzen. Niemand könnte ihn von seinem Plan abhalten. Sollten die Bullen doch versuchen, ihn vom Dach zu holen. Sie würden in jedem Fall den Kürzeren ziehen.

So oder so.

DER LETZTE WEIHNACHTSMANN

An diesem Freitagabend war der Holstenplatz außergewöhnlich gut besucht. Trotz des ungemütlichen Wetters lachten die Menschen in den geschützten, mit Tannenzweigen verzierten Glühweinständen, und aus manchen Schornsteinen der vielen bunt erleuchteten Holzbuden stiegen Qualm und Rauch hoch in den kalten Winterhimmel. Die fröhliche Feierabendstimmung zum Wochenende hin schien über den gesamten Festplatz zu strömen.

Für Polizeihauptmeister Frisch in der Überwachungszentrale der Kieler Polizei war das bunte Monitorbild über den brodelnden Weihnachtsmarkt schöner anzusehen als irgendein beliebiger Adventskalender. Von der Größe her natürlich nichts gegen den Nürnberger Christkindlmarkt, obwohl Frisch dieses überschätzte Fossil nicht sonderlich mochte. Vielleicht lag es aber auch an dem feinen fränkischen Dauerregen, der seinerzeit an einem trüben Wintertag seine rote Zipfelmütze schnell durchtränkt hatte.

Mit einem stimmigen Konzept hatte sich der Kieler Weihnachtsmarkt in den letzten Jahren mit Feierzonen an verschiedenen Orten zu einem beliebten und belebten Fest in der Adventszeit entwickelt. Das tat besonders der vorweihnachtlichen Stimmung auf dem Holstenplatz gut, denn genau genommen bildete lediglich der ehrwürdige Backsteinbau der Landwirtschaftskammer einen halbwegs angemessenen Rahmen für diesen Bereich des Kieler Weihnachtsmarkts. Ansonsten war der Platz auf den beiden Stirnseiten von nüchternen Stahlbetonbauten begrenzt, dem Hotel Astor und auf der gegenüberliegenden Seite einem fünfgeschossigen Warenhauskomplex, der den Eingang zu dem Einkaufszentrum Sophienhof bildete.

Auf der gegenüberliegenden Längsseite des Holstenplatzes versperrte der langgestreckte Klinkerbau des Neuen Rathauses den Blick auf den Kieler Hafen mit seinen Schiffen und Kränen. Die davorliegende, viel befahrene vierspurige Straße wurde bereits zu Beginn der 50er-Jahre breit angelegt, weil in Kiel beim Wiederaufbau des im Zweiten Weltkrieg zerstörten Stadtkerns zum ersten Male in Deutschland die räumliche Trennung von Verkehr, Einkaufen und Wohnen umgesetzt werden sollte. Folgerichtig wurde die zerstörte, an der Landwirtschaftskammer beginnende Holstenstraße in eine der ersten Fußgängerzonen in Deutschland umgewandelt. Neben dem imposanten Ziegelbau wurden seinerzeit in aller Eile zahllose gesichtslose Geschäftshäuser hochgezogen, die von der architektonischen Tristesse der Nachkriegszeit zeugten. Dass Kiel im Dezember 1953 mit der Freigabe seiner Fußgängerzone der Stadt Kassel mit einem Monat Verzug den Titel als erste Fußgängerzone Deutschlands überlassen musste, war nur ein kleiner Wermutstropfen am Rande der Stadtgeschichte. Viel ärgerlicher war, dass die Holstenstraße durch das Trennungskonzept jahrzehntelang nach Feierabend wie ausgestorben war.

Jetzt herrschte auf dem Weihnachtsmarkt wieder buntes Treiben. Neben den vielen erleuchteten Buden auf dem Platz war auch das große Warenhaus weihnachtlich dekoriert. An der vorderen Glasfront prangte vor Tausenden kleinen funkelnden Lichtern eine riesengroße rote Schleife, und auf dem sich über die ganze Front erstreckenden Vordach des Restaurants im fünften Stock saßen wie jedes Jahr 24 lebensgroße, von innen beleuchtete Plastikweihnachtsmänner zu Werbezwecken einträchtig nebeneinander, die mit beiden Händen die Besucher des Weihnachtsmarktes grüßten.

Jedenfalls bis eben, denn Frisch hatte auf seinem Monitor gerade entdeckt, dass der erste dieser Weihnachtsmänner an der Ecke zur Straßenkreuzung hin entschwunden war. Er alarmierte sofort die Falkwache am Alten Markt, damit ein Streifenwagen nach dem Rechten sehen würde. Vielleicht hatte der aufkommende Wind die Figur aus der Verankerung gerissen, die jetzt möglicherweise eine Gefahr für den Straßenverkehr bildete. Der Polizeihauptmeister beugte sich vor, um aus dem Fenster zu blicken. Immer mehr dunkle, graue Wolken jagten über sein Dienstgebäude, und inmitten des Regens tänzelten zunehmend Schneeflocken durch die Luft. Es schien kälter zu werden.

Sein Blick schwenkte zurück zum Monitor. Jetzt war bereits der zweite Weihnachtsmann verschwunden. Frisch vergrößerte das Bild. Ein großer, schlanker Mann in einem roten Weihnachtsmannkostüm mit langem gelocktem blondem Engelshaar machte sich bereits an der dritten Figur zu schaffen. Der Polizeihauptmeister konnte gut verfolgen, wie der schlaksige Mann auf dem Dach mit einer Zange die Verankerungen durchkniff. Der starke Wind fegte die Plastikfigur sofort vom Dach, und der Mann im Kostüm begab sich in aller Seelenruhe zur vierten Figur.

Einige Menschen auf dem Weihnachtsmarkt hatten das Geschehen in der luftigen Höhe inzwischen bemerkt, denn sie winkten aufgeregt mit den Armen, um auf die Szenerie auf dem Dach hinzuweisen. Andere Weihnachtsmarktbesucher schienen das für einen Werbegag zu halten, denn bei dem Fall jeder weiteren abgetrennten Figur schlugen sie sich auf die Schenkel und lachten schadenfroh.

Als nur noch sechs Weihnachtsmänner auf ihrem Platz saßen, erreichte die Besatzung des Streifenwagens das Warenhaus. Das zuckende Blaulicht vom Dach des Polizeifahrzeugs bildete einen schönen farblichen Kontrast zu den vielen gelben und roten Lichtern der hölzernen Verkaufsbuden.

Der Fahrer des Streifenwagens schien von der Straße aus den als Weihnachtsmann verkleideten Akteur zum Einlenken aufzurufen. Der kniff aber ungerührt weiter die auf ihren Sitzen verbliebenen Weihnachtsmänner ab. Als der letzte Weihnachtsmann zur Straße hinunterstürzte, begann die Menge auf dem Weihnachtsmarkt zu applaudieren. Das Spektakel schien vorüber.

Der Mann im Weihnachtsmannkostüm trat an die Dachkante und hob seine Arme wie ein Priester. Wollte er sich bei der Menge bedanken? Was für ein seltsamer Spaßvogel!

Am Monitor konnte Frisch mitverfolgen, dass keine 20 Meter hinter ihm ein Polizist das Dach des Warenhauses betrat und sich nach vorn zur Brüstung schlich, um den falschen Weihnachtsmann einzukassieren.

Die Menge begann zu brodeln, als sie den uniformierten Ordnungshüter am Dachrand auftauchen sah. Das Schauspiel nahm an Dramatik zu, denn wie in einem Marionettentheater versuchten die Besucher des Weihnachtsmarktes händefuchtelnd, den Kasperle vor dem bösen Polizisten zu warnen. Der verkleidete Mann unternahm aber keinerlei Anstalten zu flüchten. Seelenruhig winkte er mit beiden Händen noch einmal kurz der Menge zu, bevor er sich langsam nach vorn fallen ließ.

Der entsetzte Polizeikollege auf dem Dach musste machtlos den Sturz des letzten Weihnachtsmannes in die Tiefe verfolgen. In diesem Moment wünschte sich der erfahrene Polizeihauptmeister Frisch anstelle seines Monitors einen Adventskalender mit einer heilen Welt. Eine tiefe Sehnsucht stieg in ihm hoch nach verschneiten Marktplätzen mit geschmückten Häusern und Läden.

Polizeihauptmeister Frisch besann sich schnell wieder und gab den Sachstand flink in seinen Computer ein. Das würde sicherlich ein Fall für Hauptkommissar Hansen werden, schätzte er. Der hatte in Kiel in den letzten Jahren die meisten heißen Eisen aus dem Feuer geholt.

DIENSTPFLICHTEN

Es war schon spät geworden am Freitagnachmittag für Kommissar Hansen. Die letzten Wochen waren anstrengend gewesen, denn viele Kollegen waren erkrankt. Sein Tagesgeschäft hatte ihn nicht so mitgenommen, aber diese ständigen Vertretungen für Kollegen aus anderen Sachbereichen, die machten ihm zu schaffen.

Geärgert hatte er sich zudem, weil seine Ernennung zum Polizeirat zurückgenommen worden war, weil er zu dicht an der Pensionsgrenze war. Büroleiter Zeise hatte falsch gerechnet. Dazu kam noch das triste Wetter der ersten Wochen im Advent. In diesem Jahr war er noch nicht ein einziges Mal auf dem Weihnachtsmarkt gewesen.

Heute roch es förmlich nach Schnee, und Kommissar Hansen hatte endlich Feierabend. Das war der perfekte Moment, die Stimmung auf dem Weihnachtsmarkt einzufangen. Er freute sich auf den Glühwein, und vielleicht würde er sogar Stuhr treffen. Helge Stuhr, ein Frühpensionär der Landesregierung, eine ehrliche Haut. Er hatte Hansen oft schon verdeckt in Fällen geholfen, bei denen er mit seinen polizeilichen Mitteln nicht weiterkam, denn Stuhr hatte immer noch gute Kontakte in die Landesverwaltung hinein.

Gerade wollte der Kommissar sein Handy einstecken, als eine Eilmeldung auf seinem Monitor eintraf:

»Todessturz bei Polizeieinsatz an der Kreuzung Ziegelteich / Sophienblatt«. Er strich den Glühwein aus seinen Gedanken und bestellte den ihm zugeordneten Oberkommissar Stüber zu seinem Dienstfahrzeug. Schnell setzte Kommissar Hansen noch das Blaulicht auf das Autodach, und dann jagten sie schon mit hohem Tempo Richtung Innenstadt.

Jetzt begann es richtig zu schneien, aber Hansen dachte überhaupt nicht daran, die Geschwindigkeit zu drosseln. Als sie den Ziegelteich erreichten, war der gesamte Bereich vor dem Warenhaus mit einem rot-weiß gestreiften Plastikband gegen Neugierige abgeriegelt.

Kommissar Hansen parkte sein Dienstfahrzeug mitten auf der Fahrbahn vom Ziegelteich, die das Warenhaus vom Weihnachtsmarkt trennte. Hastig sprangen sie aus dem Fahrzeug. Hier wehte der Wind nicht so stark, und so wurde der Straßenzug allmählich von einer leichten Schneedecke überzogen. Pferdi Fingerloos von der Spurensicherung schlitterte in Lackschuhen auf ihn zu und grüßte kurz.

Hansen sah ihn erwartungsvoll an: »Moin, Pferdi. Erste Ergebnisse?«

»Vor dem Tod werden seine Gesichtszüge ebenmäßiger gewesen sein, dafür geht es ihm jetzt vermutlich besser.«

Kommissar Hansen blickte den Kollegen von der Spurensicherung skeptisch an. »Sonst noch keine Erkenntnisse?«

»Doch. Der Tote ist Holger Schrock, 44 Jahre alt. Wohnhaft zuletzt in Gaarden in der Elisabethstraße. Er ist oft wegen kleinerer Sachen aufgefallen, meistens unter Einfluss von Alkohol. Er konnte mit dem Zeugs nicht besonders gut umgehen, das behaupten jedenfalls unsere Kollegen vom 5. Revier.«

Hansen ließ sich keine Regung anmerken, aber Gaarden war ein ganz spezieller Stadtteil auf dem Kieler Ostufer, der seit jeher eng mit der deutschen Geschichte und den beiden Weltkriegen verknüpft war. Freiwillig ging kein Kieler dorthin, obwohl es durchaus üblere Ecken in der Landeshauptstadt gab. Warum musste die Wohnung des Toten ausgerechnet in Gaarden liegen? Die Bewohner waren ein verschworenes Völkchen. Sie bemerkten sofort, wenn ein Fremder in ihrem Stadtteil herumschnüffelte.

Fingerloos drehte sich um und schlitterte auf eine Folie zu, die einen Menschen abdeckte. Während er auf den Toten zeigte, begann er zu singen. »Vom Himmel hoch, da komm ich her …«

Typisch Fingerloos. Hansen kommentierte dessen Schlittereinlage trocken. »Die Tanzschuhe an, Pferdi?«

»Den heiligen Boden, den meine Kundschaft küsst, kann ich schlecht mit Pantoffeln entehren.«

Fingerloos hob die Folie an. Die langen graublonden Haare um die harten Gesichtszüge des Toten wirkten wie Engelshaar. Trotz des gewaltigen Sturzes vom Dach des Warenhauses hatte die Leiche auf den ersten Blick erstaunlich wenige Blessuren abbekommen oder das Blut konnte sich am Körper nicht gegen das Rot der Verkleidung durchsetzen. Der Arzt würde das bald feststellen. Andererseits war nicht zu übersehen, dass die Beinknochen des Opfers die Schuhsohlen durchbohrt hatten.

Hansen bedeutete Fingerloos, die Leiche schnell wieder zuzudecken, weil Unruhe an der Absperrung zum Weihnachtsmarkt entstand. Der Kollege verwies aber auf einen drahtigen Mann in einem dunkelblauen Kapuzenpullover und einer abgewetzten Jeans, der die Polizeisperre überwunden hatte und auf sie zueilte. Vor dem Toten hielt er erschrocken inne.

»Mensch, Holgi, das gibt es doch nicht. Was machst du denn für Sachen?«

Kommissar Hansen musterte den Mann. Er mochte um die 40 sein, und der Pullover war ein Fanartikel von Holstein Kiel. »Deutscher Meister 1912« stand auf der Brust. Die Kapuze war zum Schutz gegen die Kälte stramm festgezurrt, sodass vom Gesicht nicht viel zu erkennen war. Die restliche Kleidung wirkte abgewetzt, und es strömte leicht fauliger Geruch herüber. Ein Gaardener?

Der Kommissar sprach ihn behutsam an. »Sie kannten Herrn Schrock?«

Der Mann mit dem Kapuzenpullover schüttelte abwesend den Kopf. Plötzlich drehte er sich wie von der Tarantel gestochen um und flüchtete über einen der den Ziegelteich abschottenden Streifenwagen Richtung Hauptbahnhof. Fingerloos nahm sofort die Verfolgung auf, aber schon nach wenigen Schritten lag er mit seinen eleganten Schuhen bäuchlings im Schnee.

Oberkommissar Stüber zückte seine Dienstwaffe, aber Schrocks Freund wurde sofort von der neugierigen Menge verschluckt. Vermutlich flüchtete er Richtung Hafen.

Hansen fluchte lauthals. Dieser faulige Geruch. Sicherlich würde der Bursche über die Hörnbrücke nach Gaarden fliehen. Wenn er dort erst einmal untergetaucht wäre, dann würde er nur schwer wieder aufzufinden sein. Er wies die Besatzungen der Streifenwagen an, dem Flüchtenden zur Hörnbrücke zu folgen und ihn aufzuspüren. Dann eilte er zu seinem Dienstfahrzeug, um das 5. Revier aufzufordern, die Ostuferseite der Hörn abzusperren. Er gab eine kurze Personenbeschreibung durch, bevor er sich erschöpft in den Fahrersitz fallen ließ. Warum floh der Mann?

Missmutig wartete Hansen am Funkgerät auf erste Informationen, aber Erfolgsmeldungen blieben aus. Ein unschönes Gefühl stieg im Kieler Kommissar auf, dass der Fall lang und schmutzig werden würde.

Wieder fluchte Hansen. Er selbst verspürte wenig Lust, in Gaarden zu ermitteln und sich eine Abfuhr nach der anderen einzuhandeln. Sollte er nicht lieber seinen Oberkommissar Stüber dorthin schicken? Nein, der fühlte sich nach seiner Heirat im letzten Monat mit der Witwe Eilenstein als Hotelbesitzer. Mit seinem Gehabe würde er auf dem Ostufer auffallen wie ein bunter Hund.

Wer könnte in Gaarden unbemerkt ermitteln? Ein echter Gaardener Jung musste her. Nur wer?

Helge Stuhr! Der war dort aufgewachsen und hatte ihm mehrfach von einschlägigen Erlebnissen aus dieser besonderen Ecke von Kiel berichtet. Stuhr könnte sich in diesem Stadtteil unauffällig umhören.

Hansen musste nur zusehen, wie er ihn am besten zu fassen bekam.

GAARDENER JUNG

Sein bester Freund Holgi war abgestürzt, wie so oft in den letzten Jahren. Dieses Mal aber vom Dach des Einkaufstempels und er war eindeutig tot. Natürlich war es dumm gewesen, sich durch die Polizeiabsperrung zu drängen, um sich zu vergewissern, dass es sich um Holger handelte.

Als die Offiziellen begannen, ihm Fragen zu stellen, wurde es eng. Maik Herder musste abhauen mit dem Stoff in der Hose. Zwar nur wenig mehr als zehn Gramm, aber er war nicht gemeldet, und ohne festen Wohnsitz hätten ihn die Bullen sofort eingebuchtet.

Also nichts wie weg. Den Lauf über einen Polizeiwagen hatte sich Maik Herder im Kino abgeguckt, wie so manches andere im Leben auch. Richtig gelernt hatte er ja nichts. Aber selbst in diesem Hollywoodfilm hatten sich die Bullenschweine nicht getraut, ihre Knarren zu ziehen, weil sie perplex waren und zudem nicht einfach in die Menschenmenge ballern konnten.

Er blickte sich hektisch um, aber hinter ihm waren keine Bullen auszumachen. Er wollte zurück nach Gaarden, auf schnellstem Wege. Zum Glück war heute Abend die reparaturbedürftige dreigliedrige Faltbrücke über die Hörn zum Ostufer nicht hochgezogen, die für Fußgänger und Radler das Ende der Kieler Förde überspannte.

Auf der Ostuferseite war allerdings ein erstes Zucken von Blaulichtern an den Wänden des großen Bürokomplexes neben dem Germaniahafen auszumachen. Im Grunde seines Herzens hasste Maik die ganzen Neubauten, denn durch sie wurden immer mehr unübersichtliche brachliegende Flächen eingeebnet. Wo konnte man heutzutage noch unbeobachtet hehlen und stehlen? Oder sich in dem vor ihm liegenden Betondschungel verdrücken?

Skeptisch drehte sich Maik mitten auf der Hörnbrücke um. Vom Hauptbahnhof her näherten sich jetzt ebenfalls Streifenwagen mit eingeschaltetem Blaulicht. Maik Herder setzte schnellen Schrittes seinen Weg über die Brücke fort, bis er endlich festen Boden auf dem Ostufer verspürte. Er hatte allerdings keine Zeit mehr wie sonst, einen näheren Blick auf die sanft schaukelnden Traditionssegler im Germaniahafen zu werfen. Gerne hätte er auch noch die vielen leeren Pfandflaschen unterhalb der Papierkörbe eingesammelt. Aber es galt jetzt, selbst nicht einkassiert zu werden.

Linker Hand verriegelte allerdings ein hoher Drahtzaun den Weg zum Gelände des Fährterminals, auf dem er sich gut hätte verstecken können, und vom anderen Ende des Germaniahafens näherten sich jetzt Autoscheinwerfer, denen ein Blaulicht aufgesetzt war. Es wurde eng. Richtig eng.

Es blieb ihm nur noch die Flucht in das Restaurant am Fuße des Büroturms. Auf die Spießer dort hatte er absolut keinen Bock, aber ihm blieb keine andere Wahl. Vorsichtig öffnete er die Eingangstür und mäßigte seinen

Schritt. Zu den Toiletten gelangte er unbemerkt. Aber erst dort fand er endlich die Tür, nach der er suchte: »Privat«.

Vorsichtig drehte er sich um, aber niemand folgte ihm. Leise öffnete er die Tür und befand sich schließlich im ersehnten Treppenhaus des Büroturms. Bloß nicht nach oben flüchten, um nicht in die nächste Sackgasse zu stolpern, schoss ihm durch den Kopf. So hastete er zur gegenüberliegenden massiven Feuerschutztür, die zum lang gestreckten Parkhaus führen musste, das sich hinter dem Büroturm fast bis zur Werftstraße ausdehnte.

Gläubig war Maik nicht, aber er dankte dem Herrn, dass die Tür unverschlossen war. Zunächst gelangte er in einen weißgetünchten Gang, dem er weiter folgte. Nach der nächsten Stahltür kam er in einen Abschnitt, der unbeleuchtet war. Vorsichtig tastete er sich mit beiden Händen an den rauen Kalkwänden vor. Die nächste Tür musste ins Parkhaus führen. Er hielt einen Moment inne, denn es stank erbärmlich nach Urin. Irgendein Ferkel musste hier geschifft haben. Er tastete sich weiter vor, bis er unerwartet in etwas Weiches griff. Vor Ekel zuckte er zurück. Er wollte flüchten, aber in diesem Moment wurden die kahlen Wände blitzartig erleuchtet. Mit einem lauten Knall verbreitete sich eine Gaswolke, die ihm die Orientierung nahm und ihn taumeln ließ. Dann verspürte er einen heftigen Schlag am Hals, der ihn mit weichen Knien zu Boden sinken ließ. Er bekam heftige Fußtritte in die Seite, sodass er sich vor Schmerzen krümmte. Hatten ihn die Bullenschweine geschnappt?

Unerwartet blitzte in den Nebelschwaden ein Feuerzeug auf. »Maik! Was treibst du dich denn hier herum, du Blödmann?«

Die Stimme erkannte Maik. Es musste der Kölner sein. »Jupp, bist du es?«

Maik hörte Schritte wegschlurfen. Wenig später vernahm er ein leicht schleifendes Geräusch, und dann erleuchtete das Kellerlicht den Kopf des Kölners. Es war tatsächlich Jupp Jöllen, der die Glühbirne wieder in die Fassung gedreht hatte.

»Maik, du Arsch. Hätte nicht viel gefehlt und ich hätte dich kaltgemacht.«

Maik sah sich um. Er lag in einer Urinlache. Offenbar hatte sich Jupp gerade erleichtert. Verärgert besah sich Maik seinen Holstein-Pullover, der sich mit Urin vollgesogen hatte. »Jupp. Schau dir nur meinen Pullover an, der ist versaut! So eine Scheiße!«

Jupp zeigte sich unschuldig. »Irgendwann muss der Bölkstoff wieder raus. Ich kann ja schlecht vor den Kindern in den Hafen pissen. Du bist wie ein Dieb durch die Gegend geschlichen, ich habe dich kaum gehört. Als du mir an den Schniedel gegriffen hast, da musste ich mich wehren!«

Jupp hatte ganz schön zugelangt, und vom Schuss aus der Gaspistole klingelten Maik noch die Ohren. Auch wenn er das Gesicht vor Schmerz verzerrte, der Ärger über den nach Urin stinkenden Holstein-Pullover war größer. Und dann noch die Sache vor dem Einkaufstempel am Ziegelteich. »Du, Jupp. Der Holgi ist weg.«

Erstaunt sah ihn Jupp an. »Was, Holgi ist weg? Rede

keinen Quatsch, Maik. Das kann nicht sein, den habe ich vor zwei Stunden noch quietschfidel in der Imbissbude am Vinetaplatz gesehen. Er schien allerdings leicht verstrahlt zu sein.«

Maik schüttelte den Kopf. »Nein, Holgi ist tot, Jupp. Definitiv. Ich habe seine Leiche gesehen. Am Holstenplatz. Er muss vom Dach des Kaufhauses gesprungen sein. Jetzt jagen mich die Bullen. Sie werden alles durchkämmen, bis sie mich gefunden haben. Wir müssen abhauen, Jupp.«

Ohne weiter nachzufragen, griff sich Jupp seinen Rucksack. »Kein Problem. Wir verduften über die Trasse der Werfteisenbahn. Das ist eingezäuntes Privatgelände, da kommen die Bullen nicht so einfach hinauf.«

Das war keine schlechte Idee, befand Maik. Denn die Gleise der alten Werfteisenbahn, die kaum noch genutzt wurde, führten unterhalb des Büro- und Parkhauskomplexes auf das Werksgelände der großen Werft. Selbst wenn sie jetzt von den Bullen entdeckt werden würden, müssten die Streifenwagen ordentliche Umwege in Kauf nehmen, um auf das Werftgelände einfahren zu können.

Jupp schlich voraus. Hinter der nächsten Tür befand sich tatsächlich das Parkhaus, das nur noch spärlich von Fahrzeugen besetzt war. Jupp rannte nun wie Rambo nach vorn, aber Maik schlich sich abwartend zunächst seitwärts zu einer der breiten Lücken im Beton, die für ausreichende Lüftung im Parkhaus sorgten. Vorsichtig spähte er über die Brüstung. Auch hier versperrte der hohe Zaun den Fluchtweg zum Hafenvorfeld des Norwegenterminals. Maik fluchte, denn hinter den vielen abgestellten Trailern und Containern hätte man sich vortrefflich verstecken können.

Aber halt, was blitzte dort auf? Keine 30 Meter entfernt standen hinter dem Zaun zwei Männer zwischen den Containern neben einem Polizei-Bulli mit abgeblendeten Scheinwerfern, die sich gerade Zigaretten anzündeten. Im aufflackernden Licht des Feuerzeugs erkannte Maik sofort die wohlbekannten Gesichtszüge von Mozart. Den kleineren drahtigen Mann in der Lederjacke kannte er jedoch nicht. War es ein Polizist? Was trieben sie dort? Warum ließen sie sich nicht durch die Polizeisirenen aufschrecken? Maik beobachtete, wie Mozart in aller Seelenruhe seine gerade angerauchte Zigarette wegschmiss, um sich zu einem Container in der Nähe zu begeben. Dort hantierte er am Schloss.

Maik wurde von Jupps eindringlichem Weckruf in die Wirklichkeit zurückbefördert. »He, Alter. Wir sind auf der Flucht. Nun komm schon!«

Maik duckte sich lautlos weg und eilte zur Stirnwand des Parkhauses, an der sein Kumpel ungeduldig in Hockstellung kauerte. Jupp zeigte nur kurz nach unten. Es gab tatsächlich einen Fluchtweg zur Werfteisenbahn. Maik kroch als Erster über den Betonsims und ließ sich herabhängen. Dann gab er nach. Obwohl er nach drei Metern freiem Fall weich in der Hocke landete, tat ihm der Aufprall höllisch weh. Wenig später stöhnte Jupp neben ihm auf.

Beide rappelten sich aber gegen den Schmerz hoch und spurteten auf die Gleise der Werfteisenbahn zu, um unbemerkt den umzäunten Rand des Fährgeländes zu erreichen. Maik blickte sich immer wieder sichernd um. Sie unterquerten die Straßenbrücke zum Fähranleger auf den Schwellen der alten Werfteisenbahn.

Plötzlich blitzten zwei Lichtkegel auf. Waren sie entdeckt worden? Hastig schob Maik seinen Kumpel hinter einen Brückenpfeiler, aber der sich nähernde Polizei-Bulli bog vorher ab. Maik konnte nur noch den Unbekannten in der Lederjacke im Fahrzeug ausmachen. War Mozart auf dem Fährgelände geblieben?

In diesem Moment war über ihnen eine Sirene zu vernehmen, die darauf hinwies, dass die Polizei auch das Fährgelände zu sperren beabsichtigte. Jupp grinste ihn breit an, denn dort waren sie längst vorbei.

So ging die wilde Flucht weiter, und nach wenigen Schritten erreichten sie endlich das Werftgelände. Ruhe kehrte ein, und vorsichtig schlichen sie an einer hohen Stützmauer entlang, bis die Werftstraße und die Bahntrasse wieder auf gleichem Niveau lagen. Es war aber nicht der erneuerte mannshohe Metallgitterzaun, der ihnen die Flucht vom Werftgelände verwehrte, sondern die drei Lagen Stacheldraht darüber, die eine unüberwindbare Hürde bildeten.

»Gib mir deinen Pulli, Maik. Den werfen wir auf den Draht, dann kommen wir vielleicht darüber.«

Sollte Maik wirklich sein Kleinod opfern, um diese letzte Barriere zu überwinden? Gab es keine andere Möglichkeit? Maik blickte sich um und stellte fest, dass die Absperrung zu dem Grundstück eines alten Mietshauses, das zwischen Werft und Straße ein wenig verloren wirkte, viel niedriger war. »Wir steigen über das Grundstück zur Straße, Jupp. Ein Katzenschiss, dort herüberzuklettern.«

Tatsächlich überwanden sie problemlos das Hindernis und umschlichen das Haus. Die Pforte zur Werftstraße war unverschlossen, und so konnten sie schnell die vierspurige Fahrbahn überqueren und unbemerkt zu einem kleinen Gehölz eilen, das ihnen auf der anderen Seite am Hang vor dem Altersheim Schutz bot.

Maik fühlte sich nun in Sicherheit, denn von hier aus wusste er genau, wie er über Schleichwege und Hinterhöfe zu Holgis Wohnung in der Elisabethstraße gelangen konnte. Er musste seine Sachen aus der Hütte holen, bevor sie von den Bullen gefilzt wurden. Vielleicht hatte Holgi auch noch Geld und Zigaretten herumliegen. Das benötigte sein toter Freund jetzt ja nicht mehr.

Trotz der Schmerzen schlug er Jupp kameradschaftlich auf die Schulter. »Nichts für ungut, Jupp. Du hast einen gut bei mir. Terrorsaufen nachher mit der Truppe?«

»Klar, es ist schließlich Freitagabend. Erst kriegen die Ellerbeker was auf die Fresse, und dann versaufen wir unseren toten Holgi. Die Elli rechts.«

Maik nickte zustimmend. Auch wenn dieser Jupp Jöllen nicht direkt in Gaarden geboren war: Irgendwie war er einer von ihnen. Andererseits aber auch nicht.

Man würde sehen.

DIE ANDERE SEITE DES LEBENS

Normalerweise umfuhr Kommissar Hansen die am Hafen liegenden Bereiche der Landeshauptstadt weit, denn hinter dem Ende der Hörn wurde es schnell unwirtlich. Seine Laune war nicht die beste. Die Kollegen vom 5. Revier hatten den Flüchtenden gestern Abend nicht mehr dingfest machen können. Sie hatten lediglich eine frische Urinlache im Treppenhaus des Bürokomplexes entdeckt, die von dem Flüchtenden stammen konnte.

Kollege Fingerloos von der Spurensicherung hatte am Morgen angerufen und berichtet, dass es offensichtlich eine Prügelei an dieser Stelle gegeben hatte, und es war sogar ein Schuss aus einer Gaspistole abgefeuert worden. Dann musste der Flüchtende mit seinem Kontrahenten über das angrenzende Parkhaus entkommen sein. Weitere Anhaltspunkte gab es noch nicht. Nun war man auf dem Weg zu Schrocks Wohnung.

Oberkommissar Stüber rief später am Vormittag an und berichtete, dass die Mutter von diesem Schrock sehr traurig war, als er ihr die Botschaft von dem Ableben ihres Sohnes überbrachte. Verwertbare Aussagen über sein genaues Lebensumfeld konnte sie allerdings keine machen. Sie erzählte aber von Schrocks gelegentlichen Besuchen, die in letzter Zeit häufiger waren. Ihr Sohn war offenbar zu tief in den Strudel von Arbeitslosigkeit, Alkohol und falschen Freunden hineingerissen worden.

Was hätte sie als alte Mutter dagegen schon ausrichten können? Nein, der Holgi war nicht dumm, aber er ließ sich einfach nicht helfen, hatte sie traurig zu Protokoll gegeben. Stüber glaubte nicht, dass bei der alten Dame weitere Informationen zu holen sein könnten. Deswegen hatte sich sein Oberkommissar ebenfalls in Schrocks Wohnung begeben.

Eigentlich wollte Hansen überhaupt nicht nach Gaarden fahren, aber sein Oberkommissar hatte ihn eindringlich gebeten, sich unbedingt persönlich ein Bild von der Lage zu verschaffen. Weil das dichte Schneetreiben aber keine hohen Geschwindigkeiten zuließ, fuhr der Kommissar dieses Mal mitten durch die Stadt.

Zahlreiche Ampeln ließen den Verkehrsfluss stocken und auf dem Sophienblatt kam er mehrfach ins Schliddern. Neidisch blickte er auf den wartenden Zug im Bahnhof, der seine Fahrgäste auf angenehme Art und Weise sicher durch eine wundervolle weiße Winterlandschaft transportieren würde. Er dagegen musste sich wegen der Schneeglätte mehr schlecht als recht zur Hummelwiese hochkämpfen, um auf die Gablenzbrücke einzubiegen, die zum Glück nicht mehr die Schienenreste der alten Straßenbahnlinie 4 aufwies. Sie hatte früher das West- und Ostufer verbunden, und wegen der vielen in Gaarden lebenden Türken wurde sie im Volksmund liebevoll »Orient-Express« genannt. Die vielen unschönen, nicht zusammenhängenden Betonbauten und Bunkerreste auf den Konversionsflächen des ehemaligen Werftgeländes bildeten eine unansehnliche Schneise für Reisende zwischen den Welten, und sie wirkten bei diesem Winterwetter noch trister als sonst.

Hansen musste unwillkürlich an die Lektüre eines prächtigen Bildbandes über den alten Baumeister Schinkel denken: »In der Naht liegt die Tugend«. Die perfekte Verbindung von Alt und Neu, von Gut und Schlecht. Dieses Hauptaugenmerk von Schinkel schien in Kiel an dieser Nahtstelle zwischen West- und Ostufer nicht bis zu den örtlichen Baumeistern vorgedrungen zu sein.

Nach dem Passieren des 5. Polizeireviers am Karlstal und der Vorbeifahrt am hässlichen Betongebäude der Post bog er vor einem bunkerartigen, mit Graffitis verschmierten backsteinernen Neubaublock der späten 70er in die immer enger werdende Schulstraße ein. Jetzt bewegte sich das Baualter der Häuser auf die vorletzte Jahrhundertwende zu.

Stuhr hatte ihn irgendwann beim Bier mit einem Vortrag über die geschichtliche Entwicklung von Gaarden zugesülzt. Hansen interessierte es nur insoweit, um die richtigen Stellen zu kennen, an denen er Gesindel aus dem Verkehr ziehen konnte. Stuhr hatte damals berichtet, dass der weitgehend erhaltene Ortskern von Gaarden mit seinen zahlreichen restaurierten vierstöckigen Bauten aus der Gründerzeit quadratisch angelegt war und man durch die Umrandung von den Werften und einem hügeligen Erholungspark immer schnell an irgendwelche Grenzen stieß.

Genauso war das bei den Bewohnern, wusste Hansen. Wenn die spürten, dass man vom Westufer kam, dann blieb der Mund verschlossen und wurde nur noch kurzfristig zum Biertrinken geöffnet. In diesem Moment stieß der Kommissar schneller, als er wollte, an eine erste Grenze, als er die Elisabethstraße erreichte, in der Schrock gewohnt hatte. Viele tapfer aufrechtstehende, rot-weiß gestreifte Aluminiumwächter versperrten die Weiterfahrt.

Er blickte sich um, aber weit und breit war kein freier Parkplatz auszumachen. Keine 50 Meter hinter der Sperre konnte er aber die Fahrzeuge seiner Kollegen mitten im Fußgängerbereich erkennen. Hansen verspürte wenig Lust, noch einmal um den Block zu gondeln. So stellte er sein Dienstfahrzeug kurzerhand vor den Parkwächtern ab und machte sich zu Fuß auf den Weg zu Schrocks Wohnung.

Auf den ersten Blick machte Schrocks Wohnhaus keinen schlechten Eindruck auf den Kommissar. Es war ein roter Klinkerbau aus der Aufbauzeit der späten 50er-Jahre. Wenn man genauer hinsah, bemerkte man, dass nur knapp ein Viertel der verschmutzten Fenster Gardinen oder Vorhänge aufwies. Das Klingelbrett gab ihm näheren Aufschluss über den Zustand des Hauses. Im Gegensatz zur Lagunenstadt Venedig mit seinen vergoldeten Klingelbrettern, auf denen neben jedem Klingelknopf ein Plättchen mit eingraviertem wohlklingendem Namen prangte, wiesen nur wenige Schriftfelder Namen auf, die keineswegs immer auf das Geburtsland schließen ließen.

Der Name Schrock war allerdings nicht zu finden. Mit spitzen Fingern öffnete Hansen die nicht mehr verschließbare Eingangstür. Er umkurvte kunstvoll einige der im Flur deponierten Mülltüten. Lange musste er nicht suchen, denn die Tür zur Linken öffnete sich und Oberkommissar Stüber zog ihn wortlos in die Parterrewohnung hinein.

Ein fauliger Geruch nahm Hansen den Atem. Süffisant eröffnete sein Oberkommissar das Gespräch. »Mensch, Chef, da haben Sie uns aber in eine echte Siffbude hineinbeordert. Kollege Fingerloos von der Spurensicherung war richtig begeistert. Endlich konnte er mit seiner Truppe einmal das volle Programm durchziehen.«

»Fingerloos ist manchmal ein Idiot. Der kann sich nicht immer nur Villen und Schlösser aussuchen. Meinen Sie denn, ich ermittle nicht lieber in Sankt Peter-Ording oder auf Sylt?«

Beschwörend hob Stüber die Hände. »Entwarnung, Chef. Die Truppe ist jedenfalls mit ihrer Arbeit durch. Kollege Fingerloos lässt grüßen.«

»Ja, und?«

Stüber zuckte mit den Achseln. »Die Ergebnisse der Durchsuchung liegen dort auf dem Tapeziertisch. Immerhin drei Gramm Haschisch, eine aufgebohrte Gaspistole, eine ausgehungerte Schlange im Glas, diverse geleerte gestohlene Geldbörsen und ein Stapel durchgefledderter Pornohefte aller Geschmacksrichtungen. Wenn Sie mich fragen, unterste Kategorie.«

Das hatte Kommissar Hansen nicht anders erwartet in diesem Milieu. Wahrscheinlich wäre auch Stüber lieber bei seiner Witwe Eilenstein im gemachten Nest geblieben. »Toll, Kollege Stüber. Wenn Sie weiter nichts gefunden haben, warum haben Sie mich überhaupt gerufen? Soll ich Ihnen etwa am Samstag Gesellschaft leisten?«

Sein Oberkommissar rümpfte die Nase und schüttelte abweisend den Kopf.

»Nein, Chef, der Grund meines Anrufes ist ein anderer. Sie müssen sich in die Situation hineinversetzen, in der Schrock hier vegetiert hat. Das ist Abschaum.«

Das mochte sein, aber im Laufe seines Berufslebens hatte Kommissar Hansen schon viele Menschen erlebt, die es nie geschafft hatten, ihr Leben zu organisieren. Tragisch war es immer, wenn Mütter nicht in der Lage waren, sich um die Kinder zu kümmern. Aber viele Männer ließen auch ihre Familien hängen, und die Folgen waren nicht minder übel. Deswegen hatte Hansen es immer gut gefunden, keine Kinder zu haben. Es gab auch keinerlei Grund, seine Frau zu verlassen. Sie regelte alles, und so konnte er machen, was er wollte. Vor allem ermitteln. Aber das ging Stüber nichts an.

»Abschaum. Was meinen Sie damit, Stüber?«

»Nun, ich habe herausbekommen, dass Schrock diese Wohnung vor etwa acht Jahren ganz legal angemietet hat. Er ist aber irgendwann wegen Mietrückstand rausgeflogen. Neue Mieter konnte die Wohnungsbaugesellschaft allerdings nicht finden, und Investitionen für eine aufwändige Sanierung wollte sie bei dieser schlechten Wohnlage vermutlich nicht riskieren. Weil die Gesellschaft zur Kostenminimierung den Hausmeister eingespart und sich nicht weiter großartig um das Objekt gekümmert hat, ist Schrock einfach wieder in seine alte Wohnung eingezogen.«

Das soll es geben, wusste Hansen, aber es gab nun wahrlich aufregendere Delikte. Er nahm seinen Oberkommissar auf die Schippe.

»Das ist ja ungeheuerlich, Stüber. Das verstößt gegen jeden Grundsatz von Recht und Ordnung. Wieso geht das Ordnungsamt nicht dagegen vor? Ein einziger Anruf beim 5. Revier, und die würden die Sache in bewährter Manier hemdsärmelig regeln. Wenn überall solche Mietnomaden hausen würden, dann nützt uns die gesamte Meldepflicht nichts, weil wir unsere Kundschaft nicht mehr finden.«

Stüber blieb aber ernst. »Wenn Sie mich fragen, Chef, dann glaube ich, dass Gaarden entvölkert wäre, wenn die Polizei jeden Mietnomaden vor die Tür setzen würde.«

Das war nicht ganz von der Hand zu weisen.

Jetzt entflammte Stüber. »Wenn kein Geld mehr da ist, was sollen die armen Schlucker denn machen? Chef, was meinen Sie, was im Osten nach der Wende in den abrissreifen Ruinen vor sich gegangen ist? Da gab es jede Menge illegale Kneipen und Geschäfte. Man kann nicht jeden ins Gefängnis stecken, der kein Geld mehr hat.«

Das sah Hansen genauso. »Was meinen Sie, Stüber? Denken Sie, dass Schrock vielleicht sein Elend nicht mehr ertragen konnte und sich deswegen in den Tod gestürzt hat?«

Sein Oberkommissar wiegelte ab, ein völlig neuer Wesenszug an ihm. »Ich würde da noch einen Schritt weitergehen, Chef. Schauen Sie, die Weihnachtszeit ist ja nicht nur eine besinnliche Zeit, sondern zugleich auch die Zeit des Konsumterrors. Viele Menschen können es sich leisten, in den Kaufhäusern zu flanieren und sich einpacken zu lassen, was sie gerade haben möchten. Anschließend gehen sie auf den Weihnachtsmarkt und lassen es sich gutgehen. Aber ein Becher Punsch mit Schuss kostet auf dem Weihnachtsmarkt inzwischen vier Euro, damit muss sich ein Hartz-IV-Empfänger einen ganzen Tag lang über Wasser halten. Da kann man gut verstehen, wenn diese Leute an der Ungerechtigkeit verzweifeln und sich in ihrer Not von den Dächern der Konsumtempel stürzen.«

Hansen konnte sich seinen erstaunten Blick nicht verkneifen, denn Stüber trug mächtig dick auf. »Stüber, nun machen Sie mal halblang. Nicht nur Hartz-IV-Empfänger müssen mit jedem Cent rechnen: Scheidungsopfer, Unterhaltspflichtige, Betrogene und Kinderreiche schließlich genauso. Aber die Diskrepanz zwischen Glanz und Elend rechtfertigt nicht, sich zur Anklage vom Dach zu stürzen. Da müssten vor Weihnachten die Metropolen der Welt mit Leichen gepflastert sein.«

Stüber zeigte sich aber kämpferisch. »Chef, gerade zur Weihnachtszeit muss Leuten wie Schrock ihre Perspektivlosigkeit an die Nieren gehen. Ich kann nicht nachvollziehen, dass unser Wohlfahrtsstaat diese Leute sich selbst überlässt. Man muss ihnen Hilfe anbieten. Das ist unsere Pflicht als Christen.«

Hansen sah seinen Oberkommissar ratlos an. »Sie mögen recht haben, Stüber. Aber wie soll man helfen?«

»Chef, man sollte die armen Schlucker von Staats wegen auf die freien Hotelzimmer in der Innenstadt verteilen. Dann könnten die armen Würstchen glücklich und zufrieden in angenehmer Atmosphäre schlafen und würden nachts auch keinen Unfug anrichten.«

Schlagartig wurde Hansen klar, warum Stüber sein Herz für die sozial Schwachen entdeckt hatte. Es war zu vermuten, dass das Hotel seiner Witwe Eilenstein unterbelegt war. Hansen schwante Übles. Hoffentlich würde Oberkommissar Stüber in der nächsten Zeit seinem Hauptberuf überhaupt nachkommen können bei seinen Bemühungen, das Hotel seiner Lebensgefährtin zu füllen.

Stüber schien bemerkt zu haben, dass sein Hauptkommissar nicht auf seinen Vorschlag einschwenken würde. Er wurde wieder dienstlich. »Fast vergessen, Chef. Vermutlich hat in dieser Bude noch ein Kumpan von Schrock gehaust, zumindest zeitweise. Hinten in einem kleinen Nebenraum liegt ein zweiter Aschenbecher mit Kippen neben einer Matratze. Vermutlich ein Mann, eine Frau wird sich kaum in diese Rumpelkammer trauen. Lippenstift war auch nicht an den Zigarettenstummeln. Kollege Fingerloos wird das näher untersuchen.«

Obwohl Hansen nickte, war er anderer Meinung. Auf jeden Topf passte ein Deckel, das hatte er in seinen langen Berufsjahren oft genug erfahren müssen. »Vielen Dank, Stüber. Es war schon gut, dass ich mir vor Ort ein Bild von der Lage gemacht habe. Auch wenn wir bisher nichts in der Hand haben.«

Kommissar Hansen dankte und verabschiedete sich. Wenn Fälle so begannen, dann standen zum Schluss die Akten meterlang im Regal. Sein Oberkommissar hatte schon recht gehabt, es war äußerst bedrückend in Schrocks Wohnung. Hansen drückte sich kopfschüttelnd an den vielen auf dem Boden verteilten Weinflaschen vorbei. Das waren in der Tat andere Welten. Es ging hier nur noch darum, dass man wohnte, und nicht mehr wie. Staub gesaugt worden war vermutlich noch nie.

Vor der Tür atmete Hansen befreit durch. Er war froh, endlich aus dem Stinkloch herauszukommen. In seinem Dienstfahrzeug ließ er sich in den bequemen Ledersitz fallen und stellte das Radio an. Der Genuss, wieder in gewohnter Umgebung zu sein, sollte schnell getrübt werden, denn er bemerkte einen Strafzettel an seiner Windschutzscheibe. Er drehte sich um, aber kein anderes Fahrzeug hatte ein Ticket bekommen. Hansen fluchte lauthals. Man schien in Gaarden gut zusammenzuhalten.

Er öffnete das Seitenfenster und versuchte mühselig, den roten Zettel einzusammeln, ohne den Wagen verlassen zu müssen. Dann ließ er den Motor an und trat wütend auf das Gaspedal. Ihm war klar, dass für die Kieler Kripo in diesem Stadtteil Kiels nichts zu holen war.

SCHNEE VON GESTERN

Stuhr war ordentlich am Grübeln, als er sich am Montagvormittag bei leichtem Schneetreiben mit seinem alten Golf auf den Weg zu seinem ehemaligen Kollegen Dreesen in die Staatskanzlei machte. Erst vor einer Stunde hatte er den Anruf von Kommissar Hansen bekommen, der über den dubiosen Selbstmord eines Gaardeners vor dem Weihnachtsmarkt brütete und Stuhrs alte Kontakte in die Landesregierung nutzen wollte. Er war sich nicht sicher, ob Jenny das gutheißen würde.

Wie auf Bestellung klingelte in diesem Moment sein Handy, und die Dame seines Herzens meldete sich.

»Helge, stell dir vor. Nachher geht es für mich ab in den Wintersport. Ich packe schon die Koffer.«

Das kam für Stuhr überraschend, aber nicht ganz ungelegen. So konnte er dem Kommissar Hansen vielleicht helfen, ohne Jenny zu verprellen.

»Oh, das kommt aber unerwartet.«

»Ja. Die Steffi hat ihren Freund kurzfristig abserviert, und nun darf *ich* mitfahren. Das ist toll, oder?«

Es galt für Stuhr, wieder einmal diplomatisches Geschick zu beweisen. Diese Steffi war hart drauf und nicht gerade der zurückhaltende Typ. Zudem waren sie sich spinnefeind.

»Das freut mich für dich, Jenny. Ich werde dich vermissen, gerade jetzt vor Weihnachten.«

Offenbar hatte er den richtigen Ton getroffen, denn Jenny zeigte sich entspannt.

»Ich bin ja rechtzeitig zum Weihnachtsfest zurück, Helge. Mach in der Zwischenzeit bitte keinen Unsinn. Tschüss!«

Dann war das Telefonat beendet. Mit gemischten Gefühlen stellte Stuhr seinen alten Golf vor der Staatskanzlei ab. Erst nach seiner Frühpensionierung empfand er viele seiner ehemaligen Mitarbeiter als schrullig. Gerade die Endstufe im gehobenen Dienst, die Oberamtsräte, konnten einen an endlos hohen Verwaltungswänden verhungern lassen, die mächtiger als die Chinesische Mauer sein konnten, und dieses Bauwerk sollte immerhin vom Mond her sichtbar sein.

Stuhr würde zunächst bei seinem ehemaligen Kollegen Dreesen versuchen, über das Landesnetz in das Intranet des Sozialministeriums zu gelangen. Dann ließe sich vielleicht einiges über die Lebensumstände dieses Schrock herausbekommen.

Die Pförtnereien in den Häusern zu überwinden, das wurde zunehmend schwieriger. Aus Sicherheitsgründen wurde Teufelszeug wie Einzelschleusen und Lesegeräte eingeführt, die kaum eine Chance ließen, dort ohne Anmeldung hineinzugelangen. Glücklicherweise erinnerte sich die freundliche Pförtnerin noch an ihn, und mit einem knappen Handgruß, der irgendwo zwischen Bundeswehr und Karneval anzusiedeln war, erhielt er wieder Einlass in seinen alten Wirkungsbereich.

Im ersten Stock musste Stuhr feststellen, dass sogar

die Flurtüren nur noch mit einem Kartenleser zu öffnen waren. Zum Glück drängten in diesem Augenblick Kollegen heraus, die vermutlich hinunter zu der kleinen Kantine wollten. So gelangte er gerade noch durch die halb zufallende Tür in den Flur.

Seit Dreesens entgleister Geburtstagsfeier hatte er seinen ehemaligen Mitarbeiter nicht wiedergesehen. Leise trommelte er mit den Fingerkuppen an die Holztür, das hatten sie früher als Erkennungszeichen immer so gemacht, damit sie wussten, wer ante portas stand.

»Eintreten, Stuhr!«, erfolgte prompt die markige Einladung. Vorsichtig öffnete Stuhr die Tür. Das Zimmer war unaufgeräumt, und es muffelte auch ein wenig. Dreesen lümmelte auf seinem Drehstuhl herum und wirkte abwesend. Er schien übermüdet und abgespannt zu sein, von einem Dreitagebart ganz zu schweigen. Sonst hatte Dreesen immer einen markigen Spruch auf den Lippen, umrahmt von einem glattrasierten, strahlenden Gesicht. War es nun Tabac oder Pitralon? Stuhr wusste es nicht mehr.

Diesmal blieben Dreesens Mundwinkel vor Missmut verspannt.

Stuhr versuchte ihn aufzuheitern. »Moin, alte Socke! Was ist denn das für eine Verwüstung in deinem Büro? War die Spurensicherung schon da?«

Es war aber keinerlei Reaktion in Dreesens Gesicht festzustellen. Das war ungewöhnlich, denn normalerweise sprang Dreesen auf jeden Witz an und konnte meistens einen noch derberen draufsetzen. Dreesen musste ernsthafte Probleme haben.

»Hast du Ärger?«, fragte Stuhr vorsichtig an.

Dreesen nickte kurz. »Geht dich ja normalerweise nix an, Stuhr, aber meine Olsch macht richtigen Stress wegen Unterhalt. Alles nur wegen der Feier damals in der Sporthalle zu meinem 50. Geburtstag.«

Stuhr erinnerte sich gut. Dreesens Fußballkollegen hatten den Oberamtsrat mächtig abgefüllt, und dann hatte er vor den Augen seiner Mutter mit der drallen Nachbarstochter herumgeknutscht und an ihr herumgefummelt. Wegen dieser Saufbolde kippten vermutlich alle Veranstaltungen im Dorf.

Dreesen kratzte sich am Kopf. »Ein Ausrutscher unter Nachbarn. Nicht schön, aber kann vorkommen. Ich habe mich bei allen entschuldigt.«

Die Nachbarstochter, die nicht den hellsten Eindruck machte, wirkte allerdings recht jung. »Hast du Ärger mit dem Vater der jungen Deern bekommen? Oder haben dich deine Dorfbewohner damit aufgezogen?«

Dreesen musterte Stuhr verständnislos. »Meinst du wegen der Lütten? Ach was, Lattenhagen. Alles Schnee von gestern. Da ist kein Stress drauf, sie ist schon 21. Sie sieht nur jünger aus.«

Stuhr wiegelte ab. Das Bild, wie ausgerechnet der trockene Bürostubenhocker Dreesen das junge Ding vor den Augen der Nachbarn gierig abgefummelt hatte, das ging ihm seinerzeit lange nicht aus dem Kopf. Auch Dreesens entsetzte Mutter würde das nicht so schnell vergessen. Es war verwunderlich, dass Dreesen sein Missgriff egal war.

An Stuhrs fragendem Blick bemerkte Dreesen, dass er noch eine Antwort schuldig war, die er nicht aussitzen konnte. »Meine Olsch ist damals gleich ausgezogen. Einfach so. Jetzt fordert sie plötzlich den vollen Unterhalt. Ich bin so gut wie pleite.«

Stuhr blickte betreten zu Boden.

»Das ist noch nicht das Schlimmste. Meine Olsch will wieder in unser Haus ziehen. Ich weiß beim besten Willen nicht, wie ich das verhindern kann. Die Hütte ist nämlich ihr Erbteil. Stell dir nur vor, Stuhr, dann würde das ganze Gezeter wieder von vorn losgehen.«

Sieh an, Dreesen hatte die Annehmlichkeiten des Singledaseins kennen- und schätzen gelernt. »Aber mit der Lütten hast du nichts mehr, oder? Ihr seid schließlich eine Generation auseinander.«

Dreesen antwortete unwirsch: »Wieso soll ich mit der Lütten nichts mehr haben? Wir leben zusammen. Im Übrigen: Die wird von selbst älter, da mach dir mal keine Gedanken darüber, das haben schon die anderen im Dorf gemacht.«

Das hätte Stuhr dem verknöcherten Oberamtsrat niemals zugetraut. Er hielt es aber für angemessen, den Mund zu halten.

»Was führt dich eigentlich zu mir, Stuhr? Willst du mir helfen, kurz vor Kassenschluss die Millionen herauszupfeffern, die mir das Leben im Job so schwermachen?«

Kassenschluss zum Jahresende in Behörden, das war ein Thema für sich. Stuhr konnte sich noch gut daran erinnern, wie sie früher wie die Verrückten alles Mögliche am Jahresende gekauft hatten, damit die angesetzten Haushaltstitel leer wurden und keine Gelder verfielen, und es waren nicht immer nur die berühmten Bleistifte, die Hals über Kopf bestellt wurden. »Dezemberfieber« wurde das in der Landesverwaltung genannt.

Richtig schlimm wurde es vor einigen Jahren, als die meisten Haushaltstitel auf einmal gegenseitig deckungsfähig wurden, denn nun konnte man tatsächlich querbeet alles kaufen, was man immer schon einmal haben wollte. Hauptsache, das Geld wurde rechtzeitig verausgabt. Dabei lauerte im Hintergrund immer der Landesrechnungshof, der, fachfremd, zwar nie wusste, worum es ging, aber immer gern Plomben an Stellschrauben jeglicher Art legte. Das gab dem Fieber noch einen besonderen Reiz, so geschickt zu bestellen, dass der Landesrechnungshof bei der Prüfung zwangsläufig ins Leere laufen musste.

Amüsiert begann Stuhr zu frotzeln. »Ach, Dreesen, nun komm schon wieder runter. Du haust doch die Steuergelder ohne Achselzucken raus. Keine Rücksicht auf Verwandte, oder?«

Dreesen war anzusehen, dass er sich über Stuhrs Unverständnis ärgerte. »Du hast dich noch nie ernsthaft für unsere haushälterischen Probleme zum Jahresende interessiert. Das größte Problem ist nun einmal der Mittelabfluss. Wenn der nicht zum Jahresende gewährleistet ist, dann kannst du nachts nicht mehr schlafen und tagsüber nicht mehr klar denken. Denn wenn du am Jahresende noch Geld stehen hast, dann rasiert dich der Finanzler.«

Richtig ernst nehmen konnte Stuhr diese Sorgen nicht, denn plötzlich kam das Jahresende schließlich nie. Aber der Oberamtsrat schien bemerkt zu haben, dass Stuhr nicht auf eine Diskussion über den Sinn der Kameralistik der Öffentlichen Hand aus war.

»Nun raus mit der Sprache, Stuhr. Was führt dich zu mir?«

»Ich wollte nur einmal kurz an deinen Dienstrechner, weil ich etwas nachprüfen muss.«

Dreesen nickte und wies auf die Tastatur. Dann wandte er sich den Laufmappen auf seinem Schreibtisch zu und begann, Rechnung für Rechnung ohne großes Federlesen sachlich richtig zu zeichnen.

Stuhr schaute sich zunächst die Geschäftsverteilung an, aber da würde er nicht weiterkommen, weil die mehr oder weniger Prävention machten. Wo konnte er denn zum Amt für Soziale Dienste in Kiel kommen? Er fand keinen Link und war ratlos.

Dreesen schien das zu bemerken. »Kommst du nicht weiter?«

»Dein Computer spuckt nicht aus, was ich wissen will. Datenschutz?«

Dreesen zuckte mit den Schultern. »Was willst du denn wissen?«

»Ich benötige Informationen über einen gewissen Holger Schrock. Der lebte bis letzten Freitag in Kiel-Gaarden in der Elisabethstraße. Einkommen, Nichteinkommen, Freunde und Nichtfreunde. Kannst du da was machen?«

Dreesen griff zum Telefonhörer. Er sprach sehr vertraut mit seinem Ansprechpartner und gab die Daten durch. Dann legte er auf. »Eine Viertelstunde, maximal«, sagte er lächelnd.

Sein ehemaliger Oberamtsrat zeichnete weiter stoisch Rechnungen sachlich oder rechnerisch richtig, je nachdem, welche Unterschrift gerade auf dem Papier fehlte. Endlich erfolgte der erwartete Rückruf. Dreesen nahm den Hörer ab und nickte mehrfach andächtig. Dabei schrieb er fleißig mit. Das Gespräch endete freundschaftlich. Dann knallte Dreesen den Hörer auf den Telefonapparat und strahlte.

Stuhr war neugierig. »Na, gibt es neue Erkenntnisse?«

Dreesen griente. »Das war mein Nachbar, zufällig der kommissarische Leiter vom Kieler Amt für Soziale Dienste. Der hat sich gleich den Sachbearbeiter von Schrock vorgeknöpft. Auf dem Zettel steht alles. Ist doch klasse, wenn man im gleichen Dorf wohnt, oder? Kurze Wege, und kein Datenschützer weit und breit.«

Stuhr ergriff den Zettel und nickte. Die Namen »Maik Herder« und »Jupp Jöllen« hatte Dreesen auf den Zettel gekritzelt, dahinter die Geburtsdaten und bei Jöllen die Adresse. Herder schien nicht gemeldet zu sein.

So sollte es sein. Ein Besuch bei Dreesen, und schon hatte er etwas in der Hand. Aber jetzt hatte er das Bedürfnis, schnellstmöglich der Enge von Dreesens Amtsstube zu entkommen.

BALKONIEN

Jupp Jöllen hatte seine Frau auf einer Psychofarm kennengelernt. Sie stammte aus Kiel-Gaarden und überredete ihn schon nach wenigen Wochen mit ihren weiblichen Waffen, zu ihr zu ziehen. Es stellte sich aber schnell heraus, dass sie ihr psychologisches Waffenarsenal zunehmend gegen sich selbst richtete, und deswegen trennte er sich bald wieder von ihr.

Aber so war er in dieser kleinen Gaardener Welt kleben geblieben. Regelmäßige Arbeit und konservative Lebensweise, das war nichts für ihn. Seit er denken konnte, war er ein überzeugter Kommunist gewesen, und die Folgen der sogenannten Wende hatten ihn in seiner Haltung bestärkt, dass West und Ost nicht zusammenpassten. Diesen durch die Kapitalisten zwangsweise vereinigten deutschen Staat wollte Jupp Jöllen nicht so, wie er war.

Deswegen hatte er bei allen Demonstrationen in den letzten Jahren kräftig mitgemischt, entweder in der ersten Reihe das Spruchband tragend oder lieber noch vermummt im Schwarzen Block der Autonomen. In der Arbeiterhochburg Gaarden hatte der »Rote Jochen« vor einem halben Jahrhundert mehr als 70 Prozent der Wählerstimmen für die Sozis bekommen. Wenn an diesem Ort für den realen Sozialismus nichts zu machen war, ja, bitte, wo denn sonst in dieser verlogenen Republik?

Er war ganz sicher, dass es sich trotz der widrigen Umstände lohnen würde, dieses gewaltige Potenzial von Frustrierten und Vergessenen in Gaarden für die Zwecke seiner Partei zu instrumentalisieren. Der Kapitalismus ist die Flamme, und der Faschismus das Benzin. Das war seine Parole, und die hatte er mit einem Edding-Stift auf sämtlichen Kneipen-Klos in diesem Stadtteil hinterlassen. Damit wollte er den Samen legen, der Früchte tragen sollte. Er als Intellektueller würde das Werftvolk und die Gestrandeten schon richtig aufmischen.

Ihm ging es besser als den meisten anderen, denn er musste sich keine behördlichen Schikanen und Nachfragen gefallen lassen, weil er nicht auf Stütze angewiesen war. Die Partei zeigte sich recht großzügig. Bei der letzten Kommunalwahl hatten fast zehn Prozent der Wähler für sie gestimmt, das war das höchste Ergebnis in Norddeutschland, und das ließ sich die Partei etwas kosten. Als Gegenleistung sammelte er alle möglichen Informationen. Alle 14 Tage stellte er einen Bericht zusammen. Sein Personenregister umfasste 520 Namen, und zu fast jedem hatte er umfängliche Informationen gesammelt.

Er kannte die Leute viel besser als die Polizei, denn auf seinen Streifzügen und Sauftouren kam er natürlich ganz anders an Informationen heran. Deswegen konnte er sich auch eine geräumige 3-Zimmer-Wohnung mit Balkon in der Hügelstraße leisten. Der Blick auf den Hafen war allerdings durch alte Werfthallen verbaut, und das Hochhaus neben ihm, das ein Altersheim beherbergte, warf zudem nachmittags lange einen dunklen Schatten über seine Wohnung.

Aber immerhin lag der Mietblock auf einer größeren Rasenfläche, und sein Kühlschrank war immer voll. Er kam sich als politisch denkender Mensch zwischen den vielen Deppen in Gaarden zwar manchmal ein wenig fremd vor, aber er liebte auch die Wildnis mit Randale und Saufgelagen, die man in diesem Milieu ausleben konnte. Tagsüber Besserwissertum zu predigen und nachts hirnlos besoffen auf andere einzuprügeln und dabei den Kopf irgendwie oben zu behalten, das hatte für ihn schon etwas.

Maik hatte seine Gang immer als Kneipenpiraten bezeichnet, und irgendwie war Jupp inzwischen einer von ihnen. Aber die Sache mit Holgi hatte ihm arg zugesetzt. Er überlegte die ganze Zeit, ob man diese stumme Selbstmordanklage gegen den Konsumrausch nicht politisch ausnutzen konnte, um die Massen zu mobilisieren.

Jupp Jöllen versuchte, sich zu beruhigen. Aber Mozarts Drohung letzte Woche gegenüber Holgi, ihm die Eier abzuschneiden, schien nicht von ungefähr zu kommen. Worum genau es ging, hatte Jupp nicht mitbekommen. Holgi sollte irgendetwas erledigen, aber hatte sich standhaft geweigert.

Zuerst hatte Jupp die Sache nicht so richtig ernst genommen. Aber als ihm Maik nach einer verunglückten Stecherei mit den Ellerbekern am Wochenende im Suff erzählt hatte, dass sich Mozart während ihrer gemeinsamen Flucht seelenruhig mit einem Unbekannten neben einem Polizei-Bulli auf dem Fährterminal aufgehalten hatte und an den Containern hantierte, da kam Jupp zum ersten Mal der Gedanke, dass Mozart für Holgis Tod verantwortlich gewesen sein könnte. Mozart war berüchtigt dafür, dass er nicht lange fackelte. Tagsüber ging er unauffällig seinem geregelten Job als Gerüstbauer nach. Die begannen frühmorgens und hörten mittags auf. Aber von dem Lohn allein konnte man nicht wie er auf großem Fuß leben.

Jupp wusste, dass sich Mozart nachmittags und abends in den Kneipen in Gaarden auf die Suche nach blutjungen Dingern begab, die knapp bei Kasse waren. Und wer war das nicht in dem Alter? Mozarts Masche war bekannt. Er kleidete die Mädel neu ein, lud sie zum Essen ein und tingelte mit ihnen in seinem alten cremefarbenen BMW CSi von Kneipe zu Kneipe. Sie durften auch bei ihm übernachten, ohne sich vor ihm fürchten zu müssen. Er gab ihnen genug Geld, damit sie irgendwann ihren Job aufgaben.

Wenn sie sich erst einmal bei Mozart sicher und geborgen fühlten, dann forderte er sein Geld zurück. Erst kleine Summen, die sie noch in seinem Bett abdienen konnten. Für die großen Summen blieb ihnen nichts anderes übrig, als im Laufhaus für ihn anschaffen zu gehen. Mozart hatte auf diese Art und Weise immer zwei, drei »Pferdchen« laufen, wie er sie selbst bezeichnete.

Jupp mochte ihn nicht, weil er die soziale Not der jungen Leute schamlos ausnutzte. Jupp fand, dass Mozart lieber seine Energie in den Kampf gegen den Kapitalismus stecken sollte. Als Gerüstbauer war er schließlich auch ein Proletarier und der Arbeiterklasse verpflichtet.

Angst ergriff Jupp. Er beschloss, das kleine Messer, das er für Notfälle im Keller deponiert hatte, heraufzuholen und hinter seinen Hosengürtel zu stecken.

Mit dem Messer am Gürtel fühlte sich Jupp wieder sicherer. Ansonsten hatte er ja noch seine Kumpel von der Gang, die ihm im Ernstfall beistehen würden. Er schaffte es, eine Zeitlang an seinem Rechner zu arbeiten und sein Dossier zu vervollständigen. Dann suchte er nach Fotos von Holgi und anderen Personen, die vielleicht mit dessen Tod in Verbindung stehen konnten. Nur von Mozart hatte er keine Aufnahme. Anschließend druckte er die Papiere aus. Es wirkte anachronistisch, das Dossier in Papierform an seine Partei zu verschicken, aber es diente seinem eigenen Schutz.

Als er mit dem Eintüten und Beschriften fertig war, überkam ihn wieder diese Unruhe. Obwohl die Buchstaben auf dem Monitor bereits vor seinen Augen tänzelten, wartete er das Herunterfahren des Rechners geduldig ab, bis die Verschlüsselung endgültig abgeschlossen war. Dann stand er schwerfällig auf und legte nachdenklich den verklebten Briefumschlag auf dem Tisch ab.

Jupp beschloss, sich mit seiner Spielkonsole abzulenken. Aber das Autorennspiel erfüllte seinen Zweck nicht, denn er fuhr mehr im Graben herum als auf der Piste. Verärgert schaltete er das Gerät wieder aus. Während er auf den Briefumschlag mit dem Dossier auf seinem Tisch starrte, popelte er unruhig in der Nase. Nein, er würde kein Bier trinken, dazu hatte er heute keine Lust. Morgen würden sie sowieso wieder auf Sauftour gehen. Er beschloss, den Umschlag jetzt noch zur Post zu bringen, denn in der Wohnung hielt er es nicht mehr aus. Hastig zog er seine Winterjacke an und flüchtete aus der Wohnung.

Vor der Haustür musste er sich durch den feinen Nieselregen kämpfen, der das winterliche Wetter ablöste, aber zum Glück hatte Jupp keinen weiten Weg zum Briefkasten. Früher musste er nach den Sicherheitsrichtlinien der Partei immer zwei Kästen auslassen, aber der Zinnober war zum Glück vorüber. Er achtete sorgfältig darauf, dass die Straßen, durch die er schlenderte, ausreichend bevölkert waren, denn er wollte nicht hinterrücks gemeuchelt werden. Als er den Umschlag eingesteckt hatte, drehte er sich um, aber es schien ihm niemand zu folgen. Entschlossen bog er in die Johannesstraße ein und schlich wie in den letzten Tagen hoch zur Jugendherberge.

Mozart hatte Holgi übel beschimpft, weil er offenbar nicht in der Lage war, einfachste Tätigkeiten zu verrichten. Irgendwie ging es um das Hantieren bei den Containern auf dem Fährgelände, aber dem hatte Jupp damals keinerlei Bedeutung beigemessen. Jetzt, nach der Beobachtung von Maik bei der gemeinsamen Flucht, lag die Sache anders, und deshalb suchte Jupp seitdem abends das hochgelegene Gelände der Kieler Jugendherberge auf, weil er von dort aus am besten das Fährgelände einsehen konnte. Sein besonderes Interesse war dort auf einen Polizei-Bulli gefallen, der früh am Abend

Patrouillen über das Gelände fuhr. Manches Mal hielt er kurze Zeit zwischen den Containern. Später fuhr er scheinbar ziellos weiter über das unübersichtliche Terrain mit Ladegut, bis er schließlich seelenruhig aus dem Gelände herausfuhr.

Der sich öffnende Parkplatz vor der Jugendherberge wurde linker Hand von einer unlängst geschlossenen Schwimmhalle begrenzt, damit bloß keine Werktätigen in den Genuss eines Badevergnügens in ihrem Stadtteil kamen. Die Jugendherberge war ebenfalls über die Weihnachtsferien geschlossen, und so näherte sich Jupp unbemerkt dem danebenliegenden Gaardener Balkon, einem kleinen Austritt, von dem er einen prächtigen Blick auf die festlich erleuchtete Altstadt von Kiel hatte. Auch hier war die Luft rein.

Nicht weit von ihm entfernt lag das Parkhaus des Bürokomplexes, durch das er mit Maik getürmt war, und das angrenzende Fährgelände lag dank der vielen Lichtmasten gut einsehbar daneben.

Die Flucht mit Maik saß ihm heute noch in den Knochen. Nicht auszudenken, wenn die Bullen sie geschnappt hätten. Das weitere Nachdenken erübrigte sich, denn wie aus dem Nichts legten sich zwei kräftige Hände schmerzhaft um seinen Hals. Zuerst tat es nur weh, aber schnell gewann in seinem Kopf der Drang nach frischer Atemluft die Überhand. War ja klar, einer seiner Kumpels erlaubte sich wieder einmal einen derben Spaß.

Jupp Jöllen bemühte sich energisch, sich aus der

Umklammerung zu winden. Aber diese schwieligen, harten Hände drückten seinen Hals wie ein Schraubstock immer fester zusammen, und eine kräftige Brust an seinem Rücken verhinderte, dass er an sein Messer kam, um sich dieser Umklammerung mit Gewalt zu entziehen.

Es war kein Spaß mehr. Jupp versuchte verzweifelt, sich mit einem Fußtritt nach hinten zu befreien, aber die hart zupackenden Pranken wurden übermächtig. Warum kam ihm niemand zu Hilfe?

DIE ELLI RECHTS

Lustlos schlich Stuhr mit einem schäbigen Koffer in der Hand durch die Elisabethstraße. Er hatte versucht, sich dem Einheitslook der Bevölkerung in Gaarden anzupassen: schmuddelige Jeans aus der Wäschetruhe, ein olivfarbener Kapuzenpullover und Turnschuhe. Das passte perfekt zu den schmutzigen Resten der zusammengeschobenen grauen Haufen vom Schneeeinbruch des Wochenendes an den Straßenrändern, die mit den Streuresten auf dem Kopfsteinpflaster den Stadtteil noch trister wirken ließen.

Endlich war er an Schrocks Haustür angekommen. Als er den Schlüssel einstecken wollte, bemerkte er, dass sie nachgab. Vorsichtig tastete er sich zur Tür von Schrocks Wohnung und riss die Siegel der Kripo einfach ab. Als er auch diese unverschlossene Tür öffnete, quoll ihm der gleiche Mief entgegen, dem er vor 30 Jahren entflohen war: der Geruch von abgestandenem Zigarettenqualm und Alkoholresten.

Schrocks Klamotten lagen überall auf dem Boden verstreut herum, und es stank wie in einem Pumakäfig. Ein ziemliches Chaos, aber Stuhr hatte keineswegs vor, für die kurze Zeit seines Aufenthalts klar Schiff zu machen. Kommissar Hansen hatte ihm geraten, sich als Schrocks älterer Bruder auszugeben, der frisch aus dem Knast kam.

Skeptisch stellte Stuhr seinen Koffer ab. Dann bahnte er sich mühselig durch die vielen auf dem Fußboden liegenden Weinflaschen den Weg in die Küche. Der Eisschrank war zum Glück kaum befüllt, es lagerten nur einige Bierdosen darin. Stuhr entnahm eine und trank hastig, um die triste Stimmung und den Mief zu verdrängen. Träge schlurfte er zurück in die Wohnstube und schaute sich um. Schrocks zusammengewürfelte Möbel waren abgewohnt, aber sie waren zweckmäßig angeordnet. Ein alter Röhrenfernseher hatte die Position der hässlichen braunen Couch und der Kiefernholzstühle bestimmt. Der davorstehende kleine Holztisch offenbarte fast mehr Narben von ausgedrückten Zigaretten als der Flickenteppich von Kiel nach den letzten vernichtenden Bombennächten im Zweiten Weltkrieg. Nein, gemütlich war es nicht in dieser Schmuddelbude, aber zum Glück hatte Schrock wenigstens keine größere Tierhaltung betrieben. Außer mit sich selbst.

Das Bier stieg Stuhr angenehm in den Kopf. Er ließ sich auf der Couch nieder und schloss die Augen.

Nun war er wieder hier. Gegen seinen Willen. Eine Generation war das jetzt her, seitdem er aus diesem Stadtteil geflohen war, und es war längst nicht mehr das Gaarden, in dem er groß geworden war. Es war inzwischen eine andere Welt geworden. Die wenigsten schienen hier noch ihre Wurzeln zu haben.

Dabei war früher in diesem Stadtteil alles anders. Vertrauter. Persönlicher.

Er versuchte, sich an die Geschäfte in seiner Straße zu erinnern. Aber ihm fielen nur die unzähligen kleinen

Gaardener Kneipen ein. Und das Friseurgeschäft ganz oben in der Wikingerstraße mit einem Namen, der wie eine Pralinensorte klang: Feodora. Den führte die leicht dickliche Frau Niemann. Ihren Sohn Bernd hatte Stuhr zufällig unlängst bei einer Einladung seiner Bank wiedergetroffen. Er war inzwischen genauso dick wie seine Mutter. Einen Vater hatte er seinerzeit bei ihm nicht ausmachen können. Er schien eine echte Jungfrauengeburt zu sein, zumal in einem Damensalon Männer damals nichts zu suchen hatten. Vermutlich lief es früher mit den vertrackten Familienverhältnissen aber nicht viel anders als heute, nur verschämter und verdeckter. Den Kontakt zu Bernd hatte er früher immer gemieden, der war ihm zu durchtrieben.

Was Stuhr jetzt an Gaarden störte? Nun, viele ausländische Mitbürger hatten inzwischen Geschäfte übernommen. Die wenigen verbliebenen schönen alten Dinge wurden in Gaarden nicht mehr gepflegt oder weiterentwickelt, sondern einfach durch Billigreklamen ausgetauscht oder von der Vielfalt anderer Kulturen übertüncht.

Nein, auch wenn das multikulturelle Zusammenleben weitgehend friedlich verlief, Stuhr fühlte sich in diesem Stadtteil nicht mehr wohl. Sicher, früher gab es oft Randale, wenn nachts die Werftarbeiter grölend aus den Kneipen nach Hause schlichen oder Rocker Jugendliche aufmischten. Aber irgendwie hatte Gaarden für Stuhr seinen Charme verloren.

Kein Wunder, dass Kommissar Hansen hier noch keinen Millimeter weitergekommen war, denn in Gaarden war es wie in einem Dorf: Jeder kannte jeden. Entweder lebte man darin oder war draußen.

Als Stuhr dem Kommissar dieses vorhielt, wurde der unwirsch und entgegnete, dass dies das Ende jeglicher Rechtspflege bedeuten würde. Wenn man in einem Dorf etwas herausbekommen wollte, dann müsse man eben dort hinziehen und in die Freiwillige Feuerwehr eintreten, auch wenn die in Gaarden Bäckerei, Kneipe oder Dönerbude hieß. Mit Haut und Haaren.

Stuhr hatte zwar interveniert, aber Hansen hatte ihn inständig gebeten, wenigstens für kurze Zeit in Schrocks Wohnung einzuziehen. Einen Tag, höchstens zwei. Mehrfach hatte Stuhr mit Engelszungen versucht, den Kommissar von seiner wahnwitzigen Idee abzubringen. Aber Hansen packte ihn als ehemaliger Gaardener Jung bei der Ehre, es für den Stadtteil zu tun, in dem er aufgewachsen war.

Nun ja, in Gaarden kannte er sich aus. Die Straßenzüge waren bis auf einige verkehrstechnische Einschränkungen die gleichen geblieben, nur die Inhaber der Geschäfte hatten gewechselt. Warum sollte er nicht ein oder zwei Tage in seine Vergangenheit abtauchen? Vielleicht sollte er es als einen kleinen Urlaub von der Realität betrachten, zumal es in seiner Beziehung mit Jenny gerade nicht zum Besten stand.

Stuhr fuhr hoch, weil die Türklingel schrill klingelte. Er sprang auf und öffnete die Tür einen Spalt, aber die drei schwankenden hageren Gestalten mit nervösem Blick, die er im trüben Treppenlicht des Hausflurs ausmachen konnte, machten auf ihn trotz ihrer schweren Lederjacken keinen unfriedlichen Eindruck. So öffnete er die Tür.

»Was machst du denn hier? Das ist nicht deine Wohnung, und die Polizeisiegel sind gebrochen.«

Das kannte Stuhr noch von früher: Handgeben oder Zuschlagen. Er machte einen Schritt nach vorn und reichte ihnen die Hand.

»Moin. Wolltet ihr zu Holgi?«

Die Burschen schüttelten betreten die Köpfe, also schienen sie von Schrocks Tod zu wissen. Vermutlich waren sie neugierig.

»Kommt rein«, munterte sie Stuhr auf. »Ein Rohr?«

Diese Sprache verstanden sie. Stuhr holte drei Dosen Bier aus dem Eisschrank. Sie stießen an und rülpsten wie selbstverständlich nach dem ersten Schluck.

Stuhr war klar, dass er jetzt seine Lügengeschichte glaubhaft verkaufen musste. »Ihr wundert euch, dass ich in Holgis Bude bin. Stimmt, oder?«

Die drei Gesellen blickten sich wortlos an.

Stuhr holte aus. »Wäre euch die Polizei lieber?«

Sofort schüttelten die drei wieder die Köpfe. »Sind die Bullen noch da?«

Stuhr beschwichtigte sie. »Nein, keine Sorge. Ich bin Holgis großer Bruder. Halbbruder, genauer gesagt. Der gleiche Vater, aber zum Glück eine andere Mutter. Deswegen steht auch immer noch H. Schrock an der Wohnungstür. Helge Schrock. Ich sortiere Holgis Nachlass, deswegen werde ich eine Zeit lang hier wohnen.«

Einer von ihnen drängte sich nach vorn. »Holgis Nachlass? Was soll das denn sein?«

»Na ja. Papiere und so. Wegen der Bürokratie für die Beerdigung. Von der Wiege bis zur Bahre, Formulare, Formulare. Holgi kann das ja schlecht selbst machen.«

»Nee, das ist schon in Ordnung. Wir hatten uns nur gewundert, weil Holgi nie etwas von einem Bruder erzählt hat. Allerdings auch nie etwas über seinen Vater, nur, dass das ein ziemlicher Windhund gewesen sein soll. Ich heiße Stefan, aber mich nennen alle nur Stange. Das ist Herzog und das Mauke.«

Stuhr nickte freundlich. Stange war ein hagerer, schlaksiger Typ, da konnte man den Spitznamen noch nachvollziehen. Aber bei Herzog konnte definitiv eine adelige Herkunft ausgeschlossen werden, während wiederum der von Maukes Füßen hochkriechende Gestank seinen Namen erklärte.

Stange übernahm weiter die Wortführerschaft. »Wann wird Holgi denn beerdigt?«

Stuhr zuckte mit den Schultern. »Feuerbestattung. Morgen soll ich in Kiel die Formalitäten erledigen. Irgendwann schieben sie ihn dann in den Ofen. Wollt ihr zuschauen?«

Die drei schüttelten schnell die Köpfe. Mauke konnte sich eine Bemerkung nicht verkneifen. »Hoffentlich fliegt das Krematorium nicht in die Luft.«

Die beiden anderen verzogen keine Miene. Stange gab das Ergebnis seiner Überlegungen preis. »Wir hätten Holgis Asche heimlich im Holstein-Stadion verbuddeln können, aber er ist kein Fan. Dann geht das nicht. Ein Ehrenkodex in unserer Gang.«

Stuhr runzelte die Stirn. »Gang?«

»Genau. Heute fehlen zwei Kumpel. Wir waren zusammen mit Holgi eine verschworene Gang. Nicht wie in der Bronx, keine Morde und keine Schutzgelder. Wir haben uns den Respekt auf unsere eigene Art auf der Straße und in den Kneipen erkämpft.«

»In den Kneipen?«

»Richtig. ›Kneipenpiraten‹, so nennt man uns. Wir haben uns immer für Gaarden geradegemacht. Selbst die Wurstaugen haben das inzwischen begriffen und machen keinen Stress mehr.«

Es war zu vermuten, dass damit der ausländische Bevölkerungsanteil gemeint war. Stuhr nippte nachdenklich an seinem Bier.

Stange wurde zutraulich und rückte mit seinem Vorhaben raus. »Eigentlich wollten wir nach dem Vorglühen heute so richtig auf Trebe gehen. Einmal die Elli rechts. Zu dritt ist man schnell in der Unterzahl. Hast du nicht Lust mitzukommen?«

Das kannte Stuhr von früher noch. Die Elli rechts bedeutete, dass man unten beim Werktor in der Kaschemme von Minna Runge anfing, ein Bierchen zu trinken, und dann versuchte, möglichst viele der folgenden Kneipen auf der rechten Seite der Elisabethstraße aufzusuchen, bevor einen der Filmriss ereilte. Die hohe Kneipendichte sorgte früher dafür, dass sie es nicht ein einziges Mal bis zur Preetzer Chaussee hoch geschafft hatten. Allerdings gab es die Gaststätte Runge schon lange nicht mehr.

»Also fangen wir im ›Goldenen Anker‹ an, richtig?«

Stange musterte ihn skeptisch. Er schien eine Nachfrage und keine Antwort erwartet zu haben. »Woher weißt du das? Bist du Gaardener? Ich hab dich noch nie hier gesehen.«

Die Frage hatte Stuhr erwartet. »Ich komme nicht aus Klösterlich Gaarden, sondern aus Fürstlich Gaarden. Lensahner Straße 12, Parterre links.« Da wohnte die Putzfrau seiner Eltern, das wusste er noch.

Das schien Stange glaubhaft zu sein, denn zwischen diesen beiden historischen Teilen von Gaarden, die von der Preetzer Chaussee getrennt waren, kannte niemand den anderen. »Und wo hast du die letzten Jahre gewohnt?«

»Hotel Faesch. Vater Staat.« Auch diese Antwort hatte sich Stuhr gut überlegt. Das war das Kieler Gefängnis in der Faeschstraße, vielen Gaardenern nicht ganz unbekannt.

Die Antwort von Stange fiel knapp aus. »So. Du also auch.«

»Noch ein Rohr?«

Ohne eine Antwort abzuwarten, holte Stuhr die letzten Biere aus dem Kühlschrank. »Nur das Beste aus Holgis Küche für euch.«

Stange riss zufrieden seinen Verschluss auf und spreizte den kleinen Finger von der Dose. »Finger weg vom Alkohol.«

Während Herzog schon ein wenig müde wirkte, war Mauke richtig heiß. »Die Finger weg!« Dann trank er die Dose in einem Zug aus.

Nachdenklich betrachte Stuhr sein Bier. »Mit dem Alkohol habt ihr aber keine Probleme, oder?«

Jetzt wurde Herzog hellwach. »Nee, nur ohne.«

Stange klatschte Beifall. »Mauke ist ein richtiger Getränksmann. Den säuft so schnell keiner unter den Tisch. Oder kannst du etwa mithalten? Helge, richtig?«

Stuhr blieb cool. »Es käme auf einen Versuch an. Die Elli rechts?«

Jetzt gab Stange den Befehl zum Aufbruch. »Die Elli rechts. Abmarsch!«

Beim Herausgehen betrachtete Stuhr die drei Gestalten genauer. Jung und unverbraucht war keiner aus der Gang. Die drei Figuren vor sich schätzte Stuhr so um die 40, ein wenig jünger als Holgi.

Vier verpfuschte Leben. Oder?

DIE KLEINE TOCHTER

Büroleiter Zeise hatte für die Weihnachtsfeier der Polizeidirektion mit dem eleganten Restaurant Fördeblick in Kiel-Holtenau am Eingang des Nordostseekanals keine schlechte Wahl getroffen. Es begann zunächst auch recht fröhlich, denn Kollege Fingerloos von der Spurensicherung gesellte sich zu Hansen und seinem ihm nicht ganz freiwillig zugeordneten Oberkommissar.

»Moin, Konrad. Ordentlich Durst mitgebracht?«

Wie immer zuckte Hansen zusammen, wenn sein Vorname fiel. »Du weißt doch, im Dienst wird nicht getrunken.«

»Dienst? Ah. Endlich einmal ein Staatsdiener mit trockenem Humor. Ein seltenes Exemplar. Heute ist unsere Weihnachtsfeier, Konrad.«

»Richtig«, belehrte ihn Hansen. »Eine dienstliche Feier der Kieler Polizeidirektion. Warte nur die Rede von Polizeidirektor Magnussen ab, dann wirst du anders darüber denken.«

»Magnussen?« Fingerloos winkte ab und bestellte sich ein großes Bier.

Hansen wandte sich an den Kellner. »Wir wollen heute keinen Alkohol trinken. Können Sie uns etwas empfehlen?«

»Klar, bestellen Sie wie Ihr Kollege einfach auch ein Bier.«

Hansen war verblüfft. »Ist in Bier denn kein Alkohol?«

»Sicher, aber nur wenig.«

Hansen verspürte allerdings wenig Lust, sich kurz vor dem Jahreswechsel noch einen Rüffel von Magnussen einzufangen. »Können Sie uns nicht etwas anderes empfehlen? Eine alkoholfreie Spezialität des Hauses vielleicht?«

Der Kellner grinste. »Lecker Spezi. Kenner trinken direkt aus der Flasche, hat meine Großmutter immer gesagt.«

Fingerloos begann loszuprusten. Aber da Stüber nickte, orderte der Kommissar mit ernster Miene zwei Spezi.

»Aber im Glas und auf Eis, bitte.«

Der Kellner entschwand mit einem säuerlichen Lächeln auf den Lippen.

Stüber richtete eine kleine Spitze gegen Fingerloos. »Unter uns, eure Wohnungsdurchsuchung am Samstag in der Siffbude in Gaarden muss ja das reinste Vergnügen für euch gewesen sein.«

»Tja, so etwas sieht man nicht alle Tage. Die Wohnung von Schrock ist ein real existierendes Biotop. Dagegen ist das Dschungelcamp ein Kinderzoo. Wenn wir alle Spuren auswerten müssten, dann hätten wir noch jahrelang zu tun. Deswegen auch das Bierchen heute. Muss mir den Staub unbedingt aus der Lunge spülen.«

Stüber konnte sich nicht verkneifen, seinen Chef zu zitieren. »Kollege Hansen sagt, man kann nicht immer nur in Sankt Peter-Ording oder Sylt auf Leichen hoffen.«

Fingerloos warf Hansen einen tadelnden Blick zu. »Quatsch, Konrad. Sylt ist nur etwas für Urlauber, die keine Fremdsprache beherrschen, und in Sankt Peter-Ording haben wir in den letzten Jahren genug Leichen entdeckt. Nein, der Stadtteil Gaarden hat schon etwas ganz Spezielles. Ein ganz besonderes Flair herrscht dort. Ich habe ein Herz für die Arbeiterklasse, bin früher selbst als Jungsozialist bei den Ostermärschen in Gaarden mitmarschiert. Rotfront.«

Der Kommissar hob wortlos die Faust zum Gegengruß und stieß Stüber mit dem Knie an den Oberschenkel, damit er endlich die Klappe hielt. Dann kamen schon die Getränke, und Fingerloos hob bewundernd das nächste perlende Bier gegen das Licht.

»Du gehörst mir.«

Sie prosteten sich zu, und dann würgten Hansen und Stüber das Spezi hinunter. In diesem Moment wurde es ruhig im Restaurant, denn aus dem Foyer eilte mit wichtiger Miene der Polizeidirektor heran. Im Gefolge der unvermeidliche Büroleiter Zeise, der den Auftritt klatschend begleitete. Sogleich hob Magnussen zu einer Rede an.

»Werte Damen und Herren, wieder ist ein Jahr vergangen. Ich habe mich für die geleistete Arbeit zu bedanken. Ermittlungsarbeit ist eben mehr als Tatütata und Blaulicht. Allein Ihrem Einsatz ist es zu verdanken, dass Kiel in der Vergangenheit saubergehalten wurde von Unrat und Geschmeiß. Im nächsten Jahr ...«

Es folgte das übliche Geschwafel. Nachdenklich beobachtete Kommissar Hansen das leise Prasseln des feinen Nieselregens an den gewaltigen Panoramascheiben des Holtenauer Restaurants. Nicht nur bei schönem Wetter hatte man an diesem Ort einen prächtigen Blick auf die Fördeschifffahrt, und wegen der Schleuseneinfahrt zur meistbefahrenen Wasserstraße der Welt sorgte ein reger Schiffsverkehr für ständige Abwechslung. Die war auch notwendig, denn die Weihnachtsfeier der Kieler Polizeidirektion mutierte langsam zu einer Totenfeier.

Kurzer Beifall brandete auf, wenigstens die Trauerrede war beendet. Zu Hansens Missvergnügen steuerte Polizeidirektor Magnussen jetzt auf seinen Tisch zu und ließ sich auf einem der beiden freien Plätze nieder. Büroleiter Zeise folgte ihm. Immerhin winkte Magnussen den Kellner heran, bevor er den ungewöhnlich kleinen Rahmen der Feier näher erläuterte.

»Sie werden verstehen, dass wir dieses Jahr ausschließlich im erlesenen inneren Zirkel feiern. Für die anderen Lakaien in der Polizeidirektion legt Kollege Zeise aber morgen früh gelbe Schokoladenkringel in die Fächer. So ist für alle Mitarbeiter bestens gesorgt.«

Der Büroleiter schluckte, offenbar war die Ankündigung für ihn neu. »Chef, wo soll ich denn bis morgen früh gelbe Schokoladenkringel herbekommen?«

Magnussen zischte ihm eine Antwort zu, die aber in der dezenten Atmosphäre des Lokals nicht zu überhören war. »Die Werbegeschenke von meiner Partei natürlich. Welche denn sonst? Wir müssen schließlich auch mal für die richtigen Ziele werben.«

Der Polizeidirektor spürte die irritierten Blicke seiner Mitarbeiter. Alle waren froh, dass der Kellner nahte. Magnussen stand kurz auf.

»Für die Getränke komme ich auf, meine Herren. Sie hätten nichts bestellen müssen. Herr Ober, bitte zwei große Flaschen Mineralwasser und fünf Gläser.«

Fingerloos schüttelte sich, während der Polizeidirektor jovial wurde.

»Na, die Herren, wann geht es denn in den verdienten Weihnachtsurlaub?«

Stüber fand als Erster die Worte wieder. »Mal sehen, wie sich der Arbeitsanfall zwischen Weihnachten und Sylvester entwickelt. Ich wollte tageweise freinehmen, wenn es genehm ist.«

Welchen Arbeitsanfall, darüber ließ sich sein Oberkommissar nicht aus. Hansen vermutete, der im Hotel der Witwe Eilenstein. Der genervte Fingerloos antwortete knapp.

»Ich bin spätestens Freitag weg. Für zwei Wochen. Der Urlaubsantrag liegt bereits bei Ihrer Sekretärin.«

»Habe ich schon unterschrieben, Fingerloos. Da können Sie im Urlaub Ihrer Trinkleidenschaft ja endlich einmal ausgiebig frönen. Eine Bierkur, was?«

Magnussen schlug sich vergnügt auf die Schenkel und Zeise lachte lauthals mit. Nun sah der Polizeidirektor erwartungsvoll Kommissar Hansen an.

»Ich arbeite durch, Chef. Über die Feiertage werde ich Stallwache halten.«

»Schön. Dann würde ich gern mit Ihnen etwas Spezielles kurz besprechen wollen. Wenn sich die Herren Fingerloos und Stüber solange zurückziehen könnten?«

Irritiert standen die beiden auf und gingen zum Tresen, während Magnussen näher rückte.

»In Gaarden, da dürfen Sie nichts vermasseln, Hansen. Wir probieren dort nämlich eine neue Polizeitaktik aus. Hochoffiziell, mit dem Segen des Innenministers.«

Der Kommissar wunderte sich über die Ansprache, aber der Direktor wurde schnell konkreter.

»Wenn ein Klo verschmutzt ist, dann scheißen alle in die Ecken. Ist die Toilette aber sauber, dann achtet jeder darauf, nichts zu beschmutzen. Verstanden?«

Natürlich nicht, aber sollte Hansen das zugeben?

Büroleiter Zeise beugte sich vertraulich vor. »Wir rüsten das 5. Polizeirevier nach dem neuesten Stand der Kriminaltechnik aus. Alle nicht zum Jahresende von uns abgerufenen Haushaltsmittel fließen dorthin. Es soll unser Vorzeigerevier werden. Wir erwarten, dass sich dadurch mittelfristig die Verhältnisse in Gaarden bessern. Weniger Drogen und so. Revierleiter Linke genießt jedenfalls unser vollstes Vertrauen.«

Das bestätigte Magnussen. »Richtig, Zeise. Stärken Sie dem Kollegen Linke den Rücken, wenn Sie dort ermitteln, Hansen. Schiefgehen darf nichts. Denken Sie an unseren guten Ruf. Noch ein Mineralwasser?«

Der Kommissar lehnte dankend ab. »Ich habe verstanden, Chef. Allerdings, wenn Stüber und Fingerloos gleichzeitig im Urlaub sind, dann werde ich dort kaum weiterkommen können.«

Die Stimme von Magnussen verschärfte sich. »Müssen Sie aber, Hansen. Den Freitod von diesem Schrock auf dem Weihnachtsmarkt haben zu viele mitbekommen. Zum Glück ist Petra Bester, die Verlegerin der Kieler Rundschau, noch einige Zeit im Wintersport. Was meinen Sie, wie die uns in ihrer Kolumne eingeheizt hätte?«

Das konnte sich Hansen lebhaft vorstellen, wenngleich er mit ihr immer gut klargekommen war.

»Sie müssen den Tod von diesem Schrock unbedingt aufklären, Hansen. Geräuschlos. Sie haben alle Freiheiten. Hintenherum sehe ich zu, dass ich Ihre außerplanmäßige Beförderung zum Polizeirat noch in trockene Tücher bekomme. Die Bedingung ist: Ich weiß von nichts, und Sie sind mein Zeuge, Zeise.«

Der Büroleiter schnappte nach Luft. Das war verständlich, denn Zeuge von einem Gespräch zu sein, dessen Inhalte nicht öffentlich werden durften, das war ein unauflösbares Unterfangen.

Aber Magnussen setzte noch nach. »Der Anschein der Rechtmäßigkeit muss unbedingt gewahrt bleiben, Zeise, besonders wenn das Gesetz gebrochen wird.«

Während Zeise über den Inhalt der Botschaft noch rätselte, erhob sich der Polizeidirektor.

»Frohe Weihnachten, die Herren. Im Übrigen: schöne Feier, Zeise. Danke sehr. Abmarsch!«

Der Polizeidirektor setzte sich in Bewegung und verließ mit Zeise im Schlepptau das Restaurant.

Fingerloos wagte sich als Erster mit einem neuen Bier an den Tisch zurück. Behutsam fragte er nach. »Na, ein nettes Gespräch mit Chefchen und Helferlein geführt?«

Hansen war gepestet. »Nett? Ist das nicht die kleine

Tochter von scheiße? Das weißt du viel besser als ich, Pferdi.«

Als Stüber jetzt ebenfalls mit einem neuen Bier anrückte, bestellte sich Hansen auch ein Frischgezapftes.

Fingerloos war neugierig und fasste nach.

»War bestimmt wegen der Sache in Gaarden, oder? Zeise soll dort ungeahnte Aktivitäten entwickeln. Erzählt man sich jedenfalls in der Direktion.«

»Ja, und drüben in Gaarden darf nichts schiefgehen, hat er gesagt. Aber ich habe schon einen Plan.«

Die beiden platzten vor Neugier. »Und?«

Sein Bier wurde serviert, und Hansen prostete ihnen freundlich zu. »Dienstgeheimnis, die Herren. Hau weg die Scheiße.«

Ein schöner Ort, das Restaurant Fördeblick. Nur vor dem anstehenden Weihnachtsfest mit seiner Else, da graute ihm. Vielleicht sollte er den Bereitschaftsdienst in den nächsten Tagen schon einmal thematisieren. Dann könnte er jederzeit abhauen.

DER LANGE ARM DES GESETZES

Gegen den feinen Regen hatte Stuhr seine Kapuze hochgezogen, als er mit Stange, Herzog und Mauke durch das abendliche Gaarden Richtung Werktor der Schiffswerft zog, hinter dem einer der mächtigen blauen Portalkräne rangierte. Früher waren die offen stehenden Spelunken vor der Werft nach Feierabend die erste Anlaufstation für die Arbeiter, die von ihnen zu allen Tages- und Nachtzeiten förmlich aufgesogen wurden. In seiner Jugend hätte sich Stuhr niemals hineingewagt, denn dort herrschten raue Sitten.

Stange marschierte voraus und riss schwungvoll die Tür zum »Goldenen Anker« auf. Die Tische der Kneipe waren gut besetzt und ein Schwall von Qualm waberte Stuhr entgegen. An das Rauchverbot hielt sich niemand, aber insgesamt wirkte der Laden recht aufgeräumt für Gaardener Verhältnisse.

Stange nahm ihn beiseite und raunte ihm halblaut ins Ohr: »Blitzsauber inzwischen der Laden, Schrock. Früher hatte der Wirt wegen seiner Hautkrankheit immer schwarze Handschuhe an, das mochte nicht jeder. Jetzt mit der Kleinen hinter dem Tresen ist aber alles wieder in Ordnung. Du wirst es bald merken: Sie mag mich.«

Stange blinzelte ihm zu und gab lauthals seine Bestellung auf: »Vier Kleine.«

Seine Kleine hantierte allerdings weiter angestrengt hinter dem Tresen, ohne großartig Notiz von ihnen zu nehmen. Ihre Antwort knurrte sie heraus. »Ich sehe nur drei Kleine und einen Großen.«

Artig korrigierte sich Stange. »Vier kleine Bier, bitte.«

Innerlich musste Stuhr lachen. Die kecke Wirtin musste so um die 40 sein und überragte Stange um einige Zentimeter. Bestimmt war sie früher einmal eine hübsche Frau gewesen, aber sie achtete anscheinend wenig auf ihr Äußeres. Ihre Kleidung wirkte verschlissen und hatte schon bessere Zeiten gesehen, die allerdings länger zurückliegen mussten. Mit ihren wallenden brünetten Haaren schien sie zudem auf Kriegsfuß zu stehen. Vielleicht kam sie durch das Gestrüpp einfach nicht mehr durch. Ansonsten schien sie durchaus lustvoll ihrem Job nachzugehen. Als sie sich dem Tresen näherten, legte sie ihren Putzlappen weg und beugte sich vertraulich zu Stange hinüber.

»Wo sind denn Maik und Jupp heute?«

Stuhr wurde hellhörig. Das waren die Namen, die er von Dreesen aufgeschrieben bekommen hatte. Stange antwortete genervt: »Mensch, du kannst aber blöde Fragen stellen. Maik hat so etwas wie seine Tage und hat sich verkrochen.«

Die Kleine spülte jetzt die kleinen Biergläser mit ziemlicher Kraft durch. »Seine Tage? Ist das dein Ernst?«

»Ja, das mit Holgi ist ihm tierisch auf den Sack geschlagen, und die Bullen scheinen seitdem nach ihm zu suchen. Ich bin jetzt der Chef im Ring.«

»Ach ja. Und der Jupp?«

Die Antwort ließ vermuten, dass sie Stange nicht ganz ernst nahm.

Stange legte jedoch nach. »Jupp wollte eigentlich heute mit uns los. Ich weiß auch nicht, wo er steckt. Seit gestern nichts mehr von ihm gehört. Aber dafür ist Holgis großer Bruder mit. Hier, das ist Helge. Der haust jetzt in Holgis Bude.«

Stanges Kleine reichte ihm unerwartet freundlich ihre vom Gläserspülen eiskalte Hand. »Schade, das mit Holgi. Tut mir echt leid für deinen Bruder.«

Stuhr nahm die unverdiente Kondolenz stumm nickend entgegen. Er war anscheinend angekommen in Gaarden. Die Gang nahm ebenfalls am Tresen Platz. Mauke furzte zunächst gnadenlos auf seinem Barhocker, als wenn es das Normalste auf der Welt wäre, und Herzog kratzte sich gedankenlos am Hintern. Die Herren schienen sich wohlzufühlen. Das war schon eine feine Gesellschaft, mit der er unterwegs war.

Als Stange zur Toilette eilte, begann Stuhr, die Kleine von Stange genauer bei der Tresenarbeit zu inspizieren. Sie war flink und geschickt, und mit dem rauen Ton der Anwesenden kam sie gut zurecht. Sie hatte eine sportliche Figur. Zog sie die alten Klamotten an, damit sie Ruhe vor ihren Gästen hatte? Sie lächelte ihm immer wieder freundlich zu, was er schlecht einordnen konnte. Sie schien ihm nicht verkehrt zu sein.

Aber warum sollte sich Stuhr darüber groß Gedanken machen? Die Kleine von Stange stellte die Biere für Mauke und Herzog auf den Tresen. Als sie mitbekam, dass Stange nicht im Wirtsraum war, machte sie extra für Stuhr einen Bogen um das Ende des Tresens und servierte ihm das Bier kunstgerecht von der Seite und berührte ihn beim Anstoßen.

»Zum Wohl, Helge. Den gebe ich auf deinen toten Bruder aus. Der hatte zwar Ecken und Kanten, aber insgesamt war er ein feiner Kerl. Prost, ich bin die Katja.«

Stuhr setzte automatisch wieder sein betroffenes Gesicht in Gedenken an seinen toten Bruder auf und prostete zurück.

Sie versuchte, ihn aufzumuntern. »Kopf hoch, der Holgi hat es endlich hinter sich. Der war zum Schluss so unter Druck, dass er nur noch im Vollrausch war.«

Herzog und Mauke stimmten grummelnd zu.

Stuhr versuchte vorsichtig, ihr mehr über Schrock zu entlocken. »Danke, Katja. Sag mal, wie war Holgi denn ansonsten so drauf? Ich habe ihn fast zehn Jahre nicht mehr gesehen.«

Katja hielt inne. Sie schien die Welt um sich für einen Moment zu vergessen. »Dein Bruder war ein ganz besonderer Typ, aber sicherlich kein Partner für das Alltagsleben. Ich würde dir gern einmal ein paar Sachen mehr von ihm erzählen. Jetzt geht das aber nicht.«

»Wegen Stange? Der hockt auf dem Klo.«

Sie blickte ihn erstaunt an. »Wieso denn wegen Stange?«

Dann schien sie seine Andeutung begriffen zu haben. »Nee, keine Sorge. Nicht wegen Stange, sondern weil der Laden voll ist. Komm irgendwann einmal die Woche tagsüber in den ›Goldenen Anker‹. Es gibt sicherlich bessere Plätze auf der Welt, aber wenn es nicht so voll wie heute ist, dann habe ich auch mal Zeit zum Plaudern.«

Stuhr nickte kurz, und dann kam Stange auch schon von der Toilette zurück und nahm seinen Platz wieder ein. In der Folge entfaltete sich im Gastraum lautstark eine Debatte zwischen der Gang und den anderen Schluckspechten über den nicht enden wollenden sportlichen Abstieg der Fußballmannschaft des TuS Gaarden. Man war sich schnell einig, dass man die Fußballer härter rannehmen müsse.

»Weiter, Jungs!«, rief Stange unvermittelt seiner Gang zu. Er legte einen Zehner auf den Tresen, trank hastig sein Bier aus und stand auf. Stuhr wusste noch von früher, dass man sich bei »die Elli rechts« nicht schon in der ersten Kneipe festschnacken durfte, sonst blieb man an einem Tresen kleben. Stange, Mauke und Herzog bahnten sich unter lautem Gejohle der anderen Gäste wie Volkshelden den Weg aus der Kneipe.

Stuhr nickte Katja zum Abschied zu und dackelte seinen Leuten hinterher. Dann waren sie wieder an der frischen Luft.

Stange zeigte auf den benachbarten Imbiss. »Muselmanen, da gehen wir nicht rein.«

Das danebenliegende »Zwitscherstübchen« war eine typische Hafenkneipe. Ein wenig heruntergekommen von außen, und die querhängende Gardine im Schaufenster wirkte nicht besonders vertrauenerregend. Aber die Reklame leuchtete nicht, es hatte noch geschlossen.

Stange gab das Kommando. »Weiter.«

Als sie zwei Häuser weiter die »Haifischbar« erreichten, hatte Stuhr vom ersten Bier schon leicht wackelige Knie. Dort sollte der Zauber nun weitergehen. Aber zunächst stieß Mauke herzlos mit dem Fuß einen Rollator beiseite, der den Eingang zur Kneipe versperrte.

»Weg mit dem Schrott!«, grölte er kampfeslustig und wollte in die Kneipe hineindrängen.

Sofort baute sich der hünenhafte Wirt vor ihnen auf und flüsterte eindringlich auf sie ein. »Nicht so, Jungs. Ich lebe von der Altenpresse da oben auf dem Sandberg. Die Rentner zahlen prompt und lassen nicht Zettel anlegen wie ihr. Im Übrigen sitzt Peking hinten in der Ecke. Wenn ihr dem komisch kommt, dann haut der alles kurz und klein. Ihr kennt ihn doch.«

Das schien Stange zu imponieren, denn seine Stimmlage erhöhte sich fast um eine Oktave. »Oh, Peking ist auch da? Freut mich zu hören. Ist er friedlich?«

»Wenn er bei mir ist, dann ist er immer friedlich. Und ihr auch, verstanden?«

Stange nickte schnell, er wollte Streit vermeiden.

Der Wirt blieb aber misstrauisch. »Sagt mal, habt ihr überhaupt Geld dabei?«

Stange zog einen Zwanziger aus der Tasche und hielt ihn dem Wirt vor die Nase.

Der kommentierte den Schein trocken. »Oh, im Lotto gewonnen?«

Stuhr hatte Mühe, sich das Lachen zu verkneifen. Stange bot alle diplomatischen Künste auf, um nicht gleich in der zweiten Kneipe die Sauftour abbrechen zu müssen. »Ist völlig klar, dass wir nicht mehr klamm zu dir kommen, Günni. Holgi hat uns manchmal hergelotst, obwohl er blank war. Das war scheiße, aber nun ist er weg. Wir anderen haben immer gelöhnt, oder?«

Stange setzte seine Überzeugungsarbeit fort. »Das mit dem Treten nach dem Gehwagen haben die Jungs nicht so gemeint, Günni. Die Kumpels sind nur ein wenig verstrahlt. Das ist übrigens Helge Schrock, Holgis Bruder. Wir zeigen ihm, wo wir uns nachts mit Holgi so rumgetrieben haben. Wir versaufen seinen toten Bruder ein klein wenig.«

Der Wirt, der mit richtigem Namen vermutlich Günter hieß, musterte Stuhr von oben bis unten. Im normalen Leben hätte es für Stuhr keinen Grund gegeben, in diese Spelunke einzufallen. Aber »die Elli rechts« bedeutete auch, dass man keine Kneipe auslassen durfte, selbst wenn offenbar stadtbekannte Schläger wie dieser Peking drinsaßen. Es waren schon harte Regeln, welche die Gaardener sich auferlegten.

»Holgis Bruder?« Plötzlich zeigte Günni Herz und ließ sich erweichen. Er verzog sich wieder hinter den Tresen seiner verqualmten Bude und blickte Stange erwartungsvoll an.

»Wir hätten gern vier Frischgezapfte, Günni. Trinkst du eines mit?«

Der Wirt nickte und begann, die Biere einzuschenken. Stange schielte vorsichtig zum Ende des Tresens zu einem ziemlich kräftigen Kerl, der bei Bier und Korn in aller Seelenruhe seine Fingernägel mit den Zähnen reinigte. Ihn schien das Hereinkommen der Gang nicht sonderlich zu interessieren.

Der Wirt blickte Stuhr beim Zapfen tief in die Augen,

als wollte er erkunden, wie viel von seinem vermeintlichen Bruder in ihm steckte. Irgendwie kam dieser Günni dabei in Wallung. »Der Holgi, ja, der war schon eine Marke für sich. Der konnte eine Kneipe innerhalb von Sekunden in gute Stimmung oder Aufruhr kriegen. Je nachdem, wie er gerade drauf war.«

Stuhr zeigte sich erfreut darüber, dass sein vermeintlicher Bruder so wohlgelitten war. Die Miene des Wirtes verdüsterte sich allerdings. »Zum Schluss hat er einfach zu viel gesoffen, und wenn er richtig stramm war, dann hat er mir immer die Pissrinne vollgekotzt. Dafür hätte ich ihn abschlachten können.«

Stuhr beschloss, sein Lächeln besser wieder einzukassieren.

Günni setzte seinen Abgesang fort. »Geschichten konnte Holgi erzählen, die waren unglaublich. Einmal rief ihn seine Freundin ungeduldig an und wollte wissen, wo er denn steckte. Er erzählte ihr, dass er ganz friedlich auf der Elli gestanden habe, bis plötzlich Maurer Wände um ihn herum gezogen hatten. Dann verglasten Fensterbauer die Öffnungen, und Zimmerleute setzten ein Dach obenauf. Ein Bierwagen rollte heran, und ein Tischler baute einen Tresen vor ihm auf. Ruckzuck, ohne dass er etwas dafür konnte, stand er ungewollt mitten in einer Kneipe.«

Mauke, Herzog und Stange lachten, obwohl sie die Geschichte bestimmt schon mehrfach gehört hatten. Endlich verteilte Günni die Biere. Stuhr beschloss, diese Runde in Gedanken an Holgi zu spendieren und erhob deshalb als Erster sein Glas. Die Truppe prostete prompt zurück.

Stange blinzelte zum Wirt. »Siehst du, Günni, läuft alles spitzenmäßig so, oder? Wir sind auch gleich wieder weg. Wir wollten nur einmal kurz Hallo sagen.«

Der Wirt nickte abwesend, weil er inzwischen intensiv mit seiner Zettelwirtschaft hinter dem Tresen beschäftigt war. Irgendwann blickte er zu Stuhr hoch. »Du zahlst diese Runde?«

Stuhr hob brav seinen Finger und nickte. Günni zog einen verknitterten kleinen Zettel hervor. »Macht insgesamt 44 Euro.«

Stuhr sah den Wirt erstaunt an, denn für fünf Bierchen war das eindeutig zu viel.

»Dein Bruder Holgi hatte noch einen alten Zettel bei mir liegen.« Der Wirt überreichte ihm einen Zettel mit Schrocks krakeliger Unterschrift.

Stuhr blieb nichts anderes übrig, als zu zahlen.

Der Gang schien das peinlich zu sein, und kleinlaut zogen sie weiter. Im »Zwitscherstübchen« brannte jetzt Licht. Als Stange dort hinstrebte, hielt ihn Stuhr am Arm fest und fragte vorsichtshalber nach. »Wie viel muss ich dort für Holgi abdrücken?«

Stange sah ihn versöhnlich an. »Mensch, Schrock. Da können wir doch nichts für. Der Holgi, das war dein kleiner Bruder. Ins ›Zwitscherstübchen‹ kannst du im Übrigen völlig bedenkenlos reingehen. Holgi hatte Lokalverbot, weil er dort einen Türken grundlos blutig geschlagen hatte.«

Ein feiner Bruder. Stuhr ließ den Dreien den Vortritt.

Kaum waren sie in die verräucherte Nebelhöhle eingetaucht, als fünf jüngere Burschen am Tresen hochsprangen.

Stange schrie sofort los. »Scheiß Wellingdorfer. Satan, was wollt ihr Wichser bei uns?«

Stuhr konnte sich denken, was sich nun aufschaukeln würde. Er versuchte, einen Schritt zurückzugehen, aber Stange umklammerte ihn hart am Arm.

»Du bist jetzt einer von uns, Helge. Kneif nicht!«

Stuhr nickte notgedrungen, aber lieber hätte er sich die Polizei gewünscht.

Der Chef der Wellingdorfer Gang pöbelte zurück. »Selbst Wichser. Wir wollten nur schauen, wie ihr Gaardener Fischköppe in der Moschee betet und ob eure Weiber tatsächlich Kopftücher tragen.«

In der Folge erhoben sich wüste gegenseitige Beschimpfungen, bis einer der Wellingdorfer unvermittelt seine Gaspistole zog und abdrückte. Der Knall scheppterte mächtig in Stuhrs Ohren, und sofort zogen auch die Jungs der Gang ihre Knarren.

Die Ballerei war gewaltig, und als das Pulver verschossen war, flogen die Fäuste. Mauke setzte einen der Wellingdorfer mit einer Rumflasche außer Gefecht. Stuhr versuchte, mehr am Rande des Geschehens das Spektakel zu überstehen.

Plötzlich blitzte Blaulicht durch die verräucherten Gardinen. Stuhr war erleichtert, dass endlich die Polizei im Anrücken war. Dann wurde auch schon die Tür aufgerissen und sechs behelmte Hünen in schwarzen Uniformen erstürmten die kleine Kneipe. Welch ein

Glück, sie würden ihn schnell aus dieser misslichen Lage befreien.

Aber gerade, als Stuhr sich erste Formulierungen zurechtlegte, warum er schuldlos in diese Auseinandersetzung hineingeraten war, wurde er unerwartet von einem Arm des Gesetzes auf den Boden gerissen. Dann wurde er von einer Faust niedergestreckt.

IM REVIER

Kommissar Hansen kannte den hässlichen Backsteinbau des 5. Polizeireviers, denn früher war dort der Technische Überwachungsverein untergebracht gewesen. Notgedrungen musste er damals alle zwei Jahre den Rand von Gaarden streifen, um die Prüfplakette für sein Privatfahrzeug erneuern zu lassen. Der unverhältnismäßig große asphaltierte Vorhof war inzwischen in mehrere verwahrloste Parkflächen unterteilt, die durch hässliche Zäune voneinander abgetrennt waren.

Den einzigen halbwegs gepflegten Parkplatz vor dem Revier konnte Hansen nicht befahren, denn fünf Möbelwagen einer bekannten Kieler Spedition nahmen den gesamten Platz ein. Missgestimmt begab sich Hansen zu Fuß durch die letzten Matschreste des Schneeeinfalls vom Wochenende zum Eingang des Polizeireviers.

Der wachhabende Polizeibeamte an der Pforte war sichtlich genervt über den Kälteschwall, den er bei der Türöffnung über sich ergehen lassen musste. Hansen zeigte ihm seinen Dienstausweis.

Der Wachhabende setzte schlagartig ein freundlicheres Gesicht auf. »Moin. Das ist schon eine echte Sauerei, dass Sie als Kollege uns bei diesem Schietwetter nicht bequemer erreichen können. Aber die haben mit ihren Möbelfahrzeugen alles zugestellt. Ein Skandal. Da freut man sich an der Pforte auf die vorweihnachtliche Ruhe auf dem Revier, und dann kötern die ständig ein und aus. Selbst unseren Weihnachtsbaum haben sie schon flachgelegt. Das ist jedes Jahr die gleiche Krankheit, die grassiert. Nun ja, Sie wissen schon.«

Hansen wusste nicht. »Eine Krankheit?«

Der Polizist beugte sich vor. »Ja. Das Dezemberfieber. Kennen Sie das nicht? Das ganze Jahr über ist es ruhig, aber kurz vor Kassenschluss werden Zigtausende von Staatsgeldern versenkt, während anderswo Arbeitnehmer unterhalb des Mindestlohns bezahlt werden. Das ist doch nicht in Ordnung, oder?«

Hansen schüttelte entrüstet den Kopf. Mit dem Dezemberfieber hatte der Kollege vermutlich recht. Das war nicht schön, aber er war nicht hier, um die Verschwendungssucht der öffentlichen Verwaltungen auszumerzen. Nein, Stuhr sollte gestern Abend eingebuchtet worden sein, und Hansen musste ihn jetzt wieder herausboxen.

So pflichtete der Kommissar dem Wachhabenden zunächst bei. »Ein trauriges Kapitel, da haben Sie absolut recht. Wir Staatsdiener müssen gemeinsam dagegenhalten. Genau genommen führt mich heute allerdings etwas anderes zu Ihnen. Sie sollen gestern mehrere Festnahmen gehabt haben, richtig?«

»Ja, meine Kollegen haben drei bekannte Mitglieder einer Gaardener Gang und einen etwas älteren Berufsjugendlichen eingebuchtet, der sich nicht ausweisen konnte. Sie haben im ›Zwitscherstübchen‹ Randale angefangen. Die Gang ist allerdings inzwischen freigelassen worden, damit wir die neuen Möbel zwischenlagern können.«

Hansen verstand das nicht. »Wieso zwischenlagern? Nehmen die Spediteure die alten Büromöbel nicht zur Entsorgung zurück?«

Nun schien der Beamte an dem Punkt angekommen zu sein, der ihn drückte. »Doch, das machen die normalerweise schon. Aber unser Revierleiter hat dieses Jahr die Hälfte mehr an Möbeln angefordert, als wir benötigen. Er hat es sicherlich gut gemeint, denn früher haben die uns immer regelmäßig einen Teil der Bestellungen gestrichen. Dieses Mal nicht, und deswegen der ganze Stress. Hören Sie, ich will meinen Chef aber nicht anschwärzen.«

Hansen nickte. »Schon in Ordnung. Ich kann Ihrem Revierleiter ja vorsichtig ein Signal geben, damit der Spuk im nächsten Jahr aufhört. Versprochen. Aber sagen Sie, dieser ältere Verhaftete, wo haben Sie den festgesetzt?«

»Wo er hingehört, in die Ausnüchterungszelle. Er war alkoholisiert und schien mehrfach während seiner Trunkenheit unkontrolliert auf dem Boden aufgeschlagen zu sein. Er sieht jedenfalls ziemlich demoliert aus. Sollen die Kollegen ihn vorführen?«

Kommissar Hansen nickte knapp, und nach einem kurzen Telefonat wurde wenig später ein zerknirschter Stuhr in Handschellen vorgeführt. Der ihn begleitende Beamte stellte ihn leidenschaftslos vor. »Der Gefangene behauptet, Helge Stuhr zu heißen. Einen Ausweis führt er aber nicht bei sich, deswegen haben wir ihn festgehalten. Nach verlässlichen Informationen soll er Helge Schrock heißen und ein älterer Halbbruder von Holger Schrock sein. Sie wissen, der Freitod auf dem Weihnachtsmarkt.«

Stuhr blickte betreten auf den Boden.

Theatralisch schüttelte Hansen fassungslos seinen Kopf. »Mein Gott, Herr Schrock, warum nennen Sie nicht endlich Ihren richtigen Namen? Schämen Sie sich etwa, weil Ihr Bruder ein ortsbekannter Trunkenbold und Kleinkrimineller war? Sie scheinen diese Tradition ja nahtlos weiterzuführen. Wenigstens Ihre Zeit im Knast hätte Sie zur Besinnung bringen müssen.«

Die Augen von Stuhr blitzten auf vor Wut.

Der Beamte, der Stuhr hereingeführt hatte, schien sich in seinem Urteil bestätigt zu fühlen. »Er hat jegliche Aussage verweigert. Da er nirgends gemeldet ist, konnten wir ihn nicht gehen lassen.«

Der Kommissar nutzte den wütenden Blick von Stuhr. »Sehen Sie, meine Herren, keinerlei Einsicht bei unserem Herrn Schrock. Haben Sie seine Begleiter verhört?«

»Nein, das haben wir leider nicht mehr geschafft. Das waren nur kleine Fische, die wir jeden Tag wieder dingfest machen können. Wir hatten alle Hände voll zu tun wegen der Ermordung von diesem Jöllen, und dann rollten heute früh auch noch die Möbelwagen an. Revierleiter Linke hatte daraufhin die Entlassung der anderen von der Gang angeordnet, damit die neuen Möbel zwischengelagert werden konnten.«

»Gut gemacht, sehr pragmatisch. Ich kann Ihnen noch mehr Platz im Revier schaffen, oder gibt es besondere Gründe, dass Herr Schrock weiterhin bei Ihnen verbleiben muss?«

Der Beamte schüttelte erleichtert den Kopf. Sie schienen auf dem Revier tatsächlich jeden Quadratmeter für die Möbellieferung zu benötigen.

»Dann ist es am besten«, resümierte Kommissar Hansen, »dass ich unseren gemeinsamen Freund mit in die Polizeidirektion zum Verhör nehme. Wir haben noch einige übergeordnete Fragen zu klären. Wo kann ich die Übernahme quittieren?«

Nachdem die Formalien erledigt waren, führte Hansen den gefesselten Stuhr zu seinem Dienstfahrzeug und ließ ihn einsteigen. Erst außerhalb der Sichtweite des Reviers platzte es aus Stuhr heraus.

»Hansen, was stellst du an mit mir? Ich will zurück in mein Leben nach Kiel. Ich verspüre wenig Lust, mit Gesocks um die Häuser zu ziehen und mir von der Gaardener Polizei die Birne einschlagen zu lassen. Im Übrigen bin ich noch in Handschellen.«

Hansen warf ihm kommentarlos den Schlüssel zu. Während Stuhr mühselig versuchte, sich von den Handfesseln zu befreien, setzte der Kommissar nach.

»Stuhr, du musst einen kühlen Kopf bewahren. Bisher hast du einen guten Job gemacht. Das vorhin auf dem Revier war nur Geplänkel. Du bist durch deine Festnahme jetzt nicht nur in der Gang, sondern im gesamten Stadtteil anerkannt.«

Beleidigt nestelte Stuhr an seinen Handschellen herum, bevor er sich von ihnen befreien konnte. Dann machte er seinem Herzen Luft. »Hansen, ich steige aus. Keine Widerrede.«

Der Kommissar kannte Stuhrs Stimmungen nur zu gut. Er musste ihn beruhigen. »Stuhr, was soll ich denn machen? Ich habe dich schließlich gerade im 5. Revier aus der Scheiße herausgeholt.«

»In die du mich reingeritten hast, Hansen.« Stuhr war beleidigt.

Der Kommissar hielt dagegen. »Ich kann dich jederzeit dort wieder rausholen. Folterkeller gibt es im 5. Revier nicht, und die Zellen sind mit Möbeln vollgestellt. Kein Platz mehr für dich dort, wenn du wieder einmal Stress haben solltest.«

Aber Stuhr zeigte sich pampig. »Gaarden ist kein Platz für mich.«

»Du *stammst* aus Gaarden«, belehrte ihn Hansen. Aus den Augenwinkeln bemerkte er, dass sich Stuhr langsam wieder berappelte.

»Stuhr, in Gaarden stehen wir quasi vor dem Nichts. Wir müssen an unserer einzigen Chance festhalten.«

Stuhr blickte skeptisch. »Welche Chance?«

»Diesen Maik Herder zu fassen, der mir bei Schrocks Leiche vor die Füße gelaufen ist. Ein Kleinkrimineller, der früher in kleinem Umfang mit Drogen gehandelt hat. Wir haben deswegen eine DNA-Probe von ihm. Ob der inzwischen ehrbar geworden ist oder die Sachen geschickter angeht, das ist nicht herauszubekommen. Wir kennen seinen Wohnsitz nicht. Fingerloos von der Spurensicherung hat versichert, dass der zweite Schlafplatz in Schrocks Domizil diesem Herder zuzuordnen ist. Irgendwann wird er dort wieder auftauchen, da bin ich mir sicher.«

Endlich schien Stuhr aufzutauen.

»Maik Herder ist Chef der Gang, die gestern einkassiert wurde. Ebenso der zweite Name, dieser Jupp sowieso. Den Nachnamen weiß ich nicht mehr.«

Da konnte Hansen Nachhilfe geben. »Jupp Jöllen. Jetzt allerdings nicht mehr. Er ist auf dem Gaardener Balkon erdrosselt worden. Täter unbekannt.«

»Erwürgt?«

Der Kommissar überging die Rückfrage. »Stuhr. Deine Tarnung in Gaarden kann nicht besser sein, als sie jetzt ist. Nur darf niemand etwas bei dir finden, was dich verraten könnte.«

»Wonach soll ich denn suchen, Hansen?«

»Nach allem, was wir bisher übersehen haben. Wir müssen Schrocks Umfeld näher kennenlernen.«

Stuhr war lange am Überlegen, bevor er einlenkte. »Nur unter einer Bedingung: Ich kann jederzeit zurück in meine Wohnung nach Kiel gehen und wieder Helge Stuhr sein. Einverstanden?«

Erleichtert nickte Hansen. »Selbstverständlich. Ich regele alles umgehend. Du bekommst einen neuen Personalausweis auf den Namen Helge Schrock und ein Guthabenkonto bei der Gaardener Volksbank mit 425 Euro auf dem Konto, angewiesen vom Amt für Soziale Dienste. Du wirst dich ein wenig einschränken müssen, Stuhr, aber das ist glaubhaft und sollte in Gaarden für zwei, drei Tage auskömmlich sein.«

»Nur zwei oder drei Tage? Und ich kann mich wirklich auf dich verlassen, Hansen? Hundert Prozent?«

»Ja, versprochen. Sicherheitshalber werde nur ich dein

Geheimnis kennen, das wird dich schützen. Wenn etwas schieflaufen sollte, dann bekommst du von mir deine Identität sofort zurück. Handy, Papiere, Wohnungsschlüssel, Kreditkarten.«

Stuhr leistete nur noch schwachen Widerstand. »Und wenn irgendetwas mit dir ist, Hansen?«

Der Kommissar musste schmunzeln. »Was soll denn mit mir sein? Wenn mich nicht gerade das afrikanische Zeckenbissfieber dahinrafft, dann bist du mit deiner neuen Identität absolut sicher. Stuhr, nur du kannst uns helfen, Licht in das Dunkel zu bringen.«

Da sich sein Beifahrer in sein Schicksal gefügt zu haben schien, setzte Kommissar Hansen zum endgültigen Blattschuss an. »Wir haben keine andere Wahl, Stuhr. Wir sitzen schließlich gemeinsam in einem Boot, oder nicht?«

»Nicht in deinem Auto?«

Die Antwort wertete Kommissar Hansen als endgültige Zustimmung. Er war erleichtert. Hauptsächlich allerdings, weil er über die Gablenzbrücke endlich wieder auf das Kieler Westufer gelangte.

Gablenz. Was für ein seltsamer Name.

TIEF IM WESTEN

Oberamtsrat Dreesen war wieder schlecht gelaunt, als Stuhr dessen Dienstzimmer betrat.

»Moin, Dreesen. Wie geht's? Hoffentlich alles wieder klar zu Hause bei dir?«

Dreesen schwieg sich jedoch über die Laus aus, die ihm über die Leber gelaufen sein musste. Rasiert war er wieder nicht.

»Immer noch Ärger, Dreesen?«

Jetzt nickte er wenigstens. »Dir kann ich es ja erzählen, Stuhr. Meine Alte hat mich inzwischen aus unserer Hütte gejagt. Ich hatte das ja schon befürchtet.«

Stuhr nickte bedauernd. »Und nun wohnst du bei dieser Lütten, oder?«

Dreesen wehrte diese Vermutung mit beiden Händen heftig ab. »Nee, mit der habe ich Schluss gemacht. Die war schon mit jedem aus dem Dorf ins Bett gestiegen. Ich muss da auf meinen guten Ruf achten.«

Wenn das man nicht schon zu spät war, dachte Stuhr. »Und wo wohnst du jetzt, dass du dich anscheinend nicht einmal mehr rasieren kannst? Ministrabel siehst du zurzeit nicht aus.«

Dreesen schüttelte resignierend den Kopf. »Stuhr, ich bin bestimmt nicht zimperlich, aber im Ministerium gibt es im ganzen Haus nur Kaltwasser. Ich rasiere mich einmal zum Wochenende im Schwimmbad unter der heißen Dusche, das muss reichen.«

Stuhr sah ihn ungläubig an. »Du willst mir aber nicht sagen, dass du jetzt in deinem Büro haust, oder?«

Dreesen schien die Nachfrage nicht zu gefallen und er gab sich kurz angebunden. »Wieso, was soll daran falsch sein? Andere bringen ihren Hund mit zur Arbeit.«

Stuhr schüttelte ungläubig den Kopf. »Wo wäschst du dich denn, Dreesen?«

»Na, im Waschbecken von der kleinen Teeküche, wo denn sonst? Die Kollegin aus dem Schreibdienst wäscht sich dort auch immer die Haare.«

Stuhr schüttelte sich vor Ekel. Einen Kaffee von Dreesen würde er glatt ablehnen, allerdings machte der keinerlei Anstalten, ihm irgendetwas anzubieten.

Dreesen schien Stuhrs Gedanken zerstreuen zu wollen. »Der Bürosessel eignet sich zurückgeklappt recht gut zum Schlafen. Auf Fährschiffen wird so etwas als Pullmansessel für teures Geld offeriert. Morgens vor halb sieben ist sowieso niemand da, das geht ganz prima. Dann lüfte ich die Bude gründlich durch, und wenn die Kollegen später zur Arbeit kommen, denken die immer, dass ich der Erste an Deck bin.«

Keine schlechte Taktik, befand Stuhr. Er hatte sich früher immer schon gewundert, warum viele Kollegen so früh im Büro herumlungerten. Die Arbeit fiel immer erst an, wenn die Abteilungsleiter gegen neun Uhr in der Staatskanzlei einfielen.

Dreesen legte nach. »Neulich hat mich mein Referatsleiter vor der ganzen Mannschaft für mein frühes Erscheinen gelobt, denn der faule Hund ist nie vor halb zehn hier. Im Übrigen ist mein Provisorium ja nur noch für maximal acht Wochen.«

Das machte Stuhr stutzig. »Acht Wochen? Willst du ernsthaft wieder zu deiner Frau zurückziehen?«

Dreesen schüttelte energisch den Kopf. »Nix zurückziehen. In acht Wochen werden die beiden neuen Warmduschen eingebaut, die ich gerade vor Kassenschluss noch auf den Weg bringen konnte.«

Stuhr schaute ihn ungläubig an. »Duschen, hier in der Staatskanzlei? Das hast du auf dem Dienstweg genehmigt bekommen?«

Sein Oberamtsrat griente verschmitzt. »Dreesen und Dienstweg fangen zwar beide mit D an, haben aber nichts miteinander zu tun. Genehmigt bekomme ich alles, ich habe meine eigenen Wege. Am Rande bemerkt, es war nicht ganz einfach, genau den Moment abzupassen, in dem der Abteilungsleiter außer Haus war. Seine Vertreterin hat dann erwartungsgemäß wie immer meinen Antrag abgezeichnet, ohne ihn mit dem Hintern anzugucken. Deswegen habe ich auch noch eine kleine Sauna hineinschummeln können.«

Es war kaum zu fassen. Da hatte Dreesen im Dezemberfieber kurz vor Kassenschluss noch eine kleine Badelandschaft durchgeboxt. Vertrauensvoll beugte sich Stuhr vor. »Dreesen, wir kennen beide das Haus lange genug. Das kann eigentlich auf Dauer nicht gutgehen. Hast du keine Angst vor deinen Kollegen?«

»Kollegen?« Dreesen lachte lauthals. »Kollegen gibt es

hier nicht, das weißt du noch viel besser als ich. Es gibt ab und zu notwendige Allianzen, da arbeitet man notgedrungen eine Zeit lang gemeinsam an einem Vorgang. Davon abgesehen sind die meisten unserer teiljugendlichen Mitarbeiter ferngesteuerte Schlafanzüge, die bräsig mit ihren Gittermappen über die Gänge schlurfen.«

Ein Lächeln konnte sich Stuhr nicht verkneifen. Es stimmte, so richtig frischer Wind wehte nicht mehr in den Landesbehörden, seitdem kaum noch neues Personal eingestellt wurde.

Dreesens formeller Gesichtsausdruck ließ erkennen, dass er das Thema »sachgemäße Büronutzung« für beendet hielt.

So kam Stuhr auf sein Anliegen zu sprechen. »Dreesen, kannst du nicht noch einmal bei deinem Bekannten im Amt für Soziale Dienste anrufen? Ich benötige mehr Informationen über die Personen Jupp Jöllen und Maik Herder. Am besten eine Kopie der gesamten Sozialakten.«

Dreesen zeigte sich schlagartig betrübt. »Nee, tut mir leid, Stuhr. Auf dieser Ecke ist leider überhaupt nichts mehr zu machen. Der Schweinehund hat sich auf die Seite meiner Alten gestellt und schneidet mich neuerdings. Und das nach mehr als 25 Jahren.«

25 Jahre? Stuhr war nicht bewusst, dass Dreesen mit seiner Frau schon so lange zusammen war. Er zeigte sich beeindruckt. »Dreesen. Hut ab. Ihr habt schon Silberhochzeit gehabt?«

Dreesen schüttelte niedergeschlagen den Kopf. »Nein, Stuhr. Ich meine das Vierteljahrhundert mit meinem

Kameraden Seite an Seite in der Freiwilligen Feuerwehr in Kleinkühren. In Sturm und Schnee haben wir gemeinsam gegen den Roten Hahn gefochten. Als wenn das überhaupt nicht zählen würde.«

Dreesens Stimme überschlug sich fast.

Stuhr wunderte sich über diesen Gefühlsausbruch, aber Dreesen war noch nicht am Ende.

»Dieser Arsch ist jetzt ins feindliche Lager zu meiner Olsch übergelaufen, und das gesamte Dorf hat sich hinter sie gestellt. Wer weiß, wo er gerade seine Finger stecken hat. Das muss einen doch stutzig machen, oder? Ich möchte nicht wissen, was in unseren gemeinsamen Ehejahren noch so alles gelaufen ist. Ein regelrechter Puff, unser Dorf.«

Stuhr wiegelte ab. Diese Geschichte von Dreesen mit seiner Lütten auf seinem 50. Geburtstag, die würde ihm seine Frau bestimmt nie vergessen. Und dass Kameraden als Tröster auftauchten, war auch nicht ganz neu in der Weltgeschichte.

»Dreesen, Kopf hoch. Du befindest dich zurzeit in einem Loch. Das haben wir alle einmal. Es gibt aber durchaus probate Gegenmittel. Man muss lernen, zurückzublenden. Wo kommst du her, und wo möchtest du hin? Du musst gedanklich noch einmal dorthin zurückgehen, wo du geboren bist. Dann musst du prüfen, ob es dir heute dort besser gehen würde. In fast allen Fällen, von denen ich gehört habe, war die Gegenwart die bessere Wahl. Wir haben Luxusprobleme. Oft sind es nur die verklärten Gedanken an früher, die einem die Zukunft verbauen.«

Schlagartig verwandelte sich Dreesen in einen anderen Menschen, der abgeklärte Oberamtsrat rannte panisch zur Bürotür und verschloss sie akribisch. Dann stellte er sich breitbeinig davor und hielt seinen Finger vor den Mund, als wenn kein Wort nach außen dringen durfte.

»Stuhr, du kennst mich gut. Aber weißt du überhaupt, was es heißt, als Mitarbeiter in der Landesverwaltung aus dem Ghetto zu kommen?«

»Ghetto? Welches Ghetto?«

Sein ehemaliger Oberamtsrat antwortete nicht, aber sein versteinerter Blick richtete sich durch die Fenster seines Büros zur Ostseite der Förde. Stuhr folgte der Blickrichtung, aber außer der zu dieser Jahreszeit selten verkehrenden Fähre zur Schwentinemündung war das Hafenbecken leer.

Dreesen zeigte südöstlich auf die andere Seite der Förde. »Ich stamme vom Ostufer, ich bin in Gaarden aufgewachsen. Nicht ohne Grund bin ich mit meiner Olsch weit weg in ein Kaff gezogen. Aber seitdem ich im Landesdienst bin, muss ich notgedrungen jeden Tag auf die Scheiße gucken, in der ich groß geworden bin. Das macht einen fertig, und jetzt nach dem Stress mit meiner Olsch habe ich Angst, dort wieder zu landen.«

Dreesen stammte also auch aus Gaarden. Stuhr entschloss sich, Dreesen zumindest die halbe Wahrheit preiszugeben. »Dreesen, nun mach mal halblang. Ich komme auch aus Gaarden. War alles halb so schlimm damals. Wo hast du denn gewohnt? Wir müssten uns irgendwann einmal über den Weg gelaufen sein, oder?«

»Zentral am Karlstal, genau über dem »Friesenhof«. Da bin ich oft hinuntergegangen, um das eine oder andere Pils anzufassen. Immer die kleinsten Biergläser, eiskalt und superlecker. Gleich nebenan gab es eine Spielhalle mit Flippern, Daddelautomaten und Kickergeräten. Am Kicker bin ich sogar einmal Meister im Doppel geworden. Wir waren nicht besser, aber als die Gegner sich nach fünf Treffern ein Bier holten, haben wir einfach das Ergebnis an den Zählknöpfen umgedreht. Die reklamierten zwar, aber in der Spielhalle wollten alle nur in Ruhe zocken. So wurden wir Gaardener Meister im Doppelkicker. Kneipenkampf par excellence mit Haken und Ösen.«

Jetzt erinnerte sich Stuhr wieder. Diesen Beschiss würde er im Leben nicht vergessen, wie ihn damals zwei verschworene Zwergnasen abgezockt hatten. Stuhr machte im Leben vielleicht manches falsch, aber im Kicker-Doppel konnte er seinen Torhüter und die erste Verteidigerreihe perfekt bewegen. Nun musste er erfahren, dass ihm damals Dreesen illegal die Krone seines Lebens entzogen hatte. Das tat auch nach drei Jahrzehnten noch weh.

Jetzt fasste Dreesen nach. »Wo hast du denn damals gewohnt?«

Stuhr spielte mit verdeckten Karten und nutzte seine neue Tarnung. »Lensahner Straße. Ehemaliges Fürstlich Gaarden, hinter der Preetzer Chaussee.« Das wirkte wie immer, da hatte er sofort Ruhe.

Dreesen war ziemlich durcheinander, als er Stuhr tief in die Augen blickte. »Das mit Gaarden und mir, erzähl das bloß nicht weiter, sonst bin ich im Ministerium völlig unten durch. Ich weiß sowieso nicht, wie ich das mit der Alten finanziell durchstehen soll.«

Beschämt richtete sich Dreesens Blick auf den Boden seines Büros. »Du hast schon recht, ich werde mich irgendwie neu erfinden müssen.«

Stuhr schwieg. Sollte er Ratschläge erteilen? Nein.

Die folgende Nachfrage kam vorsichtig. »Was machst du eigentlich Heiligabend, Stuhr?«

Die Frage lähmte Stuhr. Ja, was sollte er schon Heiligabend großartig machen? Der Gedanke an Weihnachten flößte ihm Unbehagen ein. Seine Jenny war weit weg und meldete sich nicht mehr. Ein friedliches Weihnachtsfest lag in weiter Ferne.

Andererseits kannte Stuhr kaum noch jemanden, der eine fröhliche Weihnachtszeit verlebte. Wenn er nicht mehr für den Kommissar in Gaarden hausen müsste, dann würde er Heiligabend tagsüber in seiner Wohnung verbringen. Wie immer würde er anschließend zur Zeit der Bescherung an der Kiellinie joggen, da gab es wenigstens keine Kirchen. Nach dem Duschen würde er sich ein eiskaltes Weihnachtsbier genehmigen.

Später würde er auf Kneipentour gehen. Abends ab 22 Uhr konnte man sich gut mit anderen treffen, welche die Einsamkeit oder die Enge der Familien nicht mehr aushalten konnten. Ab Mitternacht herrschte immer Endzeitstimmung in allen Lokalitäten. Aber sollte er das Dreesen verraten? Nein, den wollte er Heiligabend lieber nicht treffen.

Stuhr wich der Frage aus. »Weiß noch nicht. Und du?«

Dreesen hatte immer noch diesen stumpfen Blick, als er mit der rechten Hand eine Kippbewegung machte. Er würde sich vermutlich einen gießen. Tja, jeder trug sein eigenes Dorf mit sich herum.

Mit Gablenz, das wollte Stuhr noch herausbekommen.
»Lässt du mich mal kurz ins Internet?«

Dreesen nickte, und bei Wikipedia konnte Stuhr nachlesen, dass Ludwig Karl Wilhelm Freiherr von Gablenz sich in der österreichischen Armee nach unzähligen Schlachten zum Kommandeur eines Armeecorps hochgekämpft hatte. Für eine kurze Zeit war er sogar Statthalter in Schleswig-Holstein. Später wurde er noch Kommandierender General von Kroatien, Slawonien und Ungarn. Dann folgte der Showdown: Gablenz erschoss sich wenige Jahre später in Folge zerrütteter Vermögensverhältnisse.

Puh. Der Name »Gablenzbrücke« für die Verbindungsklammer der so unterschiedlichen Seiten von Kiel, das passte wie die Faust aufs Auge.

Was sollte es, Stuhr musste weiter. Der nächste Gang, der ihm bevorstand, würde ihm nicht so leichtfallen: die Papiere tauschen bei Kommissar Hansen. Aber hatte er eine andere Wahl?

Eigentlich war die Angelegenheit in Gaarden eher ein Ding für seinen jugendlichen Freund Olli aus Hamburg, der könnte weitaus unauffälliger als er Erkundigungen einholen.

Stuhr nickte Dreesen stumm zu, als er ging.

KEIN KINDERGEBURTSTAG

Nach dem schlechten Wetter der vergangenen Tage bemühte sich die schwache Wintersonne, trotz des Schmierfilms auf dem Wohnzimmerfenster Licht in sein Loch hineinzubringen. So bezeichnete Maik Herder seine kleine Wohnung im Kirchenweg, in die er vor einigen Monaten eingezogen war. Einfach so, ein Tipp von einem Kumpel.

Maik blickte sich um. Hier würde es sicherlich keine Frau lange aushalten. Die vergilbten Gardinen hatte er so übernommen, da konnte er nichts dafür. Auch nicht für den Uringestank aus der Küche, das war schon beim Einzug so. Gut, die Flaschen vom Couchtisch und den vollen Holstein-Kiel-Ascher hätte er vielleicht einmal wegräumen können. Er versuchte, den Vorhang vorzuziehen, aber die Laufrollen waren verklemmt.

Seine Stimmung war auf dem Tiefpunkt. Das lag aber weniger an der wahllos zusammengewürfelten Ausstattung seiner Behausung als an der Ungewissheit, ob man immer noch nach ihm suchte. Er zündete sich die nächste Zigarette an, um sich zu beruhigen. Diese Unruhe nach Holgis Tod konnte er nicht gebrauchen. Das Leben in Gaarden war zurzeit alles andere als ein Kindergeburtstag, und so hatte er sich die letzten Tage in seinem Loch verkrochen.

Nein, den heutigen Tag würde er nicht wieder sinnlos verstreichen lassen. Er musste heraus aus seinem Loch. Aber er wusste: Je mehr Wälder man betritt, umso mehr Wölfe wird man treffen. Deshalb steckte er für alle Fälle die Gaspistole ein. Vor der Haustür zog er sich wie ein Kreuzritter die Kapuze seines Holstein-Pullovers bis über die Stirn und schlich den Kirchenweg hinunter, bis er an der Kreuzung zur Elisabethstraße stand, deren Eckhäuser aus der Gründerzeit allesamt Kneipeneingänge aufwiesen. Das »Casablanca« mochte er nicht. »Sport-Spielen-Speisen« stand auf der lieblosen Werbetafel, und so wie der Laden aussah, hatten ihn die Türken vereinnahmt. Die Fenster waren mit weißer Farbe von innen verblendet. Das konnte nur etwas für Hartgesottene sein, die scharf auf Messerstiche waren. Er kannte keinen Kumpel, der sich dort hineintraute.

Die Türken hatten auch diesen traditionsreichen Ort auf ihre pragmatische und emotionslose Art in ihren Besitz genommen, indem sie sich um vorhandene Einrichtungen oder Zweckbestimmungen wenig scherten und oft in völlig unpassendem Ambiente ihre Waren oder Dienstleistungen feilboten.

Jupp hatte ihm einmal vorgeschwärmt, dass genau diese Kneipe noch vor einem Jahrzehnt »Kleinke's Eck« hieß und vor dem Krieg in Gaarden eine echte Kommunistenhochburg gewesen sein sollte. Das Zentrum der Arbeiterbewegung. Noch in den 70ern sollen die nur Sozis hineingelassen haben.

Unlängst hatte ihn Jupp gebeten, rings um das »Casablanca« unablösbare Aufkleber mit einer geballten Faust zu verkleben, auf denen »Gegen Rechts« stand. Maik hatte den Job erledigt, aber nur, weil ihm Jupp die gleiche Anzahl von Aufklebern mit der Aufschrift »Gegen Lüdreck« besorgt hatte, die er rings um das Holsteinstadion als kleinen Willkommensgruß für die Lübecker Fußballfans verkleben konnte.

Gegenüber vom »Casablanca« lag das »Moravia-Eck«. »Gepflegte Gastlichkeit« stand unter dem Eingangsschild. Den Vornamen des Wirtes kannte er zwar nicht, aber er wurde vornehm als »Gastronaut« bezeichnet. Maik hatte von einem Kumpel gehört, dass man dort inzwischen sogar essen gehen konnte. Das galt schon etwas in Gaarden. Aber das »Moravia-Eck« war uninteressant, denn es machte erst nachmittags auf.

Irgendwann vor ein paar Jahren hatte an dieser Straßenkreuzung noch ein »Drittes Eck« aufgemacht. Ein eigentümlicher Name, aber die Idee von Schlucki, dem Wirt, war im Grunde nicht schlecht: Alles für einen Euro. Er hatte zwar nur lauwarmes Discounterbier in Plastikflaschen im Angebot, aber das war irgendwann auch scheißegal. Die Geschäftsidee war clever, denn im Einkauf kostete der Bierschrott keine 30 Cent. Zudem hatte Schlucki morgens schon ab sechs Uhr auf, das waren für die dem Arbeitsprozess entronnenen Frühaufsteher durchaus freundliche Öffnungszeiten.

Maik hatte oft mit seiner Gang dort gehockt und bis tief in die Nacht hinein gezecht. Schluckis Rechnung ging aber nicht auf, weil viele seiner Kunden nicht einmal diese kleinen Preise abdrücken konnten. Oft schmuggelten sie ihr eigenes Bier hinein oder klauten die leeren Flaschen, weil der Pfandwert von 25 Cent nicht zu verachten war. Heute konnte Maik dort allerdings nicht hineingehen, weil er noch Schulden bei Schlucki stehen hatte. Er hatte zwar genug Patte bei sich, aber Holgis Geld war ihm dafür zu schade.

Für den heutigen Tag verblieb nur das »Viertes Eck«. Das war auch ein seltsamer Name, aber ganz Gaarden hatte schon seit Jahrzehnten jegliche Fantasie abgestreift, was die Namen von Kneipen und Geschäften betraf. Es ging nur noch um das nackte Überleben.

Das »Viertes Eck« hatte sich am besten auf seine Kundschaft eingestellt und war einsame Klasse. Der halbe Liter Flaschenbier kostete nur einen Euro, und man konnte einen ganzen Kasten Paderborner für 15 Euro ordern. Da war man für kleines Geld schnell König. Die Kumpels gesellten sich gern zu einem, und auch die weibliche Kundschaft wusste, dass man sich an diesem Ort ohne Rückschlag auf das Haushaltsgeld gut durch den Tag schlagen konnte.

Maik streichelte liebevoll die vier Fünfziger in seiner Hosentasche, die er vor den Bullen aus Holgis Wohnung retten konnte. Er zog die Kapuze zurück, stieß mit dem rechten Fuß die Kneipentür auf und kämpfte sich gegen den beißenden Zigarettenqualm in die gut besetzte Kneipe vor. Er würde heute richtig Gas geben.

»Kein Rauchverbot hier? Ein Pallettchen Pabo, aber dalli!« Maik war zwar nicht der Größte, aber mit seinem vorlauten Maul verschaffte er sich schnell Respekt. Er stellte sich an den Tresen und zog einen Fünfziger aus der Tasche, den er zum Wirt hinschob, der durch den

Rauch kaum auszumachen war. Ohne Bargeld brauchte man hier nicht aufzuschlagen, das wusste Maik, das war Gesetz in den meisten Gaardener Kneipen. Die Wirtsleute hatten keine Kartenleser, und die Gäste keine Bankkarten. So einfach konnte das Leben sein.

Langsam schaute sich Maik um. Am ersten Tisch hinter ihm reckte sich vorsichtig eine Hand. Da saßen tatsächlich drei Jungs von seiner Gang: Stange, Herzog und Mauke. Maik wusste, dass der Bierkasten schnell leer sein würde, wenn der erst einmal in deren Richtung bewegt werden würde. Aber als Verwalter des Erbes von Holgi würde er sich großzügig zeigen. Lässig winkte er zurück und wies den Wirt an, den Bierkasten zur Gang zu bringen. Dann setzte er sich zu seinen Jungs. Die sahen allerdings noch zerbeulter als er aus und wirkten niedergeschlagen.

»Wieder die Ellerbeker Schweine?«, fragte Maik einfühlsam.

Seine Gang schwieg, bis der Wirt den bestellten Bierkasten auf den Tisch wuchtete und vorsichtshalber den Fünfziger gleich einbehielt, als Pfand für weitere Lieferungen.

Maik entkronte schnell vier Bierflaschen am Kasten, und dann zogen sie sich einen Halben rein. Er konnte abwarten, denn in der Gang wurde nach zwei, drei Bieren alles thematisiert: die Schönfärberei von Holgi, die Parolen von Jupp, die Stinkfüße von Mauke und auch der ekelhafte Abszess am Arsch von Herzog. Man war schließlich Familie. Es dauerte nicht lange, bis der leere Bierkasten gegen einen vollen ausgetauscht wurde.

Herzog war der Erste, der aus seinem Herzen keine Mördergrube machte und seine Sprache wiederfand. »Nee, das waren nicht die Ellerbeker. Gestern Abend wollten wir noch die Elli hoch, aber schon im ›Zwitscherstübchen‹ haben wir uns mit den Wellingdorfern gewichst.«

Spöttisch kommentierte das Maik: »Da ist man einmal nicht dabei, und schon macht ihr schlapp. Die Wellingdorfer haben euch ganz schön zugerichtet.«

Herzog war nervös und quetschte ständig durch die Hose an seinem Abszess herum. »Das mit den Wellingdorfern war nicht so schlimm, die haben genug abbekommen, aber plötzlich stürmten Bullen rein und haben auf dem 5. Revier noch mal kräftig nachgelangt. Als letzte Warnung für uns, haben sie gesagt.«

Maik blickte ungläubig. »Und die Wellingdorfer?«

»Die haben sie laufen lassen.«

Das verstand Maik nicht. »Warum die denn und nicht euch?«

»Es scheint einen neuen Revierleiter zu geben, der wohl auf die harte Tour versucht, in Gaarden Ordnung reinzubekommen. Aber das ist alles nicht so schlimm.«

Wieder unterbrach Herzog seinen Redefluss. Maik fand es anstrengend, ihm jede Einzelheit aus der Nase ziehen zu müssen. »Was ist denn schlimm, Herzog?«

»Schlimm ist, dass der Jupp abgemurkst worden ist. Schon gehört?«

Maik war geschockt. »Jupp? Bist du bescheuert? Nein, das kann nicht sein. Wir waren noch am Freitag mit ihm auf Trebe. Wer hat dir das denn gesteckt?«

Jetzt mischte sich Stange in das Gespräch ein. »Das hat uns niemand gesteckt, das haben wir leibhaftig auf der Wache miterlebt. Satan, die Luft scheint in Gaarden rauer zu werden. Als die Bullen auf dem Revier noch mal kräftig mit dem Knüppel nachgelegt haben, bekamen wir eher nebenbei die Nachricht von Jupps Tod mit. Von hinten erdrosselt, vorgestern bei der Jugendherberge.«

Maik schüttelte ungläubig den Kopf. »Und, haben die Bullen euch ausgequetscht?«

Trotzig platzte es aus Herzog heraus: »Nein, eben nicht. Kein Verhör, keine Drohungen, nichts. Wie kleine Kinder haben sie uns vor die Tür gesetzt. Das ist nicht normal, oder?«

Maik zuckte mit den Schultern.

Nun wurde Stange sauer. »Mensch, Maik. Dass uns die Bullen einfach so rausgeworfen haben, das wird sich herumsprechen. Wer nimmt uns dann noch ernst? Schließlich sind wir Kneipenpiraten und keine dummen Jungs, oder?«

Es fiel Maik schwer, sich in diesem Moment eine ehrliche Antwort abzuringen. So nippte er an seinem warmen Bier und überlegte, wie er die Moral seiner Truppe wiederherstellen konnte. Er brauchte sie noch für seine Zwecke.

Herzog schien seine eigenen Überlegungen angestellt zu haben. »Wer kann die Bullen im ›Zwitscherstübchen‹ alarmiert haben? Der Wirt sicher nicht, der hatte die Hosen voll. Was meinst du, Maik, ob die uns die ganze Zeit über beschattet haben?«

»Warum sollten die euch denn beschatten?«

Bisher war Mauke ruhig geblieben, aber jetzt gab er seinen Senf dazu. »Ist egal, beschatten oder nicht beschatten. Holgi seinen Bruder haben sie komischerweise als Einzigen in der Zelle behalten. Der muss ein ganz Großer sein. Wahrscheinlich ist sein Strafregister noch länger als die Elli.«

Maik war überrascht. Er war nur kurz einmal weggetaucht, und schon hatte sich die Welt in Gaarden gedreht. »Holgi hatte einen Bruder? Wo soll der denn plötzlich herkommen? Einfach so vom Himmel?«

Mauke hob die Hände zum Zeichen der Unschuld. »Ja, Helge heißt der. Irgendwie anderer Vater oder andere Mutter, mehr weiß ich nicht.«

Herzog schien wieder eine wache Phase zu haben: »Stimmt, was Mauke sagt. Holgis Bruder hat früher hinter der Preetzer Chaussee gewohnt und wenig Kontakt mit Holgi gehabt. Sagt er jedenfalls. Hinter der Preetzer, das ist für uns die Rückseite vom Mond.«

Jetzt mischte sich Stange wieder in das Gespräch ein. »Holgis Bruder ist bei unserer Keilerei im ›Zwitscherstübchen‹ nicht abgehauen. Die Bullen haben ihm aber eine auf die Glocke gezogen, dass er auf die Bretter musste.«

Das war schon eine seltsame Geschichte. Holgi hatte niemals eine Andeutung gemacht, einen Bruder zu haben. So einer taucht nicht einfach aus der Versenkung hervor. Er würde dem mal auf die Finger klopfen müssen.

Maik wechselte das Thema. »Und wer könnte Jupp erdrosselt haben?«

Die Frage erübrigte sich, denn in diesem Moment öffnete sich die Tür und eine hünenhafte Gestalt verschluckte das kurz hereinstrahlende Sonnenlicht. Es war Mozart, der mit ruhigen Schritten zum Tresen schlurfte. Er bekam auf der Stelle ein Bier, ohne Geld vorweisen zu müssen. Er knackte den Kronkorken verächtlich mit seinen Zähnen auf und setzte zu einem tiefen Schluck an. Dann drehte er sich zu der Gang um und starrte sie grimmig an.

Sofort verstummten alle Gespräche im Lokal. Maik war sich keiner Schuld bewusst. Er hatte früher eine Zeit lang in einer Reifenfirma gearbeitet und Mozart war dort ein guter Kunde. Maik konnte die vier Reifen seines alten BMW in der Rekordzeit von zwei Minuten wechseln. Mozart nannte es immer seinen persönlichen Boxenstopp und genoss es, dass sich jemand mit seiner alten Dame, wie er das Fahrzeug nannte, so viel Mühe gab. Jedes Mal steckte er ihm einen Zwanziger extra zu. Wenn er nur mehr von diesen Kunden gehabt hätte. Aber irgendwann wurde für Maik die Führung seiner Gang wichtiger als der Knochenjob in der Reifenfirma.

Die Lage entspannte sich nicht, Mozart blickte weiterhin feindselig zu ihnen hinüber. Nein, mit ihm hatte Maik bisher noch nie Stress gehabt. Allerdings war er dem Brecher auch immer aus dem Weg gegangen. Vorsichtig blickte er zu Herzog, der wieder nervös damit beschäftigt war, an seinem Abszess herumzudrücken.

»Habt ihr irgendetwas mit ihm angestellt?«, zischte Maik seiner Gang zu.

Stange und Herzog verzogen keine Miene, aber Mauke klärte ihn halblaut auf, ohne dabei die Mundwinkel zu verziehen. »Nur Verdunkelung bei seinem ollen BMW, vorn und hinten.«

Maik konnte es nicht fassen. Da war er kurzzeitig einmal nicht auf der Matte, und schon hatten seine Hirnis die Scheinwerfer und Rücklichter von Mozarts altem Schmuckstück zerkloppt. Ausgerechnet in diesem Moment musste Maik in Eintracht mit seiner Gang an einem Tisch sitzen.

In die Stille hinein zerbarst die Flasche, die Mozart in der Hand gehalten hatte. Er hatte sie mit der bloßen Hand zerquetscht. Dann setzte sich der Koloss in Bewegung. Die Situation wurde brenzlig, aber sie hatten sich in der Gang oft schon gemeinsam aus Übermachtsituationen befreit.

Während Maik zur Ablenkung genüsslich seine Bierflasche mit der linken Hand zum Mund führte, bewegte er vorsichtig seine rechte Hand in die Bauchtasche von seinem Sweatshirt und umfasste fest den Knauf seiner Gaspistole. Diesmal würde er keine Skrupel haben und seinen Holstein-Pullover opfern.

Mozart stand jetzt in voller Größe breitbeinig vor dem Tisch und blickte finster. Seine fistelnde Stimme bildete einen bemerkenswerten Kontrast zu seinem mächtigen Erscheinungsbild. »Na, ihr Milchbubis. Stellt euch vor, irgendein Hornochse hat die Lampen von meinem BMW zerdeppert. Du kennst meine alte Dame ja, Maik. Du weißt, ich habe sie immer gut in Schuss gehalten. Nun brauche ich jemanden, der mir auf der Fahrt zu den Schrotthändlern Gesellschaft leistet, damit die Suche nach Ersatzteilen nicht zu langweilig wird. Wer von euch hat am meisten Lust?«

Maiks Gang verhielt sich ruhig. Sie waren zwar keine Elitetruppe, aber immerhin warteten sie geduldig auf Maiks Startsignal.

Mozart beugte sich ein wenig vor und griff sich ungefragt ein Bier aus dem Kasten. In dem Moment, als er den Kronkorken mit seinen Zähnen vom Flaschenhals abziehen wollte, zielte Maik mit seiner Gaspistole auf den Kopf von Mozart. Dann drückte er ab, was ihm wegen seines Fan-Pullovers nicht leichtfiel.

Der Hüne schrie auf.

Mauke, Herzog und Stange zogen ebenfalls ihre Gaspistolen und feuerten auf Mozart, der ins Taumeln geriet. Maik gab der Gang mit dem Zeigefinger das Zeichen abzuhauen. Taktischer Rückzug.

Das laute Geschrei aus der Kneipe wurde schnell leiser, und als sie das Karlstal erreichten, war der ganze Spuk vergessen. Die Mitglieder seiner Gang grienten, aber Maik wusste, dass der Ärger spätestens richtig losgehen würde, wenn man Mozart das nächste Mal allein begegnen würde. Sie hasteten zur Schulstraße, weil man sich dort am besten über Höfe und unbebautes Gelände verdrücken konnte.

Stange zeigte auf einen kleinen Gewerbehof, auf dem ein cremefarbener alter Wagen abgestellt war. Mozarts alte Dame. Im Gegensatz zu den heutigen windmaschinengeformten Fahrzeugen wies der noch Gummistreifen auf den Stahlstoßstangen und verchromte Zierleisten auf. Mit den ausgehämmerten Leuchten gab der Oldtimer allerdings ein trauriges Bild ab. Das würde Mozart bestimmt nicht so schnell vergessen.

Gemeinsam zogen sie weiter. Ein gutes Stück weiter zog Stange unerwartet sein Klappmesser und rannte fluchend zum Gewerbehof zurück. Es zischte viermal, das mussten die Reifen sein. Den folgenden Kratzgeräuschen nach musste Maik vermuten, dass Stange noch einen Gruß an Mozart auf die Karosse krakelte. Was war nur in ihren Kumpel gefahren?

Als er keuchend wieder zurückkehrte, schlugen ihm Herzog und Mauke anerkennend auf die Schulter. »Na, hast du es der alten Dame auch richtig besorgt?«, fragte Mauke sensationslüstern.

Stange winkte lässig ab. »Ach, alles halb so wild. Wir müssen uns bei Maik bedanken, nicht wahr?«

Der Zungenschlag von Stange irritierte Maik. Sie waren auf der Flucht vor dem wütenden Mozart, und ausgerechnet jetzt musste Stange anfangen, Personenkult um ihn zu treiben. Ausgerechnet Stange, der noch nie in seinem Leben etwas richtig auf die Reihe bekommen hatte, nur weil er in seiner Jugend zu wenig Kreidestaub eingeatmet hatte. Maik war fassungslos, dass Mauke und Herzog diesen hoffnungslosen Kandidaten abfeierten, indem sie ihm für seine vermeintliche Heldentat auf die Schulter klopften.

Stange bedankte sich. »Schon gut, Jungs. Ich habe nur eine klitzekleine Widmung für Mozi in den Lack gekratzt. Das war gar nicht so leicht mit dem stumpfen Messer. Aber dafür kann er jetzt an manchen Stellen von außen in den Kofferraum blicken.«

Herzog fragte neugierig nach: »Was hast du seiner alten Dame denn eingeritzt?«

»Kannst du dir doch denken, Herzog. Knallhart die gleichen sechs Buchstaben wie immer.«

»Satan, richtig?«

Stange grinste. Maik begann, an dem Geisteszustand der beiden zu zweifeln. Satan und sechs Buchstaben? Wollten sie ihn verhöhnen? Da bemerkte Maik, dass sich auch Mauke kaum noch einkriegen konnte und schadenfroh mitlachte. Immerhin entdeckte er dabei den Grund, warum Mauke sonst nie lächelte. Dessen Lachanfall offenbarte, dass nur noch ein einziger gebräunter Zahn in seinem Mund aufrecht stand, und der wackelte auch schon gehörig.

Maik wandte sich angewidert ab. Er würde seine Strategie ändern müssen, denn mit diesen Deppen würde er niemals eine richtige Schlacht gewinnen.

Diesen angeblichen Bruder von Holgi, den würde er genauer unter die Lupe nehmen. Alle sprachen von ihm. Aber so schnell kam man in Gaarden normalerweise nicht an.

EIN TOTER HUND

Olli hatte alle Aufträge für das alte Jahr abgearbeitet. Jetzt wollte er nur noch die Weihnachtsmärkte in Hamburg abklappern und sich zwischen den Jahren ein wenig ausruhen, bevor im Januar der Stress in seinem kleinen Unternehmen wieder von Neuem losging. Dann kam dieser verzweifelte Anruf von Stuhr, der wegen seiner Ermittlungen für Kommissar Hansen in einem Stadtteil wohnte, in dem es anscheinend nicht üblich war, ein Fahrzeug zu besitzen.

Keine drei Stunden später kletterte Olli in der Elisabethstraße aus dem roten Linienbus, der ihn vom Kieler Bahnhof hergebracht hatte. In Gaarden gab es viele Geschäfte, aber nicht immer war erkennbar, welche Art von Handel betrieben wurde. In manchen Läden standen die Türen weit offen, aber verklebte Fenster verwehrten jeglichen Einblick. Manchmal lungerten finstere, mit Goldketten behängte Gestalten vor dem Eingang herum, was nicht unbedingt zum Eintreten einlud.

Es war sonderbar, dass auf der Straße nur wenig Geschäftigkeit herrschte. Die Menschen drängten sich aneinander vorbei, sie schienen mit sich selbst beschäftigt zu sein. Niemand hielt an der Ecke einen Plausch. Dafür standen aber an einigen Stehtischen hartgesottene Gestalten, die sich trotz der unwirtlichen Jahreszeit an einem Bier festhielten. Diese Ecke von Kiel missfiel ihm.

Schnell hatte er das Haus gefunden, in dem Stuhr wohnte. Er drückte sich in den dunklen Flur hinein und versuchte, den Mief zu ignorieren. Einen Lichtschalter fand er nicht, aber als er sich an der rechten Wand entlangtastete, stolperte er mit dem Fuß gegen einen kompakten Gegenstand. Lautes Gepolter erschreckte ihn, es musste eine Mülltüte gewesen sein.

Er tastete sich an der linken Wand weiter. Die Tür, die er fühlte, gab sofort nach. Olli rief nach Stuhr, aber es regte sich nichts in der muffigen Wohnung. Mit dem Lichtschalter brachte er eine trübe Funzel an der Flurdecke der Wohnung zum Glimmen. Das Schild an der Wohnungstür, das jetzt mühsam zu erkennen war, zeigte ihm, dass er richtig war: »Schrock«.

Olli sah sich um. Klar, dass hier niemand einbrechen würde, denn das karge Mobiliar glich einer Sperrmüllsammlung, und die in Jahrzehnten verqualmten Tapeten waren hoffnungslos vergilbt. Olli versuchte einen Lockruf. »Stuhr?«

Das Etablissement war jedoch verwaist. Die Küche war verdreckt, und in das Bad sah er lieber nicht hinein. Nur das breite Bett im Schlafzimmer sah einigermaßen ansprechend aus. Natürlich würde er dort schlafen und Stuhr ins Wohnzimmer verdrängen, schließlich wollte der etwas von ihm.

Olli wollte Stuhr anrufen, aber in diesem Moment klingelte es an der Tür.

»Schrock?«, hörte er eine männliche Stimme rufen.

Vorsichtig öffnete Olli die Tür. »Schrock ist ausgeflogen. Ich weiß nicht, wo der steckt.«

Der Mann im Kapuzenpullover war ein Fan von Holstein Kiel, wie er dem Aufdruck »Deutscher Meister 1912« entnehmen konnte. Der Typ nickte nur kurz und zog ab.

Olli beschloss, nicht länger in der verwahrlosten Wohnung herumzuhängen. Nein, er würde die Zeit nutzen, um sich ortskundig zu machen. Er überquerte den Vinetaplatz, auf dem sich Männer zu Zwecken zusammengerottet hatten, die nicht ersichtlich waren. Alkohol? Ja. Drogen? Wer weiß.
Olli beschleunigte seine Schritte und überquerte die Kaiserstraße. Auffällig war die hohe Kneipendichte, wenngleich eine Spelunke ungastlicher wirkte als die andere. Auch die Namen waren fantasielos: »Zur Gemütlichen Kneipe«, »Bier-Treff« oder »Kaiser-Eck«. Manche hatten nicht einmal Werbeschilder.
Dennoch, er würde irgendwo hineingehen und ein Bierchen trinken, um in Gaarden Fuß zu fassen. Durst hatte er schließlich auch.

Olli entschied sich letztlich für die 1. Gaardener HSV-Kneipe in der Iltisstraße, weil er hoffte, wenigstens dort nicht von Holstein-Fans bedrängt zu werden. Er drängte sich durch dicke, aber sicher lange Jahre nicht gereinigte Filzvorhänge in die Kneipe hinein, die überschaubar besetzt war. Lediglich am Tresen hockten drei verschwitzte Gestalten und klammerten sich an Bierflaschen fest. Auf einem monströsen Röhrenfernseher flimmerte in schlechter Qualität die Wiederholung des Europapokalfinales des HSV von 1983 gegen Juventus Turin, wie Olli der Bildunterschrift entnehmen konnte.

Der Wirt im Trainingsanzug des HSV musterte ihn von oben bis unten. »Wieso kommst du denn in Zivil?«
»Ich bin nur zu Besuch, ich komme aus Hamburg.«

Das schien dem Wirt zu genügen. »Hamburger? Immer willkommen. Auch ein Flaschenbier?«

Olli nickte und bekam eine ungeöffnete eiskalte Flasche in die Hand gedrückt. Der längste der drei Galgenvögel, die am Tresen standen, streckte ihm einen Flaschenöffner entgegen, der mit einer langen Kette am Gürtel befestigt war. »Ich bin übrigens ein Ehrenmitbürger von dir. Nach mir haben sie die bekannteste Hamburger Straße benannt.«

Olli staunte. Die breite Zahnlücke wies nicht darauf hin, dass dieser schlaksige Kerl irgendwelche Ehrungen durch die Hamburger Bürgerschaft erfahren haben konnte.

Dessen Grinsen wurde breiter. »Die Herbertstraße«, prustete er los. »Ich bin der Herbert!«

Seine Kollegen schlugen sich vor Vergnügen auf die Schenkel.

Der Wirt schien den Witz allerdings schon öfter gehört zu haben, denn er verfolgte weiter gespannt das Europapokalfinale, als wenn es eine Live-Übertragung wäre. »Los, Felix.«

Aber das einzige Tor dieser Begegnung war gleich zu Beginn dieser Partie durch Magath gefallen. Das wusste man als Hamburger, selbst wenn man strammer Paulianer war.

Olli reichte Herbert die Hand. »Tag, Herbert. Ich bin Olli. Wenn du deine Straße einmal besuchst, dann vergiss nicht, dir vorher ein Pauli-Trikot zu besorgen. Die Nutten mögen nämlich keine HSV-Fans.«

Wieder schlugen sich die drei vor Lachen auf die Schenkel.

Jetzt reichten ihm auch die anderen beiden die Hand. »Klaus!«

»Und ich bin der Bernie.«

Olli schüttelte auch deren Hände. Herbert fragte nach: »Zum ersten Mal hier, Olli?«

Olli nickte und schaute ebenfalls interessiert zum Fernseher, weil Manni Kaltz eine seiner gefürchteten Bananenflanken in den Strafraum zog.

Herbert frotzelte den Wirt an. »Mensch, Andi, du kannst dir auch mal eine Flachglotze hinhängen, dann wirken Mannis Flanken noch bananiger.«

Der Wirt lächelte grimmig. »Erst, wenn sie wieder um die Meisterschaft spielen.« Interessiert verfolgte er das Spiel weiter.

»He, Andi. Stell mal auf Pause!«, rief Herbert plötzlich. »Ich habe heute eine Geschichte gehört, die glaubt ihr mir nicht. Sie ist aber wahr und stimmen tut sie auch.«

Andi stellte tatsächlich den Rekorder auf Pause.

»Ein Kumpel von mir, der Hans mit seinem alten Opel, der war gestern mit seinem Köter in einem Einkaufszentrum. Er wollte nur ein paar Batterien kaufen und hat die olle Töle im Auto gelassen. Er geht da also rein. Als er keine zehn Minuten später zurückkommt, da findet er das Viech tot auf dem Rücksitz vor.«

»Einfach so?«, fragte Klaus nach.

»Ja. Der Köter war schon ziemlich klapperig. Weil Hans seinen alten Opel aber immer äußerst pfleglich behandelte, hatte er Angst, dass der tote Hund nun irgendwie zu suppen beginnt und seine Polster ruinieren würde. Er ist also flink zurück in das Warenhaus und hat sich eine stabile große Verpackung von einem Flachbildschirm geholt. Den Karton hat er neben den Wagen gestellt. Dann hat er den toten Köter von der Rückbank gehoben und aufgepasst, dass ihm niemand dabei zusah, wie er ihn in den Karton hineinstopfte.«

»Aber es hat ihn jemand beobachtet und er ist erwischt worden, oder?«, mutmaßte Bernie.

»Nein, das nicht. Als er es endlich geschafft hatte, musste er den Karton irgendwie in den Wagen bekommen. Das ging aber nur quer. Dabei geriet der tote Hund ins Rutschen, und deswegen klappten die Laschen der Verpackung immer wieder auf. Also stellte Hans den Karton mitsamt der toten Töle kurzerhand neben seinem Wagen ab und flitzte noch einmal ins Einkaufszentrum, um irgendetwas zum Zubinden zu besorgen.«

Die Zuhörer nickten gespannt.

Herbert trank in aller Seelenruhe seine Bierflasche aus, was die Spannung steigerte. »Ja, stellt euch vor, als der Hans zu seinem Auto zurückkehrte, war der Karton weg.«

»Wieso weg?«, fragte Klaus ungläubig.

Herbert grinste breit. »Das weiß Hans auch nicht. Vermutlich geklaut. Da hat wohl jemand gedacht, dass er sich einen fabrikneuen Flachbildschirm unter den Nagel reißen kann.«

Die Tresenrunde brüllte lauthals los. Olli musste Tränen lachen bei dem Gedanken, dass der Dieb nach mühseliger Schlepperei erwartungsfroh die Verpackung öffnete und einen toten Hund ans Tageslicht beförderte. Dabei war dieser Hans sicherlich froh gewesen, mit seinem toten Hund nicht zur Abdeckerei fahren zu müssen. So eine verrückte Geschichte hatte Olli schon lange nicht mehr gehört. Er orderte eine Runde Bier für die Truppe. Wenn das so weiterging, konnte das ja noch ein lustiger Abend werden.

Er besah sich die drei. Sie waren etwa so alt wie Stuhr, Mitte 50. Herbert trug ein HSV-Hemd, Jeans und Puschen. Er schien sich in der Kneipe zu Hause zu fühlen. Klaus hatte einen ziemlich glasigen Blick aus grünroten Augen, und sein Trainingsanzug roch so, als wenn er schon mehr als einmal darin geschlafen hätte. Der Bernie war dagegen völlig anders angezogen. Im Gegensatz zu den anderen wirkte er ein wenig spießig, denn er trug eine feine Anzughose und schwarze Lackschuhe, und auf sein blütenweißes Businesshemd war eine kleine HSV-Raute aufgestickt. Aber auch er hatte eine verdächtig rote Nase, es schien nicht sein erstes Bier zu sein.

Jetzt meldete sich Klaus zu Wort. »Passt auf, Jungs, das stand in der Kieler Rundschau heute Morgen auf der letzten Seite. Drei kleine Kinder gehen ohne Eltern mit ihren Rucksäcken in Hamburg zu Hagenbeck in den

Zoo. Beim Herausgehen bemerkt das Personal, dass die Kinder schwitzen und rote Köpfe haben. Zudem sind die Rucksäcke vollgestopft. Sie wundern sich und kontrollieren das Gepäck der Kinder. Was meint ihr, was darin war?«

Die Runde guckte sich erwartungsvoll an, während Andi neue Biere auf den Tisch stellte.

Klaus wartete, bis alle ihr Bier an den Lippen hatten. Erst dann gab er die Lösung bekannt. »Pinguine. Sie hatten ihren Krimskrams aus den Rucksäcken weggeschmissen, sich Pinguine aus dem Gehege geschnappt und in ihre Rucksäcke gestopft.«

Olli musste losprusten. Wozu sollte man sich einen Pinguin aus dem Zoo klauen? Eine abgefahrene Story.

Abwechselnd wurden in der Folge die Runden geschmissen, und irgendwann schüttete ihm Bernie sein Herz aus. Er musste zwar bei der Zentrale seiner Bank auf dem Westufer arbeiten, war aber bekennender Gaardener. In diesem Stadtteil fühlte er sich anerkannt. Er konnte sich ausleben und auch einmal die Sau rauslassen. Auf Frauen hatte er wie seine Kumpel keinen Bock mehr, die störten nur beim Biertrinken und Fußballgucken.

Olli musste unwillkürlich an Stuhr denken. Kaum vorstellbar, dass der sich in dieser Atmosphäre wohlfühlen würde. Seine Trinkgesellen feierten dagegen fröhlich bei Fußball und Schnaps ihrem Ende entgegen.

Bernie schob ihm ein Bier hinüber. »Eins kannst du noch ab, oder musst du fahren?«

Lächelnd nahm Olli das Getränk an. »Nein, keine Angst. Ich habe einen Kumpel, der wohnt in der Elisabethstraße, bei dem kann ich übernachten. Helge Stuhr. Nein, quatsch! Helge Schrock heißt der natürlich. Er ist der Bruder von dem Asozialen, der sich letzte Woche vor dem Weihnachtsmarkt von dem Warenhaus gestürzt hat.«

Bernie sah ihn argwöhnisch an. »Helge *Stuhr*?«

»Nein, Helge *Schrock*.« Olli war erschrocken. Wie konnte ihm das nur passieren?

»Du hast aber Helge Stuhr gesagt.« Bernie war immer noch irritiert.

Olli durfte seine Glaubwürdigkeit nicht verlieren. »Besuch uns einfach mal in unserer Hütte, dann kannst du ihn kennenlernen.«

»Wen?«

»Na, Helge Schrock.«

Aber Bernie antwortete nicht. Irgendetwas musste passiert sein. Olli überlegte fieberhaft, wie er sich elegant aus dem Staub machen könnte.

Zum Glück blickte Bernie auf die Uhr. »Oh, so spät schon. Ich muss los, morgen muss ich fit sein.«

Olli zahlte und klopfte zum Abschied auf den Tisch. Morgen wollten sie sich wieder in der 1. Gaardener HSV-Kneipe treffen, um sich das Heimspiel vom HSV gegen Werder Bremen aus der Spielzeit 2003/04 anzusehen.

Endlich klappte die Tür hinter ihm zu. Die kalte Nachtluft tat ihm gut, denn er war ganz schön am Schwanken. Er hätte nichts von Stuhr preisgeben dürfen, aber die Zunge war lose geworden, und er hatte sich verplappert.

Hoffentlich blieb das ohne Folgen.

EIN FIDELES PFLÄUMCHEN

Schweißgebadet war Stuhr auf Schrocks schmuddeliger Couch aufgewacht. Ermattet richtete er sich auf und erspähte den brummenden Kühlschrank in der Küche, der ihn geweckt hatte. Benommen blickte er auf seine Armbanduhr. Es war schon Nachmittag. Er atmete tief durch, denn genau genommen lag er mitten im Sumpf. Warum nur hatte er sich auf diese harte Nummer in Gaarden eingelassen?

Er musste an Jenny denken, die sich vermutlich fröhlich auf irgendwelchen Skipisten tummelte. Jetzt hatte er keine Möglichkeit mehr, mit ihr Kontakt aufzunehmen. Kommissar Hansen hatte seine Identität eingesammelt. Stuhr hatte nur noch einen Ausweis und eine Bankkarte auf den Namen Helge Schrock. Er war ein anderer Mensch geworden, frisch aus dem Knast.

Ein mulmiges Gefühl überkam ihn in Schrocks Höhle. In dieser ungastlichen Umgebung konnte er nicht besonders gut allein mit sich sein. War es das Abtauchen von Jenny oder war es der Alkohol von gestern, der ihn in diese trübe Stimmung gebracht hatte?

Egal, in Gaarden trank man die Probleme klein. Vielleicht würde auch ihm ein Konterbier helfen. Stuhr trottete zum Kühlschrank, aber der offenbarte nur das kahle Plastikdesign der schmuddeligen Innenbewandung.

Er fluchte und stellte den alten Fernseher an. Es gab

nur wenige Programme, auf allen Kanälen nur Mist. Als es draußen dunkel wurde, schaltete er das Gerät aus. Sein Herz pochte. Er musste unbedingt unter Menschen kommen. Wohin sollte er gehen?

Er erinnerte sich an das Angebot von Katja, der Bedienung aus dem »Goldenen Anker«. Wenn sie heute hinter dem Tresen stand, könnte er sie vielleicht unauffällig nach diesem Maik befragen. Über Jupp Jöllen würde sie sicherlich mehr wissen, als die gesamte Kieler Kripo jemals in Erfahrung bringen würde.

Zudem hatte sie etwas, was er gut brauchen konnte: Menschlichkeit.

Stuhr schnappte sich seine Winterjacke und trottete die Elli hinunter zur Werft. Um die »Haifischbar« und das »Zwitscherstübchen« machte er einen großen Bogen. Dann betrat er den »Goldenen Anker«. Dieses Mal waren bis auf eine grell geschminkte Frau, die ihn mit leerem Blick von ihrem Platz am Fenster musterte, keine weiteren Gäste anwesend.

Katja erkannte ihn sofort wieder. Freudig lächelnd zeigte sie auf den Barhocker am Tresen, auf dem er letztes Mal gesessen hatte. »Dein Stammplatz, Helge.«

Katja hatte seine Stimmung schnell erfasst. »Ein bisschen Medizin gegen den Weltschmerz?«

Stuhr setzte sich zu ihr. »Ja, ich brauche unbedingt ein Konterbier. Trinkst du eins mit, Katja?«

Sie nickte und zapfte wortlos Bier in zwei Gläser. »Ist ja nicht meine Art, aber Ausnahmen müssen bei Notfällen sein.«

Stuhr überlegte, wie er ein Gespräch anfangen sollte.

»Arbeitest du jeden Tag im ›Goldenen Anker‹?«

Katja schaute ihn verwundert an.

»Warum fragst du? Willst du hier einziehen?« Dann stellte sie die beiden Biere auf dem Tresen ab.

Stuhr prostete ihr zu und nahm hastig den ersten Schluck gegen seinen Nachdurst. »Nein, es scheint mir nur bessere Plätze auf der Welt zu geben.«

Erstaunt hielt sie inne, um eine treffende Antwort zu formulieren. »Ach, es geht schon, solange keine Hauerei ist oder irgendein Durchgeknallter verrücktspielt. Im Gegensatz zu draußen ist es mollig warm im ›Anker‹, und regnen tut es hier drinnen auch nicht.« Sie musste über ihre Bemerkung unfreiwillig lachen.

»Hast du das immer schon gemacht?«, fragte Stuhr nach.

Ihr Blick wurde ernst. »Meinst du, das macht jemand freiwillig?«

»Entschuldigung. War nicht so gemeint. Ich bin etwas durcheinander.«

Katja nickte angestrengt, während sie benutzte Biergläser kraftvoll auf den Reinigungsborsten nahezu ausquetschte. »Schon gut, man verliert ja auch nicht jeden Tag seinen Bruder.«

Mit zusammengekniffenen Lippen nickte Stuhr und stierte auf sein Bier.

Während sie jetzt die Reinigung des Tresens in Angriff nahm, begann sie zu erzählen. »Ich bin hier so hineingerutscht. Erst Realschulabschluss, dann ins Büro. Ein langweiliger Job, alles stinknormal. Eines Tages habe ich mir gesagt, das kann es nicht gewesen sein. Ein schlechter

Freund hat mir Geld geliehen, immer mehr. Wir haben nachts Wild-West gespielt, und irgendwann bin ich nicht mehr zur Arbeit gegangen. Dann wollte er auf einen Schlag alles wieder zurückhaben. Da gibt es für eine Frau nur zwei Möglichkeiten. Andere machen die Beine breit, ich habe mich für die Arbeit in der Kneipe entschieden. Es gibt Schlechteres.«

»Aber es gibt auch Besseres. Wenn ich sehe, wie Holgi gehaust hat, dann scheint es ziemlich hart zu sein, in Gaarden zu überleben.«

Katja zuckte mit den Schultern. »Andere kommen hier ganz gut zurecht.«

Krampfhaft versuchte Stuhr, positive Aspekte des Stadtteils hervorzuheben. »Viele schöne alte Wohnhäuser aus der Gründerzeit gibt es ja, und das Zusammenleben mit den Türken scheint einigermaßen gut zu klappen. Das ist ein Beispiel für gelungene Integration.«

Katja lachte auf. »Die Türken? Hör auf, die gibt es doch gar nicht. Die leben in einer Parallelwelt. So wie die Gaardener früher die Türken verachtet haben, so verachten sie jetzt uns. Die interessiert nur ihre Geschäftemacherei. Viele Firmen werden lediglich zum Schein geführt, und einige Läden sind finstere Löcher. Wer mag da schon reingehen?«

Unrecht hatte sie nicht.

Katja fand drastischere Worte. »Glaube mir, der Stadtteil schert unsere türkischen Freunde herzlich wenig. Sie bewegen sich in ihren eigenen Kreisen, machen Geschäfte untereinander. Ich wette, dass du außer beim Friseur keinen einzigen Laden finden wirst, in dem Deutsche und

Türken einträchtig nebeneinandersitzen. Man lebt in verschiedenen Kasten, die sich gegenseitig ignorieren. Wie gesagt, die Türken verachten uns.«

Stuhr mochte Katjas Art, die Dinge auf den Punkt zu bringen. Ein guter Zeitpunkt, vorsichtig nach Jöllen und Schrock zu fragen.

»Meinst du, dass die auch über Leichen gehen würden?«

»Nein. Mord würde ihre Geschäfte empfindlich stören, dann würden in der Folge zu viele Bullen in Gaarden herumschnüffeln. Ich weiß nicht, was mit Jupp passiert ist. Irgendein Verrückter vielleicht. Und Holgi? Wer weiß schon, was in seinem Kopf vorging?«

Da hatte sie vermutlich recht. »Du kennst dich mit den Verhältnissen in Gaarden gut aus.«

Verbissen begann Katja, den Zapfhahn zu polieren. »Inzwischen ja. Aber als ich nach Gaarden zog, war ich naiv. Die Mieten waren günstig, deswegen bin ich vor sechs Jahren mit einer Freundin in eine WG im Kirchenweg eingezogen. Weil ich damals noch in Kiel gearbeitet hatte, habe ich das alles nicht so bemerkt. Zunächst war auch alles in Ordnung, aber irgendwann wurde in unsere Wohnung eingebrochen. Als meine Freundin von der Polizei zurückkam, war sie ganz aufgelöst, weil sie fast alle Nachbarn in der Verbrecherkartei wiedererkannt hatte.«

Stuhr zog sein Resümee. »Ein Gaardener ohne Knast ist wie ein Schiff ohne Mast.«

Katja musste grinsen. »Ein fideles Pfläumchen?«, fragte sie augenzwinkernd.

Er sah sie verunsichert an. Da drückte sie ihm auch schon ein Fläschchen mit Pflaumenschnaps in die Hand. Stuhr blickte sich vorsichtig um. »Und wenn uns Stange jetzt sieht?«

»Stange? Wieso, was geht ihn das an? Oder meinst du etwa, dass ich mit dem was habe?«

»Das hat er jedenfalls behauptet.«

Katja amüsierte sich königlich. »Dass ich nicht lache. Der hat ein Gehirn wie ein Schweineschwanz. Eineinhalb Windungen, dann ist schon Schluss. Der ist noch blöder als mein Dackel, wenn ich denn einen hätte. Was meinst du wohl, woher der seinen Spitznamen hat?«

Stuhr hatte schon eine Idee, aber er zuckte lieber mit den Schultern.

Anscheinend konnte Katja Gedanken lesen. »Bestimmt nicht, was du gerade denkst. Der hat noch nie einen hochbekommen. Davon einmal abgesehen: Glaubst du denn im Ernst, dass ich einen solchen Schmierlappen anfassen würde?«

Sicher war sich Stuhr nicht. »Und was ist mit diesem Mozart?«

Der Blick von Katja verfinsterte sich. »Das war der falsche Freund, von dem ich vorhin gesprochen hatte. Kein Lichtmensch. Woher kennst du ihn?«

»Ich kenne ihn nicht. Den Namen habe ich nur in der Gang aufgeschnappt. Genau wie den von Jupp und Maik.«

Katja nickte nachdenklich. »Ja, aber den Jupp hat es nun auch erwischt. Aus dem bin ich nie schlau geworden. Er soll Ärger mit Mozart gehabt haben, es ging vermutlich um Geld. Da hört bei Mozart die Freundschaft auf. Aber den Jupp umbringen? Ich weiß nicht, das traue ich ihm nicht zu. Am besten, du hältst dich von ihm fern.«

Stuhr blickte ihr tief in die Augen. Wäre nicht der dunkle Rand unterhalb ihrer Augen, der auf fehlenden Schlaf und übermäßigen Nikotingenuss schließen ließ, dann hätte sie ein interessantes Gesicht.

»Und?«, bohrte Stuhr nach. »Kannst *du* Mozart von dir fernhalten?«

Sie nickte. »Klar, ich zahle meine Schulden bei ihm ab. Was meinst du, warum ich das hier mache?«

»Und was ist mit diesem Maik aus der Gang?«

Katja blickte ihn irritiert an. »Maik? Ach, der ist eigentlich ganz in Ordnung. Der ist nicht blöd, aus dem ist einfach nur nichts geworden. Kein richtiger Antrieb, nur Fußball, Saufen und Schlägereien. Er ist der Chef der Gang. Der wird allerdings irgendwann genau wie dein Bruder enden. Leider.«

Stuhr verstand das nicht. »Meinst du, dass der sich auch vom Dach stürzen wird?«

»Nein, er kommt genau wie Holgi mit seinem Arsch nicht hoch. Wenn der sich zwischen einer Frau und einem Bier entscheiden müsste, dann hätte er schon die Flasche am Hals. Zurzeit versteckt er sich vor der Polizei, deswegen ist Stange auch so prahlerisch drauf. Endlich kann er einmal den Boss spielen. Alle in der Gang sind große Kinder, die nicht erwachsen werden wollen. Du kennst sie ja.«

»Den Maik noch nicht. Auf den bin ich gespannt.«

Katja überlegte kurz. »Maik war Holgis bester Freund.

Wenn die beiden in Fahrt kamen, dann war das immer so, als wenn Schopenhauer und Kant in der Hilfsschule dozierten. Die haben so manche Breitseite abgefeuert.«

Stuhr wunderte sich, dass Katja die Namen der beiden Philosophen kannte.

»Noch ein fideles Pfläumchen, der Herr?« Geschickt fingerte Katja zwei weitere Fläschchen aus dem Kasten.

»Gehirnschrauben«, kommentierte Stuhr trocken. Sie prosteten sich zu. Als sich Katja umdrehte, fiel es Stuhr schwer, nicht ihren schlanken Körper zu bewundern. Das konnte nur an den Pfläumchen liegen.

Stuhr schüttelte seine verwirrten Gedanken aus dem Kopf. Schließlich war er mit Jenny verbandelt, das war eine ganz andere Preisklasse.

Die grell geschminkte Frau im Gastraum zahlte und verschwand. Offenbar war sie sitzengelassen worden.

Wenig später schaute ihm Katja allerdings so tief in die Augen, dass er nicht mehr wusste, wohin er seinen Blick wenden sollte.

»Und was ist mit dir, Helge? Du machst nicht den Eindruck, als wenn du dich in Gaarden besonders wohlfühlst.«

Was blieb ihm übrig, als mit den Schultern zu zucken? »Im Moment geht es einigermaßen. Wo soll ich sonst hin?«

Katja hatte er ins Herz geschlossen, sie war ein richtiger Kumpeltyp. Es war bewundernswert, wie tapfer sie sich durch ihr hartes Leben schlug.

Der Schnapskarton leerte sich zusehends, und irgendwann schaltete Katja das Licht aus. »Ich darf früher Schluss machen, wenn nichts los ist, und dienstags ist meistens tote Hose. Ich bin froh, dass du noch da bist. Allein ist es manchmal unheimlich, den Laden abzuschließen. Gerade jetzt, wo das mit Jupp passiert ist.«

Stuhr nickte verständig und stand auf.

Sorgfältig kontrollierte Katja noch einmal den Schankraum und verschloss die Kneipe. Er nickte ihr zum Abschied zu, aber sie blickte ihm wie vorher tief in die Augen. Unerwartet umarmte sie ihn und gab ihm einen langen, zärtlichen Kuss. Das war nicht unangenehm. Ihre kreisende Zunge schmeckte angenehm fruchtig. Die vielen fidelen Pfläumchen zeigten ihre Wirkung.

Dennoch versuchte Stuhr, Argumente zu finden, die gegen die Nähe zu ihr sprachen. Sie lebte am Abgrund in einer fremden Welt und war eine Ewigkeit jünger als er.

Unerwartet kam die entscheidende Frage. »Nimmst du mich mit?«

Das war eine von diesen Fragen, die ein ganzes Leben umwerfen konnten. So fragte man früher die Kapitäne der großen Frachtschiffe in den Häfen, wenn man sein bisheriges Leben verlassen musste und an Bord gehen wollte, aus welchen Gründen auch immer. Stuhr wusste genau: Wenn man an solchen Stellen nicht aufpasste, dann konnte einen schnell das wahre Leben einholen.

KLEINE SCHRITTE

Nachdenklich starrte Kommissar Hansen auf die Ermittlungsakte zum Todesfall Jupp Jöllen, der er allerdings nicht allzu viel entnehmen konnte. Jöllen war zwischen 18 Uhr und 19 Uhr von einem kräftigen Mann von hinten erdrosselt worden. Gegenwehr hatte er nicht mehr leisten können, jedenfalls fanden sich unter seinen Fingernägeln keinerlei Spuren von Textilien oder Haut.

Was trieb Jöllen auf dem Gaardener Balkon hoch über der Kieler Förde? Das war um diese Jahreszeit einer der unwirtlichsten Orte, die man sich vorstellen konnte. Warum trug Jöllen bei seiner Ermordung ein Messer? Hatte er Angst? Vor wem? Und warum?

Auffällig war, dass er keine Schlüssel bei sich hatte. Wie wollte er zurück in seine Wohnung gelangen? Hatte Jöllen seine Schlüssel versteckt? Wo? Oder hatte der Mörder sie gestohlen? Warum? Fragen über Fragen.

Ansonsten schien der Systemkritiker recht kleinbürgerlich zu leben. Unter seinem Schreibtisch wiesen lose auf dem Fußboden liegende Kabel auf einen fehlenden Computer hin. Das war ärgerlich, denn weil bei ihm keinerlei belastendes Material in Papierform gefunden wurde, war zu vermuten, dass sich die Daten auf dem Computer befanden.

Der im Keller befindlichen Verpackung nach schien es sich um ein Standgerät zu handeln, welches nicht mehr zu kaufen war. Auffällig dabei war lediglich das schwarze Alien-Gehäuse, welches nach Auskunft der Kollegen von der Informationstechnik in Zockerkreisen eine Rarität war.

Hansen ärgerte sich, dass er so wenig von Computern verstand. Aber in der Polizeidirektion wurde selbst heute meistens noch in Papier gedacht. Sein Oberkommissar Stüber war das lebende Beispiel dafür, wie man sich mit alten Ermittlungsmethoden über die Runden bringen konnte. Stuhr und Olli, die kannten sich mit diesen modernen Geräten viel besser aus.

Der Kommissar fühlte sich matt und schloss kurz die Augen. Dann nahm er sich die nächste Akte vor. Das Bundesamt für Verfassungsschutz hatte in einer Kontrollmeldung lapidar mitgeteilt, dass sie Jöllen zeitweise wegen der Zugehörigkeit zu seiner Partei beobachtet hatten. Allerdings musste man die Observierung vor zwei Jahren einstellen. Die Daten wurden ordnungsgemäß nach Dienstvorschrift gelöscht. Verärgert schlug Hansen mit der Faust auf den Tisch, während er über den Datenschutz schimpfte. Ständig biss er auf Granit.

Stuhr, das war seine letzte verbliebene Waffe. Sicherlich würde der Tag und Nacht in Gaarden herumschnüffeln, bis er Beweise gefunden hatte. Gut, es war nicht die feine Art, Stuhr so kurz vor Weihnachten in diesen Fall hineinzuziehen. Aber welche Wahl hatte der Kommissar schon?

Hansen wollte aufstehen, um sich einen Kaffee zu ziehen. Aber er taumelte und musste sich wieder hinsetzen. Ihm war schwindelig. Das war kein Problem, er würde einen Augenblick abwarten und dann würde er das Gleiche noch einmal in Zeitlupe versuchen. Diesmal schaffte er es, den Kaffee zu ziehen, auch wenn ihm immer noch schwindelig war.

Zurück in seinem Büro legitimierte sich Hansen im elektronischen Strafregister, um nach diesem Mozart zu recherchieren. Den richtigen Namen hatte Stuhr zwar nicht herausbekommen, aber in den elektronischen Ablagen der Polizei konnte man natürlich auch nach Spitznamen suchen. Tatsächlich schien es Akten über einen Mozart zu geben, aber sie waren aus nicht ersichtlichen Gründen für ihn gesperrt.

Der Kommissar wunderte sich. Eine Sperre wurde in der Regel nur für V-Leute oder Kronzeugen eingerichtet, die entweder etwas für den Staat erledigen sollten oder als Kronzeugen ausgesagt hatten. Entweder hatte Mozart inzwischen eine andere Identität bekommen oder er war irgendwo für die Polizei im Einsatz.

Abgespannt lehnte er sich zurück. Irgendwie war er nicht auf Draht wie sonst.

Sein Diensttelefon klingelte. Es war der Kollege Fingerloos von der Spurensicherung. »Moin, Konrad! Na, weitergekommen? Täter gefasst?«

Hansen antwortete nicht.

Fingerloos kam schnell zu seinem Anliegen. »Ich habe noch was für dich. Dieser Jöllen hatte auf seinem Schreibtisch eine Digitaluhr aus den 80ern, bei der die Uhrzeit von fallenden Zahlenblättern dargestellt wurde. Weiß auf schwarz, wie früher auf Bahnhöfen und Flughäfen. In Fachkreisen nennt man das ›Fallblattanzeiger‹.«

Hansen wunderte sich, warum ihn Kollege Fingerloos in Fachchinesisch einführte. »Ja, und?«

»Als dieser exotische Computer gestohlen wurde, wurde auch die Steckerleiste vom Netz gezogen. Der Wecker war auf 20.13 Uhr stehen geblieben, also deutlich später als Jöllens Tod.«

Deswegen also der fehlende Wohnungsschlüssel. Der Mörder musste Jöllen das Bund abgenommen haben, um den Computer zu stehlen. »Also ein Raubmord?«, vermutete Hansen.

»Nein, eher nicht. Jöllen besaß eine hochwertige Spielekonsole der neuesten Generation. Das sind Spielgeräte, die hochbegehrt bei unserer zockenden Jugend sind. Die ist aber nicht gestohlen worden.«

Das verstand Hansen nicht. »Will sagen?«

»Dass bei einem Raub eine Spielekonsole viel einfacher mitzunehmen und zu verkaufen ist als ein exotischer Spezialcomputer. Jöllens Mörder hat sich nach dem Mord in dessen Wohnung begeben und ausgerechnet diesen Spezialcomputer entwendet und nichts anderes. Könnte sein, dass auf der Festplatte von diesem Gerät irgendetwas gespeichert war, was für ihn von größtem Interesse war oder auf ihn schließen lassen konnte.«

Der Kommissar bedankte sich. Aber war das eine gute Nachricht?

In diesem Moment wurde die Tür weit aufgerissen und sein unvermeidlicher Büroleiter Zeise eilte forschen Schrittes mit der »Kieler Rundschau« in der erhobenen Hand auf ihn zu. Seine andere schlug fordernd auf die Schlagzeilen ein. »Kiel in Angst und Schrecken. Terror auf dem Ostufer?«

Das war verwunderlich, denn mit Zeise hatte er trotz seiner Herabstufung inzwischen wieder Frieden geschlossen. Warum ging er ihn so an?

Aber Zeise legte noch nach. »Unser verehrter Chef ist auf 180. Er hat das Gefühl, die Presse weiß wieder einmal mehr als wir. Er sprach von ›kriminalistischer Insolvenz‹.«

Hansen bekam einen Schweißausbruch. Zudem war es unerträglich warm im Raum. Wie konnte er dabei noch klar denken? Warum musste er sich eigentlich um alles kümmern, er war schließlich nicht der Hausmeister? Angesäuert ging er zur Heizung und drehte sie herunter. Dann riss er die Fenster weit auf, aber ihm wurde nicht kühler.

Zeise bemühte sich um Diplomatie. »Chef, es sind keine 15 Grad mehr im Raum. Wollen Sie, dass wir uns so kurz vor Weihnachten noch eine Lungenentzündung holen?«

Hansen sah seinen Büroleiter ungläubig an und fasste sich an die Stirn. Nein, Temperatur hatte er nicht. Alles war ganz normal, oder?

Jetzt legte ihm sein Büroleiter die Hand auf die Stirn. »Herr Kollege, Sie haben mindestens 39 Grad Fieber. Ich befürchte, Sie müssen ganz schnell ins Bett.«

Hansen verstand nicht. Das fehlte ihm noch, so kurz vor Weihnachten. Was würde seine Frau dazu sagen?

Nun war es genug. Hansen holte tief Luft, um eine Gardinenpredigt zu starten. Bevor er aber den ersten Laut herausbringen konnte, sackten ihm die Beine weg.

HAUSFRAUENMISCHUNG

Helge Stuhr war wie gerädert, als er hochfuhr und sich im dunklen Raum umsah. Irgendein Geräusch hatte ihn geweckt. War es Olli, der auf der Suche nach dem Klo war?

Neben ihm lag Katja im zerwühlten Bett und schlief fest. Wie spät war es? Er fand seine Armbanduhr nicht. So ließ er sich wieder ins Bett fallen und dachte zurück an die wilde Nacht. Nach den Pflaumenschnäpsen waren sie sich schnell ganz nahegekommen. Er konnte sich noch erinnern, dass Olli mitten in der Nacht plötzlich in das Schlafzimmer stürmte. Stuhr hatte große Mühe, ihn auf die Couch im Wohnzimmer zu bugsieren, sodass sie endlich weiterschlafen konnten.

Da war wieder das Geräusch. Es näherte sich. Die Schlafzimmertür knarrte nun, und wenig später steckte jemand den Kopf in die Tür, den er in der Dunkelheit aber nicht erkennen konnte. »Helge Stuhr, bist du es?«

Die Stimme kam ihm vertraut vor, aber er konnte sie nicht zuordnen, zumal seine Freunde und Bekannten ihn alle nur beim Nachnamen nannten. So antwortete er vorsichtig: »Ja, was ist denn los?«

Es geschah jedoch nichts, außer dass die Tür vorsichtig wieder angelehnt wurde und sich hastige Schritte entfernten. Wer konnte das gewesen sein?

Stuhr nahm sich felsenfest vor, am Vormittag neue

Schlösser zu kaufen, und tappte mit der Hand nach Katja, die von der Unruhe aufgewacht war.

»Mein Gott, Helge. Was war das denn eben? Sind wir auf dem Hauptbahnhof?«

Er wollte sich an sie herankuscheln, aber sie entwand sich energisch. Plötzlich blendete ihn die Nachttischlampe. Katja versuchte, die Uhrzeit abzulesen, und begann dann, sich hastig anzuziehen.

»Ich muss los, Helge, ich werde gleich abgeholt. Mein Chauffeur wartet ungern.«

Diese Antwort war verwunderlich. Stuhr ahnte Böses. »Wer ist denn der Glückliche, der dich abholen darf?«

Sie hielt einen Augenblick inne. »Na, wer schon? Der rote Mercedes. Die Buslinie 501, und zwar in acht Minuten. Ich muss los. Küsschen.«

Sie beugte sich vor und küsste ihn zum Abschied auf die Stirn.

Er nahm seinen Mut zusammen und stellte die Frage, die man nicht stellen sollte, wenn man nur für eine Nacht einen warmen Hintern suchte. »Sehen wir uns wieder?«

Sie drückte ihn fest an sich. »Klar, Helge Schrock. Denke nur nicht, dass ich mit jedem Mann ins Bett gehe. Der muss mir schon richtig gefallen. Du weißt ja, wo du mich finden kannst, wenn du willst. Es liegt an dir.«

Sie stand auf. An der Tür hielt sie kurz inne. »Es ist nicht ungefährlich so ganz ohne Türschlösser in Gaarden.«

Es war bedauerlich, dass sie ging. Andererseits konnte er gut noch eine Mütze voll Schlaf vertragen. Er träumte wirres Zeug von Bandenkriegen in Chicago. Stuhr schüttelte sich, als er wieder wach wurde. Es war fast Mittag.

Er war gespannt, was ihm Olli berichten würde. Die Wohnung war aber ausgestorben. So wankte Stuhr in das Bad und duschte ausgiebig. Als er sich abtrocknete, klopfte es laut an der Badezimmertür. Er musste in der Tat dringend Schlösser einbauen.

Wenig später wurde die Türklinke vorsichtig heruntergedrückt. Anstelle eines Messers streckte sich ihm eine harmlose Brötchentüte entgegen, und einen Moment später ließ sich Olli im Türrahmen blicken. »Ich habe dir ein wenig Stärkung mitgebracht, in deinem Alter muss man schließlich mit seinen Kräften haushalten.«

Das war nett von Olli, aber im Bad hatte er nichts zu suchen. »Super Idee. Jetzt aber raus hier.«

Olli verschwand wieder. In aller Seelenruhe trocknete sich Stuhr ab und zog nachdenklich seine Sachen an. Was nützten ihm die Brötchen, wenn nichts im Kühlschrank war? Bargeld hatte er auch nicht mehr viel. Er würde sein neues Konto anzapfen.

In Räuberzivil ging Stuhr in die Küche und gab Olli die Hand. Er bemerkte den skeptischen Blick seines Hamburger Freundes, der ihn aus anderen Situationen eher mit Hemd und Jackett kannte. Zudem musste er bereits den Kühlschrank inspiziert haben.

»Mensch, Stuhr, bei dir laufen ja die Mäuse mit verweinten Augen durch die Küche.«

»Ich bin gestern nicht mehr zum Einkaufen gekommen. Lass uns irgendwo zum Bäcker gehen. Komm, ich lade dich ein.«

Olli stimmte zu. Stuhr lehnte die Wohnungstür an,

so gut es ging, und dann waren sie schon auf der Elisabethstraße.

»Ich muss vorher nur noch kurz zur Geldtanke, Olli.«

Der schaute gequält, er schien Hunger zu haben. Die Gaardener Volksbank lag glücklicherweise gleich nebenan. Stuhr sah sich vorsichtig um, bevor er seine Karte in den Geldautomaten steckte. Dann gab er die Geheimzahl ein, aber es passierte nichts. Er versuchte es ein zweites Mal, aber eine unverständliche Fehlermeldung brach die Transaktion ab. Nein, ein drittes Mal würde er es nicht riskieren. Dann würde die Karte eingezogen werden, und er wäre mittellos.

»Warte einen Augenblick, Olli, ich muss kurz einmal in die Bank hinein.«

Olli nickte ungeduldig.

In der Bank schaute sich Stuhr irritiert um. Von den vielen Holzschaltern der 60er-Jahre war nichts mehr übrig geblieben. Er konnte sich noch gut erinnern, wie hier früher die um Überziehung bittenden Rentner herzlos abgefertigt wurden. Da waren Bankangestellte noch die wahren Herrscher über Soll und Haben. Ihr Job galt als krisensicher, und die Kassierer thronten trotz der schlechten platzklimatischen Verhältnisse erhaben in verschlossenen Panzerglaskästen.

Wertpapiergeschäfte wurden seinerzeit im Hinterzimmer des Direktors getätigt. Heute bestand das Innenleben dieser Bank weitgehend nur noch aus Werbetafeln für Dienstleistungen wie Versicherungen oder Bausparen.

Stuhr steuerte den letzten verbliebenen Informationstresen an. Ein großer, drahtiger Angestellter nahte sofort von einem der Werbestände. Er trug einen Overall, seine aktuelle Zielgruppe mussten vermutlich Bausparer sein. Er war aber sehr freundlich und erkundigte sich nach Stuhrs Wünschen.

Stuhr übergab ihm seine Scheckkarte. »Ihr Automat draußen ist gestört. Ich wollte 100 Euro abheben.« Der Angestellte blieb freundlich: »Kein Problem. Sie haben Ihre Geheimzahl richtig eingegeben?«

Stuhr nickte.

»Möchten Sie einen einzigen Geldschein oder lieber die übliche Hausfrauenmischung?« Stuhr musste unfreiwillig schmunzeln. Große Geldgeschäfte schienen an diesem Ort nicht abgewickelt zu werden.

Irgendwie kam der Angestellte aber auch nicht weiter mit seinem Lesegerät. Er entschuldigte sich und entschwand hinter einer Stellwand. Als er nach einiger Zeit wiederkam, strahlte sein Gesicht nicht mehr so freundlich. Mit mürrischer Miene händigte er ihm die Karte wieder aus.

»Tut mir leid, aber von nichts kommt nichts.«

Stuhr konnte sich keinen Reim auf die Antwort machen. Hatte der Kommissar nicht von 425 Euro gesprochen? Eine Nachfrage erübrigte sich, denn der Angestellte hatte sich hinter sein Werbedisplay zurückgezogen. Das musste alles ein großes Missverständnis sein. Ärgerlich war, dass Kommissar Hansen seine anderen Karten in Verwahrung genommen hatte.

Er würde nachher bei Hansen anrufen und nachfragen, hier war jedenfalls nichts zu machen. Immerhin kannte er jetzt das Gefühl der armen Leute von früher, ohne Geld am Schalter abgewimmelt zu werden.

Glücklicherweise hatte Olli draußen vor der Tür nichts mitbekommen. Stuhr durchkramte seine Hosentaschen. Für neue Schlösser würde seine Barschaft nicht mehr reichen, aber zum Frühstücken würde es noch langen. Opulent ging das in Gaarden sowieso nicht.

Lächelnd trat Stuhr Olli entgegen. »Alles klar, wir gehen zum Bäcker. Hast du auch deinen Schlips dabei?«

Olli griente. Er schien diesen Stadtteil gestern schon näher kennengelernt zu haben. Stuhr zog Olli kurzerhand in eine benachbarte Bäckereifiliale, in der es den zweiten Becher Kaffee umsonst gab. Zudem bestellte er sich selbst nur ein trockenes Roggenbrötchen, das würde sein Budget entlasten.

»Diät«, zwinkerte er Olli zu. Beim Frühstück erzählte Stuhr, wie er an Katja geraten war. Er bemerkte den skeptischen Blick von Olli.

»Und Jenny?«

»Was soll das, Olli. Siehst du Jenny irgendwo? Die lässt sich vermutlich gerade irgendwo beim Après-Ski feiern. Die Tassen hoch, vermutlich.«

Olli schwieg.

Schnell wechselte Stuhr das Thema. »Wo warst du eigentlich gestern Abend?«

Olli druckste herum, dass er in Gaarden herumgeschlendert war und dann Fußball in einer der Kneipen gesehen hatte.

Na ja, dachte sich Stuhr, dann kannte er wenigstens

die Mentalität der Bewohner. Er berichtete ausführlich über den letzten Stand im neuen Fall des Kommissars.

Die Nachfrage von Olli kam nicht unerwartet. »Und wie soll es nun weitergehen, Stuhr?«

Das war in der Tat eine schwierige Frage. »Sag mal, Olli, du hast doch die Handynummer von Hansen gespeichert. Kannst du ihn nicht kurz einmal anrufen? Mal sehen, ob es Neuigkeiten gibt.«

Aber der Kommissar war telefonisch nicht zu erreichen, sooft es Olli auch versuchte. Das kleine Frühstück hatte gutgetan, aber Unruhe stieg in Stuhr hoch. Das mit der Bank machte ihn nervös. Vom Kaffee hatte er zudem erst richtigen Durst bekommen. Sie könnten sich ein Bierchen genehmigen, dann würde es ihm auch wieder besser gehen.

»Wir haben noch viel Zeit, Olli. Wir holen uns erst mal ein Bier.«

»Ein Bier? Um diese Uhrzeit?«

»Nur eins. Du hast Ferien. Keine Angst, wir versacken schon nicht.«

Vorsichtshalber nahmen sie gleich zwei Sixpack beim Discounter mit. Für Stuhr wurde es bezahlmäßig eng, aber es klappte gerade noch. Gut, auf feste Nahrung würde er heute verzichten müssen, aber morgen würde das Pfandgeld für ein kleines Essen reichen. Dann würde er selbst mit Kommissar Hansen telefonieren und ihm die Pistole auf die Brust setzen. Wenn der das mit Schrocks Konto nicht auf die Reihe bekäme, dann würde er in den Sack hauen.

Das schlechte Gewissen stieg in Stuhr hoch. Sollte er nicht Katja am Wochenende zum Essen einladen? Sie war eine anständige und liebevolle Frau, und er musste sie die ganze Zeit wegen Hansen anlügen. Vor der Tür des Discounters hielt ihn Olli fest und entnahm einem Sixpack zwei Plastikflaschen. Er drehte die Verschlüsse ab und überreichte ihm mit feierlicher Miene ein Getränk. Stuhr dankte und nahm einen tiefen Zug von der warmen Suppe. Es tat ihm gut, denn er fühlte sich nach dieser Nacht mit Katja ausgelaugt.

Erstaunlich war, dass es in Gaarden niemanden störte, wenn man biertrinkenderweise durch die Straßen zog. Im Gegenteil, die winterfesten Burschen an den Tischen vor den Dönerbuden prosteten mit ihren Dosen fröhlich zurück, Gleichgesinnte sozusagen.

In Schrocks Wohnung machten sie sich über den Rest her und lachten über vergangene Zeiten. Am Ende dieses feuchtfröhlichen Tages fiel ihm ein, dass er eigentlich noch zu Katja wollte. Aber mit seiner Bierfahne konnte er ihr schlecht gegenübertreten.

Gut, heute hatte er mit Olli Gas gegeben, aber morgen musste er wieder runterkommen. So ging es mit dem Lotterleben nicht mehr weiter.

Ob Katja ihn überhaupt vermisste?

VORBILDER

Das Klopfen an seiner Wohnungstür ließ Maik Herder aufschrecken. Das anschließende Brechen des Holzes der Wohnungstür versetzte ihn in Alarmstimmung, denn egal, wer ihn auf diese Art besuchen wollte, der musste schon eine größere Rechnung mit ihm offen haben.

Verflucht, seine Gaspistole war leer geschossen. Er blickte sich um, aber irgendetwas, was er als Waffe benutzen konnte, war nicht zu entdecken. Selbst die halbleere Bierflasche vor ihm war nur aus Plastik.

Auf dem Flur war kein Laut mehr zu hören, aber der Einbrecher musste bereits in der Wohnung sein.

Jetzt wurde der Griff der Wohnzimmertür vorsichtig nach unten gedrückt. Aus dem Spalt der sich öffnenden Zimmertür richtete sich eine Pistole auf ihn, und da schien dieses Mal nicht nur Gas hinter zu stecken. Nun saß er richtig in der Klemme. Allerdings wurde wenig später ein uniformierter Arm nachgeschoben, was ihn wieder beruhigte. Na also, die Polizei würde ihn einkassieren.

Maik seufzte erleichtert. Er würde sich ergeben, schließlich hatte er nichts verbrochen. Jedenfalls nicht mit Holgi oder Jupp. Jetzt zeigte sich der Pistolenträger hinter dem Türrahmen in voller Montur. Maik stockte der Atem. Das war er! Dieser Mann stand neben Mozart auf dem Containergelände, als er mit Jupp auf der Flucht war. Aber dort trug er keine Polizeiuniform. Stammte sie aus dem Kostümverleih? Einen Dienstausweis konnte er sich schlecht vorlegen lassen, die Waffe musste ihm zur Legitimation reichen.

Der Uniformierte musterte ihn mit einem überlegenen Lächeln. »Moin. Darf ich eintreten, der Herr?«

Der Polizist schien nicht zu ahnen, dass er wiedererkannt wurde. Er war etwas älter als die übrigen Bullen, mit denen er sonst zu tun hatte. Ansonsten trug er genauso kurze Haare, war glatt rasiert und wirkte drahtig. Wie die Jungs bei der Bullerei eben aussahen. Vier hellblaue Sterne auf den Schulterstücken der Uniform hatte er allerdings noch bei keinem gesehen.

Maik hob die Arme. »Wieso eintreten? Die Tür ist schon eingetreten.«

Der Uniformierte tippte lässig seinen Zeigefinger an die Mütze. »Maik Herder. Der sind Sie, oder?«

Maik nickte heftig, was mit erhobenen Armen eine anstrengende Angelegenheit war.

»Keine Angst, Herr Herder. Die Hände können Sie herunternehmen. Ich wollte nur keine Überraschung erleben.«

Vorsichtig nahm Maik die Hände herunter. Gut, dass seine Gaspistole leer war. Sein Gegenüber hätte bestimmt zurückgeschossen.

»Herr Herder. Es war schwierig, Sie ausfindig zu machen. Schließlich sind Sie hier nicht gemeldet, und Strom und Telefon laufen auch nicht auf Ihren Namen. Deswegen mussten wir die Wohnungstür etwas härter anfassen.«

Was sollte Maik groß antworten? Den Strom hatte er pfiffigerweise aus dem Treppenhaus abgezwackt, das machten viele. Und ein Telefon im Festnetz, wozu brauchte man das noch? Wo lebte der Bulle denn? Er hatte ein Handy, das Stange für ihn organisiert hatte. Okay, zurzeit hatte er kein Guthaben, aber was ging das den Bullen an?

Der Uniformierte senkte die Pistole. »Herr Herder, wir kommen als Freunde und wollen Ihnen helfen.«

Er drehte seinen Kopf zurück zur Wohnzimmertür, und Mozarts feistes, diabolisch grinsendes Gesicht tauchte hinter dem Uniformierten auf. Nun saß Maik richtig in der Scheiße. Der Polizist schien aber das Kommando anzugeben, denn durch eine knappe Bewegung mit seiner Knarre wies er Mozart an, das Gespräch fortzusetzen.

Der legte fistelnd los. »He, Maik, altes Haus. Alles wird gut. Wir sind gekommen, um dir einen Vorschlag zur Güte zu unterbreiten. Das wäre gut für uns alle. Man muss aber sehen, ob es mit uns passt. Du weißt schon.«

Maik wusste natürlich nicht. Wollte Mozart die Geschichte vom »Viertes Eck« noch einmal aufrollen? Maik hatte wenig Lust, für die Kapriolen seiner Gang zu büßen. Im Notfall würde er Ross und Reiter nennen.

Aber Mozart begann schmeichelnd wie ein Teppichhändler sein Werben um ihn. »Wir brauchen dich, Maik, wirklich. Es geht um einen schnellen Job, da können wir keine Chaoten gebrauchen. Schrock konnte das nicht, und an Jöllen sind wir nicht herangekommen. Keine zehn Minuten Zeitaufwand und tausend Kracher Gage.

So gut wie kein Risiko dabei. Wenn es gutgeht, immer wieder, je nach Auftragslage. Eine Art Leibrente, solange du deinen Hintern hochbekommst.«

Der Uniformierte zog demonstrativ ein kleines Bündel Geld aus der Jackentasche. Als Mozart ein ähnliches Bündel aus der Hosentasche herauszog, wurde Maik bewusst, dass das Angebot ernsthafter Natur war. Die wollten tatsächlich etwas von ihm.

»Was soll ich denn für die Kohle tun?«

Mozart knüpfte an alte Zeiten an. »Mensch, Maik. Wenn du dabei sein willst, dann musst du einfach deine Fähigkeiten einbringen. Du machst nur, was du gut kannst: Räder wechseln. Du musst gar nicht wissen, warum. Das ist besser für uns alle, kapiert?«

Reifenwechsel also. Maik kannte alle Arten von Reifen für jede Art von Fahrzeug. Selbst an Sattelschlepper hatte er sich früher herangetraut. Da klemmte oft der Staub des osteuropäischen Fernstraßennetzes die Schrauben teuflisch fest. Sie mussten dann das Radkreuz verlängern, um einen besseren Hebel zu bekommen, und der erste Ruck zum Lösen musste trotz der gebotenen Härte mit besonders viel Gefühl erfolgen, damit die Schraube nicht brach. Ihm war noch nie eine Schraube gebrochen, sein Chef hatte ihn immer sehr gelobt. Bis er in Rente ging und den Betrieb auflöste. Damit begann Maiks Elend.

Mozart bemerkte das Zögern. »He, Maik! Das ist vergessen mit den zerdepperten Scheinwerfern von deiner Chaostruppe. Irgendein Abgedrehter hat mir hinterher sogar noch den Lack zerkratzt. ›Satan‹ wollte er hineinritzen, er hat sich aber mit dem h vertan: S-a-h-t-a-n. Das wirst du kaum gewesen sein.«

Schnell schüttelte Maik den Kopf. So ein Idiot, dieser Stange, deswegen sprach er also von sechs Buchstaben. Nein, für seine Gang wollte er nicht länger geradestehen.

Mozart nickte erleichtert. »Unter uns, Maik, das sah nicht schön aus auf meiner alten Dame. Aber keine Angst, sie wird gerade geflickt. Schwamm drüber.«

Maik war erlöst, wenigstens das mit seiner Gang war vom Tisch. Überhaupt, wenn einer wie Mozart sich ihm zu Füßen legte und ihm Geld in den Arsch blasen wollte, warum sollte er sich dagegen wehren? Er wollte auch an den Futtertrog. Allerdings wollte er nicht darin ersaufen. Er brauchte Sicherheiten.

»Holgi und Jupp hat es erwischt, keiner weiß, warum. Wer gibt mir irgendeine Garantie, dass es mich nicht auch erwischt?«

»Ruhig bleiben, Maik. Neben mir steht immerhin der Chef vom 5. Revier, der als unbestechlich und unbescholten gilt. Es geht ihm um die Sache. Er will Gaarden mit aller Gewalt sauber halten, und dazu braucht er Geld. Die schwierigen Geschäfte erledige ich.«

Der Revierleiter übernahm das Gespräch. »Keine Angst, Herr Herder. Ich kann Sie beruhigen, denn ich habe gute Kontakte bis tief in die Kieler Polizeidirektion hinein. Gibt es eine bessere Versicherung?«

Maik schüttelte den Kopf. Nein, natürlich nicht. »Ist außer uns noch jemand dabei?«

Mozart drängelte sich wieder ins Gespräch. »Nur

noch Peking. Du weißt, Maik, der immer in der Haifischbar hinten am Tresen sitzt.«

Klar kannte Maik den. Der wirkte auf den ersten Blick ganz friedlich, aber wenn die Gerüchte stimmten, dann sollte er früher bei der Fremdenlegion gewesen sein. Algerien und so, schmutzige Sachen. Gegen den wirkte Mozart wie eine aufgequollene Schnecke. Woher Peking seinen Spitznamen hatte, wusste er nicht.

»Na, was ist denn nun, Herder?«, fragte ihn der Revierleiter ungeduldig. Die beiden schienen mächtig unter Druck zu stehen.

Maik reichte dem Uniformierten zum Einverständnis die Hand und nickte Mozart zu. Niemals wieder Stress mit dem zu haben, allein das war eine verlockende Perspektive. Mozart stürmte auf ihn zu und reichte ihm die Hand. »Jetzt bist du einer von uns. Für dich Mozi. Okay?«

Maik nickte, aber innerlich schüttelte er sich. »Alles klar, Mozi.«

Unerwartet drückte ihm Mozart einen Hunderter in die Hand. »Kleiner Vorschuss, Maik. Damit du armer Sänger etwas zu beißen hast. Samstag um 19 Uhr geht es los, wir holen dich hier ab. Zieh dir dunkle Sachen an, aber richtige Straßenkleidung, nicht diese Prollklamotten.«

Revierleiter Linke zog erwartungsvoll die Augenbrauen hoch.

Maik nickte brav.

RATESPIELCHEN

Katja war fix und fertig. Warum war Helge gestern nicht mehr zu ihr in den »Anker« gekommen? So war sie den ganzen Abend auf der Flucht vor irgendwelchen versoffenen Kerlen. Sicher, es gab schönere Frauen als sie. Aber merkte Helge denn nicht, dass er von ihr alles bekommen würde, wenn er nur wollte? Ihre Liebe, ihre Zärtlichkeit, ihre Zuverlässigkeit und sogar ihre Treue. Er war der erste Mann in Gaarden, der ihr so richtig zusagte.

Heute Morgen hatte sie sich nach langer Zeit bei voller Beleuchtung genauer im Spiegel betrachtet. Ihr Körper war immer noch recht ansehnlich, und wenn sie sich wie heute Morgen richtig eincremte, hatte sie eine seidenweiche Haut. Nur ihre Haare hatte sie in der letzten Zeit zu wenig gepflegt. Gut, aber Helge war zum Glück auch nicht perfekt.

Ihre Türglocke klingelte. Hatte Helge Sehnsucht nach ihr bekommen? Wie hatte er herausbekommen, wo sie wohnte? Aufgeregt schob sie ihren Kaffeebecher beiseite und eilte zur Wohnungstür. Erwartungsvoll drückte sie den Summer, um die Haustür zu öffnen. Ihr Herz begann zu rasen. Endlich klopfte es an der Wohnungstür. Schnell knöpfte sie ihre schneeweiße Bluse noch ein wenig auf, damit Helge zumindest die Spitzen ihres schwarzen Büstenhalters bemerken konnte. Mit einem verzeihenden Blick öffnete sie die Tür, aber anstelle von Helge stand der tumbe Mozart in der Tür. Ihr Herz stand still vor Entsetzen. Warum ließ sie dieser Kerl nicht endlich in Ruhe?

Mozart fistelte sofort los. »Hallo, Flocke, ich brauche deine Hilfe. Es ist wichtig, das kannst du mir glauben.«

Er schaute ihr nicht in die Augen. Wenn er so mit ihr sprach, dann war er schwer unter Druck, meistens wegen seiner Geldgier. Friedlich blieb er nur, wenn er bekam, was er gerade brauchte.

Alles Nachdenken machte wenig Sinn, denn Mozart drängte sie mit seiner Körpermasse unbarmherzig in die Wohnung zurück und stellte ihr ungefragt einen futuristisch aussehenden schwarzen Computer auf die kunstvoll gestickte Weihnachtsdecke.

»Ist das Teil für mich?«

Mozart nickte schwitzend. »Den Kasten musst du dir einmal ansehen, Katja. Ich kriege den Vogel nicht in Gang. Man muss irgendein Passwort eingeben, keine Ahnung. Du bist schließlich Computerspezialistin, oder?«

Sie sah erst ihn ausdruckslos an und dann das Gerät. Sicher, sie hatte zwar vor ein paar Jahren eine Umschulung gemacht und ihre Kenntnisse in Textverarbeitung und Tabellenkalkulation aufgefrischt, aber einen Computer knacken? Nein, das konnte sie nicht.

»Wo kommt das Gerät her? Kannst du da nicht nachfragen?«

»Falsche Frage, Katja. Aber ich mache dir ein einmaliges Angebot: Knacke die Kiste, und wir sind quitt. Du hast aber nicht viel Zeit.«

Mozart atmete schwer und bewegte seine Hände in einer Art und Weise, die Katja erkennen ließ, dass sie nun unverzüglich in Wallung kommen musste.

Mühselig schleppte sie ihren alten Monitor mitsamt Maus und Tastatur in das Wohnzimmer und verkabelte alles. Mozart schien nur das Ergebnis zu interessieren, denn er war fleißig dabei, Nachrichten auf seinem Handy zu lesen. Dabei blickte er mal grimmig, mal fragend und bisweilen glücklich wie ein kleines Kind. Während sie den tumben Mozart aus den Augenwinkeln beobachtete, fragte sie sich, wie sie nur so dumm sein konnte, diesem Idioten jemals zu vertrauen.

Sie startete den Computer. Mozart lugte erstaunt von seinem Handy hoch. Bevor das Betriebssystem startete, sollte sie in einem Fenster ein Passwort eingeben. Ende der Fahnenstange, da war überhaupt nichts für sie zu machen. Vermutlich war das Gerät sogar verschlüsselt. Resigniert schaltete sie den Computer aus.

Mozart schaute überrascht von seinem Handy hoch. »Geknackt? Klasse, Flocke.« Er stand auf, und es schien, als wenn er sie zum Dank küssen wollte.

Katja wehrte ihn mit beiden Händen ab. »Nein, die Kiste ist verschlüsselt. Ohne Passwort ist da nichts zu machen.«

»Nichts?« Mozart sah sie ungläubig an.

»Schwierig. Das Problem bei Passwörtern sitzt meistens vor dem Bildschirm. Man kann nach persönlichen Dingen schauen, die eine Rolle spielen und deshalb das Passwort sein können. Dem Gehäuse nach war der Vorbesitzer vermutlich ein Mann, es scheint eine Zockerkiste zu sein.«

Mozart ging tief in sich hinein, bis er mit ernster Miene einen ersten Vorschlag unterbreitete. »Dann schalte den Vogel noch einmal ein. Wenn du meinst, dass ein Mann der Besitzer war, dann tippe mal ›Sex‹ ein.«

Katja schaute ihn ungläubig an. »Glaube ich nicht. Passwörter müssen meistens mindestens sechs Buchstaben aufweisen.«

Mozart ließ jedoch nicht locker. »Dann tippe es zweimal ein.«

Sie schaltete das Gerät wieder ein, aber wie erwartet blieb der Versuch erfolglos. Das negative Piepen des Computers quittierte Mozart mit einem schmerzhaften Zucken. Es schien ihm ausgesprochen wichtig zu sein, dieses Gerät zu knacken.

»Mozart, du musst Wörter finden, die irgendeinen Bezug zum Vorbesitzer haben, sonst habe ich keine Chance, den Kasten zu knacken.«

Angestrengt dachte Mozart nach. »Tippe mal ›Satan‹ ein.«

Katja wunderte sich, weil das Stanges Standardfluch war. Der schied als Vorbesitzer aber aus, denn er konnte kaum lesen noch schreiben. Computer kannte der höchstens aus Spielhallen und von Verhören bei der Polizei.

Das Piepen bestätigte, dass auch dieser Vorschlag von Mozart ohne Erfolg blieb. »Hat auch nur fünf Buchstaben.«

Jetzt ging Mozart tief in sich, bis sein nächster Vorschlag folgte. »Holsten, hat genau sechs Buchstaben.«

Katja tippte das Wort ein. Sie musste an die gewaltigen Biervorräte denken, die sich bei Jupp an der Wand stapelten. Das nächste Piepen folgte.

»Kommunismus«, schob Mozart mit ausdrucksloser Miene hinterher.

Sie erschrak. Sollte das der Computer von dem ermordeten Jupp sein, den Mozart angeschleppt hatte? Aber es piepte wieder. Sie fuhr den Computer mit einem bedauernden Blick endgültig herunter.

»Es gibt Abermillionen von Einträgen im Lexikon, Mozart. Es macht wohl wenig Sinn, sie alle auszuprobieren. Ich stottere besser weiter ab. Einverstanden?«

Schlagartig wurde Mozart aufbrausend. »Du billige Schlampe. Verarschst du mich, nur weil du drei Brocken Computerenglisch mehr kannst als ich?«

Er grapschte nach ihrer linken Brust und zog sie rücksichtslos zu sich. Vergeblich versuchte sie, sich seinem schmerzhaften Griff zu entziehen.

»He, Mozart. Hör auf, mit deinen Pfoten meine Brust zu quetschen!«

»Wieso, dazu sind Titten doch da, oder?«

Er ließ aber los und schlug stattdessen mit beiden Fäusten auf sie ein. Sie ließ sich zu Boden fallen und igelte sich ein. Dabei schielte sie zur Küche. Würde sie schnell genug sein, ein Messer aus ihrer Schublade zu ziehen? Würde sie genug Kraft haben, dieses in seinen Körper zu jagen?

Völlig unerwartet ließ Mozart von ihr ab und riss gefühllos die Kabel aus dem Computer. Dann schnappte er sich das Gerät und machte sich aus dem Staub, als wenn nichts gewesen wäre. Die Tür zog er von außen leise zu.

Katja konnte die eintretende Stille, die sie umgab, kaum glauben. Sie wartete einen Moment, dann eilte sie zur Wohnungstür und verriegelte sie von innen. Sie sehnte sich nach Helge. Nach langen Jahren hatte sie zum ersten Mal wieder das Gefühl gehabt, in den Armen eines Mannes zu liegen, der sie liebte und beschützen konnte. Sie hastete zum Spiegel im Badezimmer, um zu sehen, wie tief Mozart seine Wut in ihrem Gesicht ausgelassen hatte. Gut, die eine oder andere Schramme hatte sie abbekommen, aber das würde sie weitgehend retuschieren können.

Schwieriger war, dass sie vermutlich einige Weichen in ihrem Leben umstellen musste. Aber so konnte es nicht mehr weitergehen. Sie bemühte sich vorsichtig, die geröteten Flächen auf ihrer linken Gesichtshälfte mit Schminke zu übertünchen. Dann verließ sie hastig ihre Wohnung.

HARTE HUNDE

Verkatert hatte sich Olli aus Stuhrs Wohnung herausgeschlichen, weil er es auf dem übel riechenden Sofa nicht mehr aushalten konnte. Als er endlich auf der Straße frische Luft einatmete, empfand er trotz des neuen Kälteeinbruchs die Elisabethstraße nicht mehr ganz so trist. Es zog ihn zum Bäcker. Bei einem Becher heißen Kaffee schaute er nachdenklich dem Treiben auf der Straße zu. Wenige Meter weiter standen mehrere unrasierte, raue Gestalten und prosteten sich grölend zu.

Einer von ihnen steuerte die Bäckerei an und pinkelte gegen ein edles Fahrrad, das unmittelbar vor der Schaufensterscheibe lehnte. Während des Urinierens unterhielt sich der Pinkelnde in voller Lautstärke mit seinen Kumpanen. Die verdutzte Verkäuferin schien er überhaupt nicht wahrzunehmen. Als er mit seinem Geschäft fertig war, kehrte er zu seinen Kollegen zurück, die ihm johlend auf die Schulter klopften. Fröhlich wurde weitergezecht.

Die Stimmung kippte schnell, als ein dunkelhaariger, gepflegter Mann mit schnellen Schritten auf die fröhlichen Gesellen zukam. Es gab eine kurze Diskussion, und wenig später kehrte der Saufbold zur Scheibe zurück.

Die Verkäuferin begann zu jammern. »Nein, nicht schon wieder.«

Aber unerwartet kniete der Saufbold nieder und

begann, seinen Urin mit dem Ärmel von den Reifen und Felgen des teuren Rades zu wischen.

Die Verkäuferin reagierte dennoch unwirsch. »Ja, und? Das Rad ist vermutlich sauber, aber ich muss den Schweinkram nachher von der Scheibe wischen. Das ist ekelhaft!«

Der Betrunkene stand jetzt auf und kehrte zu den anderen zurück. Der drahtige Mann entfernte indessen sein Rad und wartete weiter seitlich ab. Der Saufbold, der das Rad abgewischt hatte, zeigte fragend in Richtung der Bäckerei, bevor er sich ein zweites Mal in Bewegung setzte. Er kniete sich in die Urinlache und begann nun mit dem anderen Ärmel, die Schaufensterscheibe zu reinigen.

Die Verkäuferin telefonierte inzwischen erregt mit ihrem Chef. »Nein, Sie müssen nur einmal herkommen und sich die Umgebung Ihres Geschäfts ansehen. Selbst trinken die Türken keinen Alkohol, aber in ihren Döner-Buden setzen sie schon morgens den ganzen Stadtteil unter Bier. So geht das mit der Bäckerei nicht weiter, ich bin schließlich keine Klofrau!«

Das Gespräch zog sich in die Länge, der Besitzer wollte vermutlich nicht vorbeikommen. Irgendwann wurde die Verkäuferin stockig. »Wieso sollte ich die Polizei rufen, Chef? Das war einer von der Polizei, der den Saufkopp zum Säubern geschickt hat. Wiederhören.«

Patzig schmiss sie den Hörer auf die Gabel.

Olli spitzte die Ohren. »Der drahtige Mann ist ein Polizist?«

»Ja, der Herr Linke ist sogar der Revierleiter, heute nur in Zivil. Er ist der Einzige, der in Gaarden so richtig für Ordnung sorgt. Aber so geht das nicht weiter. Ein

Mann allein kann gegen eine Armada von Sozialfuzzis nichts ausrichten.«

Olli beschloss, dem Gejammer der Verkäuferin zu entfliehen und dem Revierleiter zu folgen. Aber als er die Bäckerei verlassen hatte, war die drahtige Gestalt mit seinen Rad bereits hinter der nächsten Hausecke verschwunden.

So schlug Olli den Kragen hoch und unternahm einen ausgedehnten Spaziergang durch Gaarden. Die geschlossene Bebauung aus der Gründerzeit war weitgehend erhalten geblieben, und nur wenige hässliche Neubauten aus der Nachkriegszeit zeugten von den Narben des letzten Weltkrieges.

Bäume gab es in größerer Anzahl allerdings nur im Werftpark, einem ehemaligen Erholungspark für Arbeiter. Über die Preetzer Chaussee zog es ihn aber nicht, denn er merkte sofort, dass dort eine völlig andere backsteinerne Bebauung vorherrschte, die zwischen den Weltkriegen stattgefunden haben musste. Kneipen gab es dort auch nicht. Langsam dämmerte es, und so schlenderte er die Elisabethstraße hinunter zum Stadtteilkern und überquerte den Vinetaplatz. Interessiert blieb er vor einem An- und Verkaufsgeschäft stehen. An der Glastür war ein Zettel mit dem Namen des Ladens angeklebt: »Ümport«. Ein seltsamer Name. Unglaublich war auch, was in dem Schaufenster alles feilgeboten wurde. Neben Dingen, die in anderen Stadtteilen als Sperrmüll ausgesondert würden, lagen auch Landser-Hefte aus. Wer liest diesen Kriegsmist denn heute noch, fragte er sich.

Ein klobiger CD-Spieler in der rechten Ecke entpuppte

sich der Beschreibung nach als betagte Videospielkonsole, und ein danebenstehender gewaltiger kantiger, nussbrauner Plastikkasten musste ein Videorekorder der ersten Generation sein. Sein Auge schweifte nach links. Ganz in der Ecke stand ein martialisch aussehender Computer, der Olli nicht unbekannt war. Es war der Alien-X, ein mehr als finster wirkender schwarzer Spezialcomputer mit integrierten roten Leuchten in Rautenform, die an die Augenschlitze von Außerirdischen erinnerten. Ein Kultgerät.

Inzwischen hatte sich die Industrie auf den Computerspielemarkt längst mit exotischen Produkten für Zocker jeglicher Couleur eingestellt, aber dieser Alien war der Erste seiner Art. Darauf war Olli schon lange scharf, und in Hamburg war so ein edles Teil nicht zu bekommen. Ein nicht ganz korrekt beschrifteter Zettel am Gehäuse wies auf den erwünschten Preis hin: »210.0 Euros«.

Deutsches Sprach, schweres Sprach, sagte sich Olli. Eine nähere Beschreibung fehlte vermutlich auch aus diesem Grund. Aber das war ein Schnäppchen, denn in Hamburg wurde allein das Gehäuse weitaus höher gehandelt. Olli versuchte, sich hinter dem Schaufenster einen genaueren Eindruck von dem An- und Verkauf zu verschaffen.

Hinter einem altmodischen Holztresen hantierte ein hagerer, abwesend erscheinender schnurrbärtiger Verkäufer, ein Türke offenbar. Mit seinem Geschäft war er offensichtlich der Zeit verhaftet geblieben, als der Verkäufer noch König war. Was für ein Schicksal musste es sein, einen solchen antiquierten Handel zu betreiben?

Der Mann tat ihm leid, aber sollte er deswegen den Computer kaufen? Nein, Olli entschloss sich, den

Ankauf zu überdenken. Irgendwann stand er wieder vor der 1. Gaardener HSV-Kneipe. Von drinnen drang Gegröle heraus. Wahrscheinlich lief die Glotze schon wieder, und es war irgendein Tor aus der Vergangenheit des HSV bejubelt worden.

Olli beschloss, nur kurz hineinzuschauen. Entschlossen bahnte er sich den Weg durch die am Rand mit schwarzem Leder verstärkten dichten dunkelbraunen Filzvorhänge. Herbert und Klaus in ihren HSV-Trikots, die am Tresen einträchtig mitfieberten, begrüßten ihn.

Herbert beugte sich vor. »Komm schnell her, Olli. Es ist spannend. Didi Beiersdorfer hat gerade ausgeglichen. 1:1 in der 15. Minute. Kickers Stuttgart gegen den HSV, endlich wieder einmal in den Traditionsfarben. David gegen Goliath. Aber wir machen sie noch platt, pass auf.«

Olli nickte kurz, aber er konnte die verwaschenen Bilder nicht recht einordnen. Die Hosen der Spieler saßen ungewohnt knapp. Kickers Stuttgart, die in Babyblau spielten, waren die nicht inzwischen völlig in der Versenkung verschwunden? »Ist aber keine Livesendung, oder?«

Herbert schaute ihn verständnislos an »Wieso denn live? So beschissen, wie der HSV zurzeit spielt? Du kennst den Verein schließlich besser als wir.«

»Und was für ein Spiel ist das?«

Ratlos schauten sich Herbert und Klaus an. Jetzt mischte sich Andi, der Wirt, ein, der in vollem Wichs hinter dem Tresen stand. »1987, Olympiastadion Berlin, Pokalfinale«, murmelte er und stellte mit hartem Schlag zwei eiskalte Kurze ab.

Ehrfürchtig beäugte Herbert seine Schnäpse und wischte sich den Schweiß von der Stirn. »Das sind harte Hunde. Eiskalter Doppelkorn. Aber es muss sein. Für den HSV, auf den Ausgleich!«

Er führte den ersten Schnaps an seinen Mund, schloss die Augen und goss ihn sich in einem Rutsch hinter die Binde. Er verzog den Mund und dann schüttelte er sich. »Verdammt noch mal, aber es nützt ja nix. Auf den HSV.«

Klaus zog nach, machte aber weniger Aufhebens.

Olli bestellte sich bei Andi eine Flasche Bier, denn versacken wollte er nicht schon wieder.

Herbert und Klaus schienen dagegen schon gut getankt zu haben. Mit weinerlichen Augen fiel ihm Herbert um den Hals. »Olli, gestern hast du echt was verpasst. Die Bremer in Hamburg auf dem Weg zur deutschen Meisterschaft. Das 1:1 konnten wir bis zum Schluss gegen den werdenden Deutschen Meister halten. Das war schon einsame Klasse, ein ergreifendes Spiel.«

Olli nickte anerkennend. Das musste die Spielzeit 2003/04 gewesen sein, in der Olli zum Rückspiel im HSV-Fanbus mit nach Bremen gefahren war. Das Auswärtsspiel ging 0:6 verloren. Er wusste nicht mehr, wie er nach Hause gekommen war, so hatten sie sich alle die Kante gegeben. Es war für ihn der Anlass, zum FC St. Pauli zu konvertieren. Aber das war kein Thema für andere in der Kneipe, das hatte er in langer harter Trauerarbeit mit sich selbst abgemacht.

Olli bemerkte, dass Herbert und Klaus zum laufenden Spiel eine Art Ritual entwickelt hatten. Immer wenn der farbige Anthony Baffoe von Kickers Stuttgart an den Ball gelangte, fingen sie an, sich wie Affen auf die Brust zu klopfen und zu grunzen. Jedes Mal, wenn der damalige Trainer Happel gezeigt wurde, prosteten sie ihm zu: »Stößchen, Ernst.« Wenn der Ex-Holsteiner Tobias Homp am Ball war, dann grölten sie: »Kieler Jung!«

Bei jeder verpassten Torchance des HSV liefen sie zur Strafe einmal um den Tresen. Bei diesem Pokalfinale waren sie ständig in Bewegung. Mit der Zeit wurde das Spiel aber anstrengend, denn es sollten mehr als 70 Minuten vergehen, in denen der HSV zahlreiche Großchancen vergab.

Olli war froh, als Manni Kaltz den HSV kurz vor Schluss in Führung schoss, und dankbar, als ein Stuttgarter Kicker in der letzten Minute den nächsten Schuss von Kaltz im eigenen Tornetz versenkte.

Andi schaltete erwartungsgemäß nach dem Ende des Spiels den Fernseher aus, um von seinen handverlesenen Gästen die Bestellungen aufzunehmen. Klaus verabschiedete sich, begleitet von den besten Wünschen der anderen Kneipengäste, zum Klo. Auf dem Weg dorthin setzte er die Musikbox in Betrieb: »Wer wird Deutscher Meister?«

Die Kneipengäste brüllten den Refrain lauthals mit: »Ha, Ha, Ha, HSV!«

Olli war erstaunt, dass ihn Herbert dicht an sich heranzog. Dann begann er, vertrauensselig loszulallen.

»Du, Olli. Mit Bernie, dem dicken Banker von vorgestern, da musst du ein wenig vorsichtiger sein. Ein feiner Kerl, aber wenn irgendetwas seiner Bank schaden könnte, dann kennt der kein Pardon. Du hast neulich etwas von deinem Kumpel in der Elli herausgelassen, ich habe das nicht so richtig mitbekommen. Das war nicht gut.«

Herbert schielte auf die beiden Kurzen, die ihm Andi für die beiden Tore in letzter Minute eingegossen hatte.

»Oh, Scheiße, Olli. Noch zwei harte Hunde. Aber auch die müssen weg!«

Er kippte sich den ersten Kurzen in den Rachen. Nachdem er sich geschüttelt hatte, fragte Olli vorsichtig nach: »Wie meinst du das mit Bernie?«

Herbert liebäugelte bereits mit dem zweiten Kurzen, als er zu erzählen begann. »Nun, ich war heute Morgen Geld holen bei Bernie in der Bank. Er hat mir erzählt, dass er deinen Kumpel von der Schulzeit kennt. Er hat ihm den Saft abgedreht.«

»Den Saft? Wie meinst du das?«

»Nun, dein Kumpel hatte sich offensichtlich das Konto bei seiner Bank unter einem falschen Namen erschlichen. Bernie hat sofort gehandelt. Aber in dem Gewerbe kenne ich mich nicht aus. Vielleicht solltest du deinem Kumpel einmal auf den Zahn fühlen. Nichts für ungut, Olli. Auch einen Kurzen?«

Olli erschauderte. Stuhrs Tarnung war aufgeflogen, selbst Herbert wusste es bereits. Die Lunte war gezündet.

Ein neuer Gast betrat gegen das blendende Tageslicht Andis Etablissement. Er war nicht besonders groß, aber alle Sportsfreunde nahmen sofort die Hand vom Glas und setzten ein freundliches Gesicht auf. Schnell schaltete der Wirt die Musikbox aus, und der Gast, der sich als der Polizist vor der Bäckerei erwies, blieb vor dem Tresen stehen. »Ah. Bild- und Tonausfall?«

»Nein«, beeilte sich Herbert mit der Erklärung, »wir sind gerade Pokalsieger geworden und stoßen jetzt darauf an.«

Der Gast nickte, aber die Antwort schien ihn nicht zu interessieren. Er musterte Olli. »Oh, ein neuer Einwohner in unserem schönen Stadtteil, und dazu noch ohne Kopftuch. Wie erfreulich. Schon in Gaarden gemeldet?«

Olli wehrte sich. »Ich bin nur zu Besuch.«

»So, wen besucht man denn in Gaarden?«, fragte der Mann nicht ohne Spott. »Etwa die reiche Tante oder den reichen Onkel? Ihren Ausweis bitte. Ich bin der Revierleiter hier.«

Olli kramte seinen Personalausweis hervor und hielt ihn dem Revierleiter unter die Nase.

Herbert drängte sich vor. »Der Olli ist in Ordnung, Herr Linke. Er ist zu Besuch bei dem Bruder von Holgi, diesem Helge Schrock.«

Bingo. Jetzt war es heraus. Aber der Revierleiter erlöste ihn und gab ihm den Ausweis zurück. »Alles in Ordnung.«

Dann verabschiedete er sich von den anderen Gästen. »Beste Grüße an die ruhmreichen Hamburger Fußballer.«

Revierleiter Linke drehte sich um und verließ die Kneipe, was von aufgeregtem Gemurmel begleitet wurde. Sollte Olli ihm wenigstens jetzt nicht folgen? Schnell legte er Geld auf den Tresen und verzog sich freundlich grüßend aus der Kneipe.

An der frischen Luft atmete er tief durch. Er musste in die Hufe kommen und beschleunigte seinen Schritt, aber der Revierleiter war in der Dunkelheit wieder einmal wie vom Erdboden verschluckt.

Olli beschloss, zu Stuhr in Schrocks Wohnung zurückzukehren, um ihn vor diesem Bernie zu warnen. Am Vinetaplatz stachen ihm aber wieder die roten Augen des Alien-Computers entgegen. Kurz entschlossen betrat er das Geschäft, blätterte 100 Euro auf den Verkaufstresen und wies auf den Computer im Schaufenster.

Wortlos fischte der Händler eine Quittung hervor. Er trug die Zahl 100 ein und legte ihn zur Unterschrift vor.

Olli war skeptisch. »Auch nicht geklaut?«

Der Verkäufer zog emotionslos eine andere Quittung unter dem Schreibtisch hervor und ging zu einem Kopierer. Dann händigte er ihm eine Kopie aus, aus der ersichtlich war, dass der Vorbesitzer Peter König versichert hatte, rechtmäßiger Eigentümer des Computers zu sein. Wortlos strich der Türke das Geld ein und bedeutete Olli, das Gerät aus dem Schaufenster zu nehmen.

Olli war zufrieden. Er würde den Kasten bei Stuhr genauer unter die Lupe nehmen.

Stuhr. Verdammt! Den musste er unbedingt vor diesem Bernie warnen, und vermutlich auch vor dem schrägen Revierleiter Linke.

Eilig machte er sich mit seinem neuen Schätzchen auf den Weg.

EIN SCHLOSS

Stuhr fluchte. Wieso klopfte jemand mitten in der Nacht wie wild an seiner Tür? Er schaute auf die Uhr. Es war kurz nach 23 Uhr. Er wunderte sich, warum zu dieser Nachtzeit fahles Licht versuchte, durch Schrocks von Rauch und Dreck versiegelte Fenster vorzudringen.

Das Klopfen an der Wohnungstür wurde lauter. Wieder blickte Stuhr zum Fenster, das eine gewisse Helligkeit auf der Straße signalisierte. Es musste schon Freitagvormittag sein! Wer klopfte? Und warum ging Olli nicht an die Tür?

Schlaftrunken stand Stuhr auf. Er kratzte sich am Bauch, der in der letzten Zeit kontinuierlich mit seinen Aufgaben gewachsen war. Er musste unbedingt wieder einmal joggen gehen, um beweglicher zu werden. Aber wo sollte das hier gehen? Die Besoffenen würden ihn auf offener Straße auslachen.

Jetzt klopfte es ununterbrochen. Ungehalten öffnete er die Tür.

Völlig unerwartet umschlang ihn Katja. Ihren spontanen Kuss erwiderte er nur verhalten wegen seiner säuerlichen Mundflora, und ungewaschen war er auch. Er wies auf die Küche und entschuldigte sich mit knappen Worten. Dann eilte er ins Badezimmer, duschte kurz, rasierte sich flüchtig und putzte schnell die Zähne. Katja wollte er nicht warten lassen.

Vorsichtig äugte er aus der Tür in den Flur, ob Katja noch in Reichweite war. War sie aber nicht, und so konnte er unbemerkt zum Kleiderschrank huschen und sich ankleiden. Als er die Küche betrat, eilte Katja erleichtert auf ihn zu und küsste ihn.

Wieder war es um ihn geschehen. Wann hatte ihn zuletzt jemand so in die Arme genommen? Jenny vielleicht, aber die amüsierte sich vermutlich gerade ohne ihn im Schnee.

Katja stülpte ihre weichen, warmen Lippen über seinen Mund und versuchte offenbar, seine Gedanken einzufangen. Das gelang natürlich nicht, aber sie schmiegte ihren Körper eng an ihn und begann zu weinen. »Dieses miese Schwein!«

Stuhr war erleichtert, dass es offenbar nicht gegen ihn ging. Das war zunächst einmal gut. Er streichelte ihr zärtlich über den Rücken. »Komm, Katja, was ist passiert? Erzähl mal.«

Schluchzend begann sie, ihm die Begegnung mit Mozart zu schildern. Dieser Zwang. Dieses brutale Quetschen ihrer Brust. Dieses Gefühl von Schuld ihrerseits, obwohl sie alles tat, um vor Mozart geradestehen zu können.

Stuhr war ein wenig erschlagen davon, was Katja vor ihm ausbreitete, denn sein Schädel schmerzte noch ein wenig vom gestrigen Abend. Das mit dem Quetschen ihrer Brust konnte er sich bei Mozart allerdings lebhaft vorstellen, nach all dem, was er bisher über ihn gehört hatte. Aber was erwartete sie von ihm? Stuhr war kein Supermann, der ihre Sorgen einfach wegfegen konnte.

Vorsichtig zog er Katja zu sich auf die Couch. Er wollte

sie nicht bedrängen, sondern nur etwas entspannter über die Angelegenheit nachdenken. Er streichelte sie dabei.

Sie kuschelte sich nun eng an ihn und begann zu erzählen. Sie schien sich alles von der Seele reden zu wollen. Stuhr mochte die Art, wie sie schnörkellos von sich erzählte und dabei kein Blatt vor den Mund nahm. Katja umschlang ihn schließlich.

»Helge, können wir nicht versuchen, es wenigstens einige Tage zusammen auszuhalten? Ich liebe dich!«

Normalerweise hätte Stuhr Glück empfinden müssen, aber stattdessen stiegen eiskalte Schauer in ihm hoch. Sicher, auch er hatte sich ein wenig in Katja verknallt, aber durch den abgetauchten Kommissar Hansen war er eigentlich am Ende. Auf das Bankkonto bei der Gaardener Volksbank hatte er keinen Zugriff mehr, und seine echten Ausweise und Schlüssel waren bei Kommissar Hansen hinterlegt. An den kam er zurzeit aber nicht heran, und so lebte er momentan für einen Versuch mit Katja eigentlich in der falschen Identität. Was wäre, wenn sie erführe, dass er nicht Holgis älterer Bruder war, sondern in Wirklichkeit mit beiden Beinen auf dem Westufer tief verwurzelt?

Da er keine Antwort auf seine Zweifel wusste, streichelte er sie weiter. Sie rückte mit ihrem Kopf näher an sein Ohr. »Helge, ich habe Angst. Ich mag nicht mehr in meiner Wohnung schlafen. Kann ich nicht für ein paar Tage bei dir unterkriechen?«

Der Gedanke war verlockend. »Wenn du Angst hast, kannst du jederzeit zu mir kommen. Du weißt, ich mag dich sehr.«

Wieder umschlang sie ihn. »Ich freue mich auf dich, Helge. Auf die Tage und auch auf die Nächte. Nimm mich mal fest in den Arm.«

Helge nickte, weil er sich auch auf die Nächte freute.

Katja liebkoste ihn am Ohr. »Helge, du brauchst aber ein Türschloss. Ich möchte nicht, dass bei dir einer von der Gang oder Mozart auftaucht. Ich hole inzwischen meine Sachen. Einverstanden?«

Stuhrs Euphorie verflüchtigte sich, deswegen nickte er nur halbherzig. Wo verdammt noch mal sollte er Geld herbekommen? Was würde ein Wohnungsschloss im Baumarkt kosten? 25 Euro? Und wie sollte er den Kühlschrank füllen? Probleme über Probleme. Katja verdiente zwar eigenes Geld, aber anpumpen würde er sie nicht. Olli? Nein, dafür war er zu stolz.

Es blieb nur noch Dreesen übrig. Sein ehemaliger Kollege hatte früher ständig Essenmarken für die Landeshauskantine von ihm geschnorrt. Dreesen würde sein Retter sein. Ein Hunderter würde für's Erste reichen.

Etwas zuversichtlicher küsste Stuhr Katjas weichen Mund. Er mochte sie wirklich.

Sie wand sich unerwartet aus seinem Arm und begann, die Wohnung abzusuchen. Dann schob sie eine Kommode im Flur an die Wohnungstür, sodass sich diese nur noch unter größerer Geräuschentwicklung öffnen ließ. Augenzwinkernd kehrte sie zu ihm zurück und ergriff seine Hand. »Olli ist weg. Der Herr muss entspannen und die Dame auch.«

Ohne nennenswerten Widerstand seinerseits zog sie ihn in Schrocks Schlafzimmer, das Stuhr mannhaft in den letzten Nächten gegen Olli verteidigt hatte.

Das gefiel Stuhr. Dreesen und das Schloss mochten wichtig sein. Aber das mit Katja war allemal schöner.

PFANDRATTEN

Maik hatte zum ersten Mal seit langer Zeit das Gefühl, dass für ihn in seinem Leben noch alles gut werden könnte. Ab morgen Abend würde sich sein Leben spürbar verbessern. Vor dem Revierleiter hatte er Respekt. Peking war zwar ein unberechenbarer Einzelgänger, aber normalerweise friedlich, wenn man ihn in Ruhe ließ.

Dass nun ausgerechnet Mozart ihm die Freundschaft anbieten würde, damit hätte er nie gerechnet.

Er kannte ihn schon von der Volksschule her. Vom ersten Tag an zog Mozart auf dem Schulhof seine Fäden und prügelte wild durch die Gegend. Die erste Klasse durfte er gleich wiederholen, aber er bildete eine ständige Gefahr. Deswegen war Maik auch heilfroh, dass ihn seine Mutter später auf die Oberschule geschickt hatte. Die Veranstaltung war aber zwei Nummern zu groß für ihn.

Auf der Mittelschule in Gaarden war wieder alles okay, und entgegen dieser Knabenkaserne auf dem Westufer gab es endlich wieder Mädchen in der Klasse. Als seine Schulpflicht erfüllt war, wollte Maik aber zwei Jahre vor dem Abschluss nur noch raus aus dieser Lernmühle. Er war von den tumben Lehrern genervt, deren Unterricht an der Lebenswirklichkeit vorbeiging.

Das Einzige, was er an der Schule gern mochte, war lesen. Jetzt, wo der Jupp weg war und er seine eigene

Situation kaum noch aushalten konnte, hatte er sich in diesem altmodischen An- und Verkaufsladen am Vinetaplatz wieder das eine oder andere Landser-Heft gekauft, um auf andere Gedanken zu kommen.

Der Betreiber war ein hagerer älterer Türke, der ständig mit irgendwelchen anderen Sachen hinter seinem kleinen Tresen beschäftigt war. Oft telefonierte er auch in seiner Heimatsprache. Dem Türken schien es ziemlich egal zu sein, was er in seinem Angebot führte und wie die Kunden mit seinen Sachen umgingen.

Maik konnte nicht verstehen, wie man so wirtschaftlich überleben konnte. Andererseits fand er das aber gut, denn so konnte er ungestört in den Landser-Kartons herumwühlen. Maik fand besonders die Geschichten der Wehrmacht gleich nach Beginn des Zweiten Weltkrieges gut. Er hätte ihnen den Sieg an der Ostfront gegönnt.

Aber ein Nazi war er deswegen lange noch nicht, den Hitler mochte er nicht. Die Juden abzuschlachten, das ging überhaupt nicht. Maik verachtete Grausamkeiten, wenn sie nicht notwendig waren. Aber Kameradschaft, Tapferkeit und Treue wie bei der Wehrmacht bedeuteten Maik inzwischen mehr als die nächste beliebige Schlampe. Ihm ging es um's Überleben und das Zusammenhalten in guten wie in schlechten Zeiten.

Deswegen seine Gang, und aus dem gleichen Grund war auch seine endlose Treue zu Holstein Kiel entstanden. Die im Vorstand des Vereins sollten einmal seine Landser-Hefte lesen. Da könnten sie lernen, wie man sich in richtigen Gefechten verhalten muss. Dann würde die Mannschaft nicht mehr so schnell nachlassen wie bei manchem Geplänkel im Holstein-Stadion.

Bisher hatte er die Landser-Hefte immer nur heimlich lesen können, weil Jupp das vom Prinzip her scheiße fand. Das fand Maik verlogen, denn Jupp hatte genau wie seine Landser als Parteisoldat für seine Sache gekämpft, egal, ob sich die im Nachhinein als gut oder schlecht herausstellte.

Es war schon Ironie des Schicksals, dass Maik jetzt nach Jupps und Holgis Tod bald genug Kohle horten konnte, um wieder den großen Max zu spielen. Er könnte sich ein Regal in Nussbaumoptik mit Lampenbügel kaufen, und dann würde er sich mit seinen einsortierten Landser-Heften eine kleine Privatbibliothek aufbauen, ähnlich wie in diesen alten englischen Filmen.

Sowieso, er würde umdenken müssen. Warum sollte er sich noch länger gegen Ellerbeker oder Wellingdorfer gerademachen? Zukünftig würde er sich besser auf seinen neuen Job konzentrieren, als mit seiner Gang weiter um die Häuser zu ziehen. Nein, dieses Kapitel musste er schnellstmöglich abschließen.

Die Türklingel unterbrach schrill Maiks Gedankengänge. Maik schielte aus dem kleinen Seitenfenster des Erkers auf die Haustür. Es war seine Gang, die schenkelklopfend Einlass begehrte. Ausgerechnet jetzt kamen diese Arschlöcher zu ihm, wo ihm bald sein erster großer Einsatz bevorstand. Stange, der nie in seinem Leben jemals einen hochbekommen hatte, Herzog, der so genannt wurde, weil er früher auf dem Schulhof die

Mädchen an ihren langen Haaren hinter sich herzog, und Mauke, dessen Füße erbärmlich stanken. Es war eine feine Truppe, die er da beisammen hatte. Missmutig betätigte er den Türsummer. Unwillig hörte er, wie die Bande wild hochgestürmt kam. Als Maik die demolierte Tür aufhielt, sah er zunächst Stanges grinsendes Gesicht.

»Oh, du hast Besuch gehabt?« Stange rülpste, und wenig später erreichte ihn dessen Alkoholfahne.

Maik drehte sich angewidert um und ließ den Rest der Gang hinein. Sie stürmten wie kleine Kinder in sein Wohnzimmer und ließen sich erschöpft in die Sessel fallen.

Stange ergriff das Wort. »Kannst du uns einen Fünfziger leihen, Maik? Wir sind blank.«

Mauke und Herzog grinsten wie immer, wenn sie kein Geld mehr hatten und zu ihm kamen. Maik konnte es egal sein, denn er würde am nächsten Tag sein Geld verdienen.

»Geld, das ist doch kein Problem. Das kann man ganz einfach lösen, sozusagen im Vorbeigehen.«

Die Gang schaute ihn ungläubig an.

»Ja, aber anstatt in Gaarden rumzugammeln, müsst ihr nach Kiel rüber und dort rund um den Weihnachtsmarkt die Mülleimer abklappern. 200 leere Dosen und Flaschen kommen ganz schnell zusammen, wenn ihr euch richtig anstrengt. Dann habt ihr euren Fünfziger.«

Die gute Stimmung war schlagartig verflogen. Stange sprang wütend auf und näherte sich ihm provozierend. »Spinnst du, Maik? Satan, wir sind keine Pfandratten.

In Mülleimern herumfischen ist das Allerletzte, was ich tun würde. Warum machst du das nicht selbst, um aus deinem Loch rauszukommen?«

Demonstrativ inspizierte Stange die verschlissenen Möbel und den kahlen Raum. »So richtig nach Geld sieht das nicht bei dir aus, oder?«

Mauke und Herzog schüttelten energisch den Kopf.

Maik grinste zurück. »Ich verdiene genug eigenes Geld, wirst schon noch sehen.«

Stange blickte Maik erwartungsvoll an. »Wo hast du denn die Milliönchen versteckt? In der Zuckerdose etwa?«

Maik hätte Stange am liebsten eine reingezogen, aber er ballte lediglich die Fäuste in den Hosentaschen. »Das verrate ich nicht. *Ich* habe kein Problem. *Ihr* habt schließlich keine Kohle, oder?«

Stange grinste frech. »Das würde ich so nicht sagen. Wir haben Kohle. Hat genau eine Minute gekostet, um an sie heranzukommen. Wir müssen sie nur noch flüssigmachen, das nervt manchmal.«

Maik konnte sich eine Belehrung nicht verkneifen. »Vor dem Lohn steht der Schweiß.«

Daraufhin gab Stange das Zeichen zum Aufbruch. »Wichser. Kommt, Jungs, hauen wir ab!«

Die Meute stürmte genauso wild hinaus, wie sie eingefallen war. Maik verstand das nicht und stellte sich in den Erker. Diesmal war er froh, dass die Scheiben schmuddelig waren, denn so würden sie ihn nicht von unten ausmachen können.

Seine Gang überquerte die Straße und stürmte in die gegenüberliegende Einfahrt. Es dauerte nicht lange, bis sie mit zwei ratternden Einkaufswagen wieder auftauchten. Die Wagen waren mit überquellenden Beuteln befüllt und behängt, aus denen unzählige Flaschenhälse und Dosenböden herausragten. Nur wenige Meter weiter weg stoppten sie. Sie stellten sich an die Hauswand und pinkelten hemmungslos die Kacheln der ehemaligen Bäckerei an, die schon seit Jahren leer stand.

Verächtlich spie Maik in ihre Richtung. Nicht, weil sie drüben an die Wand pissten, sondern weil sie offensichtlich irgendeinem wehrlos herumstreunenden Bettler seine mühsam gesammelten Schätze unter dem Arsch weggefischt hatten. Das war eine echte Sauerei.

Unterbelichtet, tumb und skrupellos. Vorbilder wie die tapferen Helden in den Landser-Heften waren die Jungs seiner Gang nun wirklich nicht.

PINGPONG

Stuhr war ermattet in Schrocks Schlafzimmer aufgewacht. Hatte Katja ihn so fertiggemacht oder war es seine späte Jugend, die ihm zu schaffen machte? Natürlich war sie weit und breit nicht mehr zu sehen. Diese Frau wusste genau, wie sie ihn zu fassen bekommen konnte. Er schlug mit seiner rechten Handkante eine tiefe Furche in sein Kopfkissen, auf diese Art würde er sich noch einmal an Katjas Busen schmiegen.

Sollte er ihr nicht die Wahrheit gestehen, dass er für die Kripo ermittelte? Stuhr hatte so langsam die Faxen dicke. Kommissar Hansen! Er würde ihn anrufen und den Job für beendet erklären. Allerdings hatte er kein Telefon, und Geld zum Telefonieren schon gar nicht. Schweren Herzens hob er seinen Kopf aus der Kissenfalte und stand auf, um Olli zu suchen, aber in der Wohnung befand der sich nicht.

Stuhr musste sich unbedingt zu Dreesen auf den Weg in die Staatskanzlei machen.

War heute nicht Freitag? Er suchte nach seiner Armbanduhr, denn freitags leerten sich die Behörden schlagartig nach dem Mittagskoma. Halb drei, das könnte knapp werden. Viel Zeit für Körperpflege blieb nicht.

Stuhr hatte immer noch weiche Knie, als er Gaarden über die Hörnbrücke verließ. Lange Zeit musste er sich an der Kiellinie kräftig gegen die Kälte stemmen, bis er endlich durchfroren die Staatskanzlei erreichte. Nassforsch wie immer huschte er grüßend am dösenden Pförtner vorbei und wollte die Tür aufdrücken, als ein mächtiges Tuten erklang. Das mehrfache metallische Klacken verriet, dass schlagartig alle Türen im Eingang verriegelt wurden. Hilfesuchend blickte Stuhr zum Pförtner, aber der tauchte blitzschnell ab.

Drei junge Polizisten stürmten mit hochgezogenen Pistolen in das Foyer. Stuhr hob sofort erschrocken die Hände.

»Hände hoch lassen und an die Wand lehnen. Keine falsche Bewegung!«

Mein Gott, wunderte sich Stuhr, was war denn anders als sonst? Er war früher immer irgendwie durch das Foyer geschlüpft. Sein alter Dienstausweis lag allerdings in seiner Kieler Wohnung.

Die Polizeibeamten durchsuchten ihn gründlich. Als sie nichts fanden, wurden sie etwas friedlicher. »Keine Schlüssel, kein Geld, kein Ausweis. Wie kommen Sie auf die Idee, sich in die Staatskanzlei einzuschmuggeln? Das ist schließlich ein Sicherheitsbereich.«

Stuhr versuchte, die Polizisten zu beruhigen. »Ich weiß, ich weiß. Entschuldigung, das war die alte Routine. Mein Name ist Helge Stuhr. Ich war früher in der Staatskanzlei tätig und wollte nur kurz zu Oberamtsrat Dreesen, meinem ehemaligen Mitarbeiter.«

Die Beamten entspannten sich, aber vom Pförtner war immer noch nichts zu sehen. »Soso. Auf dem Weg zu Oberamtsrat Dreesen, und das in dieser Verkleidung. Na, wir werden sehen.«

Ein Polizist brüllte Richtung Pförtnerei. »Können Sie bitte einmal nachsehen, ob der Kollege Dreesen noch im Haus ist? Ein Herr Stuhr möchte zu ihm.«

Vorsichtig tauchte der Pförtner hinter seinem Tresen wieder auf und telefonierte. Dann kam er aus seiner Loge heraus und stellte sich misstrauisch hinter den Polizisten auf.

»Herr Dreesen ist informiert. Richtig, früher gab es einmal einen Herrn Stuhr, aber das war ein eleganter und gepflegter Mann. Seinen Vornamen weiß ich nicht mehr, aber der da ist es bestimmt nicht!«

Stuhr zuckte zusammen. An diesen Hansel von Pförtner konnte er sich überhaupt nicht erinnern. Was berechtigte ihn, solche Aussagen zu treffen?

Wenig später schoss Dreesen aus dem Flur ins Foyer. »Was ist denn hier los, Stuhr?«

Stuhr zeigte auf den zerknirschten Pförtner, der inzwischen auch von den Polizisten schief angesehen wurde. Der hob beschwörend seine Hände und beteuerte, nur nach seinen Anweisungen gehandelt zu haben.

Dreesen schaffte es, die Situation zu retten. »Liebe Kollegen, nur weil Herr Stuhr zurzeit etwas abgerissen aussieht, muss man nicht gleich von einem Anschlag auf unser Haus ausgehen. Am besten, wir vergessen die ganze Angelegenheit und tun so, als wenn nichts gewesen wäre. Dann muss auch niemand einen Bericht schreiben. Und du, Stuhr, meldest dich bitte zukünftig wie alle anderen Menschen an und stürmst nicht gleich die Bude. Einverstanden, die Herren?«

Nach kurzem Überlegen nickten alle erleichtert.

Dreesen verabschiedete sich und bedeutete Stuhr, ihm zu folgen. Der nickte den Anwesenden zu und trottete notgedrungen seinem ehemaligen Mitarbeiter hinterher. Als Dreesen die Bürotür hinter sich zugezogen hatte, sprach er eindringlich auf ihn ein.

»Sag mal, Stuhr, bist du verrückt? Du weißt genau, dass ich zurzeit nicht auffallen darf. Was ist bloß in dich gefahren?«

Stuhr bekam ein schlechtes Gewissen. Dreesen hatte schließlich seine eigenen Probleme. Aber offensichtlich wohnte er wenigstens nicht mehr im Büro, denn er war wieder glatt rasiert.

»Tut mir leid, Dreesen, aber mir geht es zurzeit nicht sonderlich gut.«

Seine Entschuldigung ließ der Oberamtsrat nicht gelten. »Das sieht man nicht nur, das riecht man auch. Meinst du denn, ich bin nur am Zuckerschlecken? Wir Landesbeamte haben gläserne Taschen und werden ausgenommen wie die Weihnachtsgänse. Was uns der Staat nicht wegnimmt, reißt sich die ehemalige Frau unter den Nagel. Du ahnst nicht, wie mich meine Olsch an den Eiern zu packen versteht.«

Einfühlsam fragte Stuhr nach: »Ist das mit deiner Olsch nicht besser geworden, Dreesen?«

»Besser? Ihr Sohn ist ein arbeitsloser Rechtsverdreher. Jeden Tag schickt er mir neue Schriftsätze. Er hat nur ein einziges Ziel: Er will mich fertigmachen und seiner Mutter ausgelutscht vor die Füße legen, dieser Schweinehund!«

Ja, Dreesen schien Riesenprobleme zu haben. Er selbst

dagegen hatte ein Luxusproblem, denn seine Armut war nur Maskerade. Eine Frau, die ihn gern mochte, die hatte er auch. Vielleicht sogar zwei. Aber er konnte Dreesen schlecht verraten, welches Spiel er gerade für den Kommissar trieb.

Das Telefon klingelte. Barsch nahm Dreesen den Hörer ab. Telefonate am Freitagnachmittag, nach einer Woche harten Kampfes gegen die Kollegen, das gehörte sich nicht in einer Behörde. Da trank man höchstens gemeinsam einen Kaffee oder machte sich besser aus dem Staub, sagte sein Oberamtsrat immer.

Interessiert verfolgte Stuhr, wie Dreesen gelangweilt eine Zeit lang in den Hörer lauschte. Dann unterbrach er seinen Gesprächspartner mürrisch. »Ja, selbstverständlich habe ich Ihre Vorlage mit allen Anhängen gelesen, aber ich habe sie nicht auswendig gelernt, dafür habe ich wichtigere Sachen auf meinem Tisch zu bescheiden. Sie werden mir den Sachverhalt schon noch einmal am Telefon ausführlich darlegen müssen, wenn ich irgendetwas für Sie tun soll.«

Dreesen lächelte Stuhr verschmitzt zu und tippte sich an die Stirn. So kannte Stuhr seinen ehemaligen Kollegen: ein mit allen Wassern gewaschener Oberamtsrat, eherne Stütze der deutschen Verwaltung. Denn egal, ob es sich um lebensbedrohliche Tatbestände, die in Behörden allerdings so gut wie nie vorkamen, oder schlicht um Routinesachen handelte: Dreesen zeigte immer allen deutlich, dass ohne ihn überhaupt nichts gehen konnte.

Von eiligen Vorgängen zog er sich sowieso zunächst

immer, wie er es nannte, eine Tageskopie und legte dann das Original grundsätzlich erst einmal auf Eis, um die Beschleunigungskräfte aus den höheren Etagen zu verringern. Nur ein Oberamtsrat konnte sich das leisten, denn der hatte die höchste Stufe des gehobenen Dienstes erreicht. Das bedeutete EdeKa, das »Ende der Karriere«, wie die Kollegen gern witzelten. Wenn ein Beamter keine Angst mehr haben musste, nicht befördert zu werden, dann änderte sich seine Einstellung zu den Dingen grundlegend. In manchen Fällen entwickelte er sogar Mut.

Sein Gesprächspartner schien ungehalten geworden zu sein, denn Dreesen bügelte ihn nun gnadenlos ab. »Wissen Sie, ich mache das jetzt einmal ganz kurz, denn Sie werden auch in Ihr Wochenende wollen: Sie hätten sich an unser gängiges Verfahren halten können. Das dauert zwar, aber es hat sich bei uns bewährt. Dieser von Ihnen aus unerfindlichen Gründen falsch eingetütete Vorgang liegt bei uns, aber wir haben noch nicht entschieden, wie wir ihn anfassen werden. Da können Sie sich in der Zwischenzeit die Finger blutig schreiben. Ich sage dazu nur: formlos, fristlos, folgenlos. Schönes Wochenende noch.«

Genüsslich knallte Dreesen den Hörer auf. »Wie du siehst, Stuhr, gibt es nach wie vor Krieg auf dem Schreibtisch. Aber im Verwaltungs-Pingpong hat mich selten einer geschlagen. Dieser Hornochse hat nun das ganze Wochenende Zeit, gründlich über das Gespräch nachzudenken.«

Stuhr nickte anerkennend. »Was meintest du vorhin mit ›besser anpacken‹?«

Dreesen zögerte einen Moment, bevor er zu erzählen begann. »Wir kennen uns ja lange genug, Stuhr. Nun, ich hatte gar keine Wahl, als zu tricksen. Meine Olsch hat mich inzwischen heruntergepfändet bis auf den Selbstbehalt. Daraufhin hat die Bank meinen Dispo herabgesetzt. An das wenige Geld, was als Gehalt noch tröpfelt, komme ich nicht mehr heran. Und die Bank berechnet exorbitant hohe Zinsen wegen der dauerhaften Überziehung meines Dispos. Also musste ich die Dinge anders lösen.«

Erwartungsvoll blickte Stuhr Dreesen an, der sich entspannt zurücklehnte. »Komm schon, Stuhr. An meinem Arbeitszimmer wirst du bereits bemerkt haben, dass ich nicht mehr im Sessel schlafe. Ich habe mein Leben wieder einigermaßen in den Griff bekommen. Es gibt ein ehemaliges Fahrerzimmer, das nicht mehr genutzt wird, das hat sogar schon eine Dusche. Ich musste allerdings das Schloss auswechseln, damit keine unbefugte Person in mein Reich eindringen kann. Das spart schon einmal Miete, Strom, Heizung, Wasser und Telefon.«

Stuhr sah ihn ungläubig an. »Du hast einfach das Schloss ausgewechselt?«

Dreesen nickte schelmisch.

»Und wovon lebst du?«

Dreesen lachte. »Ach, Stuhr, du weißt besser als ich, was viele der lieben Kollegen den ganzen Tag über machen: Zeitung lesen, Kaffee und Tee trinken und Obst oder Kekse naschen. Abends, wenn es endlich ruhig im

Haus wird, dann mache ich immer eine Runde zu den Kühlschränken, die überall in den Teeküchen stehen. Du glaubst gar nicht, welche kulinarischen Schätze die Kollegen dort horten. Ich nehme mir immer nur ein ganz klein wenig ab, aber es ist sehr opulent, was so zusammenkommt. Und eine anspruchsvolle Lektüre liegt oft daneben.«

Stuhr war fassungslos. »Dreesen, du willst mir nicht sagen, dass du die Kollegen bestiehlst?«

»Komm, Stuhr, rede bitte nicht in diesem Ton mit mir. Dazu kennen wir uns schon zu lange. Ich tue ein gutes Werk, denn ich rette schließlich Lebensmittel vor dem Verderben. Zudem entsorge ich alle alten Sachen mit abgelaufenem Verfallsdatum gleich mit. Die Kollegen sind dankbar, dass die Kühlschränke immer schön sauber sind. Im Übrigen wird Mundraub juristisch nicht verfolgt.«

Stuhr winkte ab. »Schon gut, Dreesen. Ich habe das nicht böse gemeint, ich kenne dich nur anders. Du kannst ja keinen Spaß mehr am Leben haben, wenn du vor dich hin vegetierst. Kein Weib, kein Auto, nie verreisen?«

Dreesen entspannte sich wieder. »Ach, Stuhr, geh mir weg mit den Weibern. Aber wie kommst du auf die Idee, dass ich nicht verreisen kann? Ich bin jede Woche mindestens einmal über Nacht auf Dienstreise. Das ist meistens sehr lehrreich, und Taschengeld bekomme ich auch.«

Dreesen bemerkte den verständnislosen Blick von Stuhr. »Nun, ich reise meistens mit der Bahn zu Veranstaltungen, wo es mindestens ein Buffet gibt. Ein kurzer Smalltalk mit dem Veranstalter und ein warmes Händeschütteln von mir als Repräsentant des Landes, und alle sind zufrieden. Bahnfahrten kann man zudem beliebig oft unterbrechen, dadurch kann man immer neue Orte besichtigen. Dieses Jahr habe ich schon die Weihnachtsmärkte in Nürnberg, Köln, Bonn und Aachen besucht. Das mir zustehende Tagegeld lasse ich mir immer hinterher von der Landeskasse bar auszahlen. Je länger du weg bist, umso mehr bekommst du. Das sind zwar alles nur kleine Beträge, aber es ist alles ganz legal, wie du siehst. Und die Olsch kommt an meine Tagegelder nicht ran.«

Stuhr wurde klar, dass bei Dreesen nichts an Bargeld zu holen sein würde. Dieser begann nun sorgfältig, seinen Schreibtisch aufzuräumen.

Sein ehemaliger Oberamtsrat musterte ihn von oben bis unten. »Warum läufst du eigentlich in deinen versifften Klamotten wie ein Berufsjugendlicher herum, Stuhr?«

Mit der Wahrheit konnte Stuhr schlecht herausrücken. »Ach was, ich musste nur einmal aus meinem Mief heraus, Dreesen. Ich war gerade beim Tapezieren und wollte an die frische Luft. Ich habe schlicht vergessen, mich umzuziehen.«

Das nahm ihm Dreesen nicht ab. »Du bist vermutlich zu Fuß gekommen, richtig?«

Stuhr nickte schnell und war froh, dass Dreesen nicht weiter nach seinen jetzigen Lebensumständen fragte.

Der Oberamtsrat hob kurzerhand die restlichen Akten auf seinem Schreibtisch hoch und knallte sie wieder auf den Tisch zurück. »Komm, dann hauen wir jetzt ab, Stuhr. Schließlich ist Wochenende.«

Sie verließen das Büro. Im Foyer wies Dreesen auf den Ausgang. »Warte schon mal vor der Tür. Ich komme dort gleich hin.«

Stuhr trottete gleichmütig am Pförtner vorbei, der froh zu sein schien, ihn als Fremdkörper wieder aus dem Haus entfernt zu bekommen. Draußen zog sich Stuhr die Kapuze seines Pullovers über den Kopf. Das hing nicht nur mit der Kälte zusammen, er wollte auf dem Gelände der Landesregierung auch nicht erkannt werden.

Dreesen ließ auf sich warten. Plötzlich kam eine von diesen protzigen dunklen Limousinen vorgefahren, in die man durch die verspiegelten Scheiben kaum mehr hineinsehen konnte. Die Scheibe vom Beifahrersitz wurde heruntergelassen. Es war Dreesen, der ihn freundlich anlächelte und auf den Beifahrersitz wies. Dieser Teufelskerl musste sich schon wieder einen Dienstwagen von der Fahrbereitschaft der Landesregierung geliehen haben.

»Steig ein, Stuhr. Ich fahre dich schnell nach Hause!« Dreesen zeigte auf fünf rote Aktenmappen neben sich. »Rot ist immer ganz wichtig.«

Stuhr nickte, aber Dreesen schmiss die Mappen achtlos in den Fußraum. »Die sind leer. Die trage ich nur zur Erhöhung der Wichtigkeit bei mir.«

Stuhr stieg schnell ein. Das mit Gaarden konnte er nicht verraten. »Am besten zum Bahnhof, Dreesen. Ich muss dort noch ein Bahnticket abholen.«

Dreesen nickte und gab zügig Gas. »Kein Problem, es ist ja Wochenende. Ich habe die Karre sogar über die

Weihnachtstage bekommen, weil ich mir an Heiligabend für den Morgen noch ein kurzes Dienstgeschäft gelegt habe. Der Fahrbereitschaft konnte ich verdeutlichen, dass es einfacher ist, den Wagen bis nach Weihnachten zu behalten. Wenn die in der Fahrbereitschaft wüssten, dass ich zurzeit keine 50 Meter Luftlinie entfernt von ihnen lebe.« Er konnte sich vor Lachen kaum einkriegen.

Zügig gelangten sie zum Hauptbahnhof. Stuhr freute sich, dass ihm wenigstens der Heimweg durch die Kälte weitgehend erspart blieb. Mit jugendlichem Schwung verließ er das Dienstfahrzeug und winkte seinem ehemaligen Kollegen noch einmal fröhlich zu. Erst als ihn Dreesen nicht mehr sehen konnte, verlangsamte er seinen Schritt und bog zur Kaisertreppe ab, einem restaurierten Seiteneingang, von dem aus früher der deutsche Kaiser das Privileg hatte, direkt zu seiner Jacht zu gelangen.

Nachdenklich schritt er auf die Hörnbrücke zu. Wenigstens auf Katja freute er sich. Aber ohne Geld zurück nach Gaarden, das war hart.

UNERKANNT

Katja hatte ihre beste Kleider aus den Schränken gesucht und sorgfältig zusammengelegt. Die waren alle sehr knapp und der Stoff war meistens dünn, aber der Sommer würde ja auch irgendwann kommen. Ihre schöne Unter- und Nachtwäsche nahm nicht allzu viel Platz weg, sie war schließlich kein Pferd. Ihre Klamotten hatte sie in eine bunte Strandtasche gelegt, die sie dem bulligen Rollkoffer vorzog, den sie nicht durch halb Gaarden hinter sich herziehen wollte.

Skeptisch blickte sie zum Himmel. Heute war einer von diesen deprimierenden Dezembertagen im Norden, an denen es nicht mehr richtig hell wurde. Immer dunklere Wolkengebilde versperrten der Sonne den Weg.

Das unangenehme Wetter passte zu ihrer schlechten Stimmung, denn sie fühlte sich nicht mehr sicher in Gaarden. Der eiskalte Wind schlug ihr bereits die ersten feinen Schneeflocken ins Gesicht. Ständig hatte sie sich umgesehen, ob sie nicht verfolgt würde. Sie entfloh der Kälte mit einem Sprung in einen Friseursalon. Alles für zehn Euro, so stand es auf dem Schild neben der Tür.

Als ihre zerstruwwelte Mähne einem kinnlangen Haarschnitt gewichen war, fand die Haarbürste der Friseurin endlich ohne Gegenwehr den Weg durch ihr Haupthaar. Katja lächelte zufrieden, endlich sah sie wieder so aus, wie sie sich früher immer gefühlt hatte. Sicherlich, sie war reifer geworden, aber hässlich war sie nicht.

Sie war eindeutig wieder auf dem Weg nach oben. Sie mochte diesen Helge, auch wenn er um einiges älter war. Aber er strahlte Stärke und Wärme aus. Sie wollte weg von den ganzen Stinkern und Ratten. Als sie endlich vor Helges Haustür stand, zog sie die Strandtasche mit ihren Siebensachen fest an sich und öffnete die Haustür mit Schwung. Wie immer stand die Wohnungstür leicht geöffnet und ein schmaler heller Lichtstrahl fiel in den trüben Hausflur. Anscheinend hatte Helge Festbeleuchtung angestellt.

Die Schlösser hatte er aber nicht erneuert, wie sie feststellen musste. Sorgte er sich nicht um ihre Sicherheit? Sie schlich in Schrocks Wohnung und setzte ihre Tasche vorsichtig im Flur ab. Dann stellte sie sich in den Türrahmen des hell erleuchteten Wohnzimmers.

Es war aber nicht Schrock, der alle Lampen der Wohnung auf den Wohnzimmertisch ausgerichtet hatte, sondern sein Hamburger Freund Olli, der dort einen aufgeschraubten Computer akribisch untersuchte. Sie erkannte das Gerät sofort wieder. Es war der Kasten, den Mozart angeschleppt hatte.

»Moin. Helge nicht da?«

Olli drehte sich erschrocken um. Er schien ihr Kommen nicht bemerkt zu haben. Dann schüttelte er den Kopf und brachte nur ein schüchternes Hallo heraus.

»Ich bin Katja. Ich weiß, du bist Olli. Helge hat mir von dir erzählt. Ich schlafe mit ihm.«

Olli antwortete nicht. Er schien über ihre direkte Ansprache nachzudenken.

Sie machte nicht viel Federlesens um ihre Wortwahl, schließlich musste Olli so einiges aus dem Schlafzimmer mitbekommen haben. So kam sie schnell zur Sache. »Wo kommt denn dein Computer her?«

»Vom An- und Verkauf am Vinetaplatz, den habe ich gerade für kleines Geld erstanden. Kennst du dich mit Computern aus?«

»Geht so. Und du?«

»Notgedrungen. Ich schreibe Programme für das Internet. Sicherheitsanwendungen für Banken und so. Ich kenne die Dinger in- und auswendig. Das ist ein ganz besonderes Teil. Ein Alien-X, der hat Sammlerwert. Wissen nicht viele. Zumindest nicht in Gaarden.«

Katja nickte zufrieden. Olli würde vielleicht helfen können, das Passwort zu knacken, aber dazu musste er den Kasten wieder zusammenbauen und nicht weiter auseinandernehmen. »Und was schraubst du an dem Kasten herum?«

»Ich versuche gerade herauszubekommen, welche Teile in dem Gerät stecken. Tastatur und Monitor hat Helge ja nicht.«

»Ich glaube, du weißt nicht, woran du gerade herumfummelst. Das Gerät hat dem Jupp Jöllen gehört, der Anfang der Woche abgemurkst worden ist.«

»Diesem Parteifuzzi? Stuhr hat mir davon erzählt. War der denn ein Zocker?«

Katja war irritiert. Stuhr? Wer war das nun wieder? »Nein, ein Zocker war Jupp nicht. Es könnte aber sein, dass eine Menge Dokumente in dem Gerät sind, welche die ganze Scheiße hier aufdecken könnten. Das Gerät ist aber verschlüsselt, und niemand außer Jöllen scheint das Passwort zu kennen.«

Olli blickte plötzlich erschrocken zur Wohnzimmertür. Katja drehte sich um. Helge stand in der Tür und betrachtete ihren neuen Look skeptisch, bevor er kurz darauf einging.
»Den Prozess gegen den Friseur gewinnen wir, Katja.«
Sie fand das blöde. Was war nur in ihn gefahren? Für ihn hatte sie sich schön gemacht.
»Helge, was ist nur mit dir los?«
Den schien ihre Einlassung wenig zu stören. Er borgte sich von Olli das Handy und begann ein Telefonat mit einer Frau Hansen, in dem es darum ging, dass er unbedingt ihren Mann sprechen musste. Die Frau schien ihn aber hartnäckig abzuwimmeln. Vergeblich wählte er zwei andere Nummern und trat wütend mit dem Fuß gegen die Türzarge.
»Niemand zu erreichen. Hansen nicht, seine alte Krähe schirmt ihn ab. Bei Stüber und Fingerloos hat sich nur die Mailbox gemeldet. Angeblich im Weihnachtsurlaub, die Arschgeigen.«
Katja verstand die Aufregung nicht, zumal ihr die Namen unbekannt waren. Sie wurde misstrauisch. »Wer ist Frau Hansen?«
Ollis Blick wurde unruhig, und Stuhr druckste herum: »Die kannst du nicht kennen, Katja. Du musst dir keine

Gedanken machen, die Dame ist weit über 60 und verheiratet.«

Katja verstand seine Reaktion noch weniger. »Und warum regst du dich dann so auf?«

Helge rang nach Worten. »Ich rege mich überhaupt nicht auf«, giftete er zurück.

Katja gab sich mit der Antwort nicht zufrieden, denn irgendetwas schienen die beiden ihr zu verheimlichen. »Wer ist Stüber, wer ist Stuhr, und wer verdammt noch mal ist Fingerloos?«

Mit einer kurzen Kopfbewegung bat Stuhr Olli aus dem Zimmer, der auf der Stelle das Weite suchte. Resigniert setzte sich Stuhr hin. »Ich muss dir etwas gestehen, Katja.«

Er gestand aber nichts, sondern gab sich zunächst mit hängenden Schultern seiner trüben Stimmung hin. Katja verstand die Welt nicht mehr. Was wollte ihr dieser baumlange Kerl mitteilen, der wie ein Häufchen Elend vor ihr hockte? Mochte er sie nicht mehr leiden mit der neuen Frisur? Oder hatte er zwischenzeitlich eine andere gefunden? Tapfer blieb sie stehen. Sie hatte bereits ganz andere Sachen durchgestanden, es würde schon irgendwie weitergehen.

»Katja, ich denke, ich muss einiges klarstellen. Ich bin nicht der Bruder von Holger Schrock. Ich bin zwar in Gaarden geboren und ich heiße auch Helge. Aber mein Nachname ist Stuhr. Helge Stuhr. Ich ermittle für die Kieler Kripo. Undercover, sozusagen. Frau Hansen ist die Ehefrau von Hauptkommissar Hansen, Stüber der ihm zugeordnete Oberkommissar, und Fingerloos der Kollege von der Spurensicherung.«

Katja biss sich auf die Lippen. Das konnte nicht sein. Helge war ein Spitzel und hatte sie die ganze Zeit angelogen. Hatte er sich nur auf sie eingelassen, um Insiderinformationen über Gaarden zu bekommen?

Aber Stuhr war noch nicht fertig mit seiner Beichte. »Es kommt noch schlimmer, Katja. Ich bin absolut blank. Ich habe vorhin noch versucht, mir Geld zu leihen, aber ich habe nichts bekommen. Ich erreiche auch niemanden. Deswegen der Anruf bei Frau Hansen, weil ich ihren erkrankten Mann, den Kommissar, sprechen wollte. Darum auch keine neuen Schlösser. Ich weiß einfach nicht mehr, wie es weitergehen soll. Tut mir leid.«

Dass Helge kein Geld mehr hatte, empfand sie nicht als so schlimm. Schließlich hatte sie bisher alle ihre Kerle mit durchgeschleppt. Aber dass er sie angelogen hatte, das würde sie ihm so schnell nicht verzeihen. Wenn überhaupt.

Mit kämpferischem Blick sah sie Helge in die Augen. »Wenn du noch eine einzige Chance haben willst, dann musst du jetzt alles auf den Tisch legen. Aber bitte alles!«

Stuhr nickte und begann auszupacken.

BUDENZAUBER

Das war eine harte Nummer gestern Abend, die Stuhr und Katja miteinander ausgefochten hatten. Olli war heilfroh, dass er das alles lediglich aus dem Nachbarzimmer hatte mitverfolgen müssen. Katja wusste nun alles, aber ihre Stimmung hatte das nicht gebessert. Wenn sie das Gehörte herumposaunen würde, dann bekäme auch Olli ein massives Problem bei seinen neuen Freunden in der HSV-Kneipe.

Nach langem Hin und Her hatte Katja entschieden, dass Stuhr erst einmal zu ihr ziehen sollte. Olli fand das gut, denn so kam wenigstens er aus der Schusslinie. Stuhr hatte auf der Stelle seine Sachen gepackt, und dann waren beide abgezogen. Stuhrs belämmerte Miene konnte Olli nicht nachvollziehen, denn als die beiden gestern so richtig am Zanken waren, hatte er auf dem Weg zum Klo kurz in ihre Strandtasche geluschert und ihre Unterwäsche entdeckt. Mein Gott, was für ein Weihnachtsfest könnte Stuhr mit Katja haben. Zudem hatte sie richtig etwas aus sich gemacht.

Olli war gestern Abend kurzerhand mitsamt seinen Klamotten in Stuhrs Doppelbett gestiegen. Er war froh, endlich einmal nicht im Mief auf dem Sofa im Wohnzimmer einschlafen zu müssen, sondern den Parfümgeruch von Katja schnuppern zu können.

Als ihn Katja und Stuhr heute Morgen abholten, hatte

er endlich wieder einmal keinen dicken Kopf, das war richtig angenehm. In Katjas Wohnung stöpselte er Jöllens Computer an die Peripherie und nahm das Gerät in Betrieb. Sofort kam die Passwortabfrage. Die gesamte Festplatte war verschlüsselt.

Katja hatte keinen Internetzugang. Das machte die Sache mühselig, denn er musste mehrfach hinunter in ein kleines schmuddeliges Internetcafé in der Augustenstraße. Er suchte eine Zeit lang im Netz und lud sich verschiedene Programme herunter, damit er den Rechner von einem externen Speichergerät starten konnte. Das gelang auch, aber die Festplatte ließ sich trotzdem nicht auslesen.

Erst nachmittags hatte er herausbekommen, welche Art von Verschlüsselung den Zugriff auf die Festplatte verhinderte. Ein Masterpasswort, das alle Blockaden aufhob, schien es jedoch nicht zu geben. Fluchend hatte Olli alles Mögliche versucht, aber immer wieder erschien nur diese verdammte Passwortabfrage.

Es wurde draußen dunkel, und irgendwann hatte er keine Lust mehr. Es war Samstag, bald 18 Uhr. Vielleicht könnte er die Sportschau sehen? Sein Blick kreiste vergeblich durch das Zimmer. Katja wohnte ganz anders als der verblichene Schrock. Ihre Möbel waren zwar auch schlicht, aber alles war sauber und ordentlich. Hier und dort ein Blümchen, in einer Ecke Fotos von den Eltern.

Er stand auf und ging in die Küche, aber auch dort stand kein Fernseher. Vielleicht im Schlafzimmer? Manche Frauen sahen zum Einschlafen gern romantische Filme. Aber Gestöhne von dort verhinderte das, allerdings erheblich leiser als sonst. Die Leidenschaft bei den beiden schien zwar ein wenig heraus zu sein, aber mit Fernsehen würde es so schnell nichts werden.

Ihm fiel die 1. Gaardener HSV-Kneipe ein. Schnell kritzelte er auf einen kleinen Zettel, dass er noch Unterlagen vom Computer aus Schrocks Wohnung holen müsse, und dann machte er sich aus dem Staub. Er flog förmlich hoch zur Iltisstraße. Aus der Kneipe schallten ihm eingängige HSV-Lieder entgegen, die vertraut klangen.

Als er den Vorhang in der Eingangstür teilte, fiel ihm sofort Herbert um den Hals. »Olli, stell dir vor, der HSV hat sein Heimspiel gewonnen! Du hast vielleicht was verpasst. Wir haben alles am Fernseher live verfolgt, viel besser als im Stadion.«

Olli nickte und kämpfte sich freundlich grüßend zum Tresen durch, an dem auch Klaus saß. Bernie war nicht anwesend. Dann begann schon die Übertragung der Zusammenfassung vom Spiel.

Herbert gab seine Bestellung auf. »Mach schnell drei Doppelkorn, Andi!«

Olli verstand das: Drei Tore musste der HSV erzielt haben, für jedes einen Schnaps.

Die etwa 20 Gäste verteilten sich jetzt so im Schankraum, dass sie bestmögliche Sicht auf den Bildschirm hatten. Zwei angeschossene Fußballer vom TuS Gaarden mäkelten zwar die ganze Zeit am Aufbauspiel des HSV herum, aber das störte die anderen Gäste wenig, die sich mit Tunnelblick bemühten, dem Zusammenschnitt von der Partie zu folgen.

Andi servierte rechtzeitig zum Führungstor des HSV die Schnapsgläser und schenkte ein.

Auf einmal drängten drei angetrunkene Männer pöbelnd durch die Eingangstür der Kneipe.

Andi bereitete ihnen einen unfreundlichen Empfang. »Was wollt *ihr* denn hier, Stange? Uns die Stimmung kaputtmachen?«

Ein schmächtiger, schlanker Typ torkelte, mit einem Geldschein wedelnd, auf den Wirt zu. »Nein, keine Angst, Andi. Wir sind die größten HSV-Fans überhaupt. Gib einen Kasten Bier für meine Truppe, dann hast du Ruhe. Oder kannst du kein Bargeld gebrauchen?«

Andi strich zunächst den Geldschein ein und zeigte dann auf einen Tisch in der Ecke. Brav ließ sich der Typ dort mit seiner Truppe nieder. Wenig später hievte ihnen Andi einen Kasten Bier mit seinem Standardspruch auf den Tisch, der sich auf die Anordnung der 20 Bierflaschen bezog.

»Heute spielen wir mit fünf Viererketten. Aber denkt daran, meine Gäste wollen in Ruhe die Zusammenfassung vom heutigen Spieltag sehen. Fair bleiben, sonst gibt es was auf die Socken.«

Dieser Stange nickte zwar, aber man merkte, dass ihm die Ansage nicht schmeckte. Vermutlich wollte er aber nicht den Bierkasten für seine Kumpel in Gefahr bringen.

Andi zog ab, und die drei schrägen Typen zogen sich schnell die Biere hinein, die sicherlich nicht die ersten heute waren. Herbert schien die drei gut zu kennen, denn er brachte die Situation auf den Punkt.

»Ruhig bleiben, Olli. Das wird noch früh genug schieflaufen mit denen. Stange, Mauke und Herzog sind ganz unberechenbare Typen, das kannst du mir glauben. Spätestens, wenn das Bier alle ist. Aber wir sind zum Glück ja heute genug, um dagegenzuhalten.«

Mit der Ruhe war es bei Olli vorbei, denn die Namen kannte er allesamt von Stuhrs Erzählungen. Mit dieser Truppe war Stuhr also in die Prügelei geraten. Armes Schwein.

Hamburg gewann schließlich 3:1, und es erhob sich Applaus. Mit halbem Auge verfolgte Olli die anderen Bundesligaspiele, bis der Lärm unerträglich wurde, den die drei Lümmel am Nebentisch veranstalteten.

Einige der Gäste pöbelten laut zurück. Als das Spiel Bayern München gegen Schalke 04 angekündigt wurde, schaltete eine schlanke Hand den Bildschirm aus. Es war Stange, der sich breitbeinig unter dem Bildschirm aufstellte. »Satan. Ihr habt euren Spaß gehabt. Jetzt wollen wir unseren Spaß haben und in Ruhe einen nehmen!«

Die Lage wurde unübersichtlich, es entstand Unruhe. Jemand brüllte aus der Deckung: »Die Glotze wieder einschalten!«

Stange lachte die Nörgler aus. »Ihr Wichser. Seid ihr HSV-Fans oder was? Warum guckt ihr dann Bayern und Schalke? Müsst ihr unbedingt zusehen, wie Geld Tore schießt? Habt ihr keine Eier?«

Die Unruhe stieg. Aber Andi hatte einen praktikablen Vorschlag zur Güte. »Okay, dieses Spiel lassen wir aus, und dafür sehen wir uns das Pokalfinale gegen Lautern an. 1976, mit Rudi Kargus im Tor, ein echter Klassiker. Dann hast du deinen Willen gehabt und wir wieder unser Vergnügen.«

Stange prüfte den Vorschlag, was bei ihm eine gewisse Zeit dauerte. Schließlich gab er nach. »Satan, meinetwegen.«

Satan – das schien das Wort der Stunde in Gaarden zu sein. Herbert hatte ihm erzählt, dass Stange das sogar auf einer Kofferraumhaube eines Oldtimers eingeritzt haben sollte, allerdings falsch geschrieben, mit einem h in der ersten Silbe.

Langsam bewegte sich Stange wieder vom Fernseher auf seine Leute zu, aber sein Gang hatte etwas Aufreizendes. Es musste in ihm gären. Olli befand, dass das ein deutlicher Wink des Schicksals war zu verduften, bevor der Ärger richtig losging. Er legte einen Zehner auf den Tresen und verabschiedete sich mit einer resignierenden Handbewegung von Herbert und Klaus. Beim Vorbeigehen am Tresen nickte er Andi verschmitzt zu, und dann war er endlich draußen.

Kalt war es, aber die frische Luft hatte etwas Befreiendes. Olli hätte gern noch das eine oder andere Bierchen getrunken, aber die Stimmung war zu aggressiv. Er beschleunigte seinen Gang. Ach ja, er musste schnell noch in Schrocks Wohnung und das Computerhandbuch holen. Satan, das Wort würde er einmal eingeben, bevor er weiter versuchen würde, die Verschlüsselung zu knacken.

Das Geklirr erschreckte Olli. Ein Bierglas war durch die Scheibe der 1. Gaardener HSV-Kneipe geflogen. Jetzt ging der Budenzauber anscheinend richtig los.

BOXENSTOPP

Das Ticken seines billigen Plastikweckers hatte Maik Herder bislang noch nie gestört, dazu war er nach harten Nächten morgens zu breit. Und einen Grund, den Weckalarm zu aktivieren, hatte es für ihn in den letzten Jahren nicht gegeben.

Jetzt nervte ihn ein hässliches elektronisches Piepsen. Maik war schweißgebadet auf der Couch hochgefahren. Was hatte er nur für wirres Zeug geträumt? Die Qualität des Filmes, der während des Traumes in seinem Schädel abgelaufen war, war nicht die beste. Holgi stand übermächtig vor ihm, flimmernd in Schwarz-Weiß, wie früher in alten Röhrenfernsehern. Fordernd, herausfordernd. Holgi wusste immer alles besser, andererseits hatte der bis auf seine Alk-Versorgung nie etwas richtig auf die Reihe bekommen. Am Ende seines Traums war ihm Holgi unangenehm eng auf die Brust gekrochen und hatte ihn streng wie ein Adler mit seinen versoffenen blauen Augen ins Visier genommen. Der kalte, alkoholisierte Hauch seiner Stimme ließ ihn gefrieren.

»Warum denn nichts trinken, Maik? Ohne Alk, komm, das kann jeder. Nur einen noch. Du bist dran. Gib einen aus!«

Er wollte keinen mehr für Holgi ausgeben, weil die Gelage mit ihm immer im Chaos endeten. Maik schloss die Augen kurz, aber er fiel bereits in den nächsten

Traum. Ihm erschien dieses furchtbare orangefarbene Logo der Agentur für Arbeit, ein riesiges erleuchtetes »A« aus den 80ern, welches sich bedenklich weit zu ihm herunterneigte. Von dem herabstürzenden Logo wollte er nicht erschlagen werden. Er wollte überhaupt nicht sterben, er wollte leben. Gut leben.

Wieder schreckte er hoch und rieb sich die Augen. Vermutlich strapazierte ihn der ganze Stress zu sehr, denn eigentlich funktionierte er gut in der Gesellschaft. Immer wenn das Job-Center etwas von ihm wollten, war er zur Stelle. Gut, manchmal schwankte er noch oder sah nach Holstein-Spielen ein wenig lädiert aus. Das Leben formte einen eben.

Es schellte laut an seiner Tür. Maik verfluchte ansonsten seine Klingel, aber jetzt sprang er auf und rannte hinunter. Es musste Mozart sein. Endlich wurde es ernst.

Mozart blickte ihn aus seinem alten cremefarbenen BMW freundlich an und wies mit einer Hand auf die Hintertür, weil Peking mit grimmigem Gesicht auf dem Beifahrersitz saß. Maik nahm hinten auf der kalten hellbraunen Kunstlederbank Platz. Vom Fahrersitz schob ihm Mozart seine behaarte Hand entgegen, die er kräftig drückte. Dann tadelte er Peking: »Nun gib dem Maik schon die Hand.«

Aber Peking maulte zurück: »Nichts gegen Maik, der ist in Ordnung. Aber es ist einer mehr, durch den geteilt werden muss.«

Verständnislos schüttelte Mozart den Kopf. »Wir haben immer schon durch fünf geteilt. Was ist nur los mit dir?«

Maik runzelte die Stirn, denn er kam mit sich, Peking, Mozart und vermutlich dem Revierleiter nur auf vier Personen.

Mozart setzte nach. »Wir brauchen den Maik. Keiner wechselt die Reifen so schnell und blitzsauber wie er. Und vergiss nicht, als wir letzte Woche einmal einer weniger waren, da wären wir fast aufgeflogen, weil alles so lange gedauert hat. Wir haben es nur geschafft, weil die vielen Polizeiwagen die Wachleute abgelenkt haben.«

Maik fiel es wie Schuppen von den Augen. Klar, das war vermutlich bei seiner Flucht mit Jupp für den Revierleiter eine günstige Gelegenheit, um den überlangen Aufenthalt bei den Containern auf dem Fährgelände zu kaschieren. Wer weiß, vielleicht hatte Jupp damals im Parkhaus bereits den Revierleiter im Visier? Warum sollte sich Jupp sonst dort herumtreiben?

Maik wurde durch Pekings Hand erschreckt, die sich ihm unerwartet entgegenstreckte. »Nichts für ungut, Maik. Auf gute Zusammenarbeit.«

Maik drückte auch diese kräftige Hand. Mozarts zufriedener Gesichtsausdruck im Rückspiegel verriet, dass er trotz mancher Wutausbrüche tief im Innersten offensichtlich ein Harmoniemensch war.

Mit leichten Handbewegungen lenkte Mozart seine alte Dame, die in jeder Kurve wie ein Schiff schaukelte, auf die Werftstraße. Gegenüber dem Fährterminal lenkte er das Fahrzeug auf ein kleines Betriebsgelände, das früher einmal eine Tankstelle beherbergt hatte. Jetzt stand oben auf dem Reklameschild »Simplex Im- und Export«, und die dahintergepinselten Karossen verwiesen darauf, dass es offensichtlich ein Autohandel war. Allerdings konnte der nicht allzu schwunghaft sein, denn weitere Fahrzeuge konnte Maik auf dem Gelände nicht entdecken.

Sie stiegen aus und begaben sich zur Rückseite des Gebäudes. Mozart klopfte viermal gegen ein Tor, welches sich daraufhin nach oben hin aufrollte. Dahinter stand grinsend der Revierleiter Linke. Er gab ihnen kurz die Hand und wies Peking und ihn an, seinen Bulli durch die Schiebetür an der Seite zu betreten. Zwei große Räder lagen auf dem Boden. Die Vorderreifen von einem Gabelstapler, vermutete Maik. Mühselig stiegen sie ein. Linke wies sie an, sich zu ducken. Dann schob Mozart von außen die Tür zu.

Der Revierleiter setzte seinen Bulli in Gang. Nach einer kurzen Fahrt auf der Werftstraße bog er zum Fährgelände ab. An den hochgereckten Schranken konnte Maik erkennen, dass sie gerade die Wachen passierten.

»Kleine Kontrollfahrt, wie immer. Reine Routine!«, rief ihnen Linke kurz zu. Dann schloss er sein Seitenfenster wieder.

Dieser Linke musste Nerven wie Drahtseile haben, wie er sie auf die Fähranlage schmuggelte. Er schlängelte den Bulli durch Schleppwagen und Container. Dann stoppte er und verließ den Wagen. Er hantierte draußen herum und öffnete die Seitentür. Der Bulli stand genau vor einem geöffneten Container, in dem ein Gabelstapler festgezurrt war.

»Zeit für einen Reifenwechsel. Jeder nimmt sich einen. Raus jetzt, schnell!«

Maik richtete das oben liegende Rad auf und rollte es in den Container hinein, und Peking tat es ihm mit dem zweiten Rad nach. Linke wuchtete noch einen kleinen Handhubwagen, der unter den Rädern verborgen lag, in den Container. Er schien sehr schwer zu sein, denn er konnte nur mühsam Anweisungen aus seinem Mund pressen.

»Sieben Minuten, auf die Sekunde. Seht zu.« Dann zog Linke die offenen Flügel des Containers wieder zu und fuhr mit dem Bulli weg.

Maik wurde zunächst von den Scheinwerfern des Gabelstaplers geblendet, die Peking anstellte. Dann hastete der Kerl zu den Halteseilen und löste sie von der Vorderachse. Er bugsierte den Hubwagen unter das Vorderteil des Gabelstaplers und begann kraftvoll, den Hebel abwechselnd hoch- und niederzudrücken. Allmählich hoben sich die Vorderräder vom Boden des Containers. Peking nickte Maik schweißgebadet zu.

»Wollen wir mal sehen, was du kannst. Keine sechs Minuten mehr.«

Maik nahm das große Radkreuz fest in die Hand. Zum Glück war der Gabelstapler ein nagelneues Fahrzeug, und die Radmuttern ließen sich gut lösen. Maik zog schnell das Rad ab. Peking half ihm, das neue hochzuwuchten, denn es war bedeutend schwerer. Wieder ließ Maik das Radkreuz wirbeln.

Dann ging es auf die andere Seite, und das Spiel wiederholte sich. Schließlich ließ Peking den Hubwagen herunterzischen und fixierte den Gabelstapler wieder mit den Halteseilen. Der Job im Container war beendet.

Peking blickte auf seine Uhr. »Keine fünf Minuten, Maik. Rekord! Du bist der Beste.«

Sie packten schnell die abgezogenen Räder und den Hubwagen an die Containertür und lauschten gespannt auf Geräusche von draußen. Maik war klar, dass sich irgendetwas in den aufgezogenen Rädern befinden musste. Sicherlich keine Edelsteine oder Gold, das würde klimpern oder andere Geräusche verursachen. Es musste ein weicher Stoff sein, der sich der runden Wölbung der Reifen anpassen konnte.

Drogen? Das wäre eine mögliche Erklärung, aber vorstellen konnte er es sich nicht, weil man dazu sehr viel Geld benötigte. Zudem mussten die Leute von einem anderen Kaliber als Mozart und Peking sein, das hatte er schon als kleiner Dealer mitbekommen. Dem Revierleiter war das eher zuzutrauen, aber nach Geld roch der auch nicht. Egal, er würde nicht fragen. Bis jetzt hatte er nur Reifen gewechselt, und das war nicht strafbar.

Endlich näherte sich wieder das vertraute Motorengeräusch vom Bulli, und wenig später wurden die Containertüren geöffnet. Peking hielt den Daumen hoch als Zeichen für den Revierleiter, dass alles reibungslos geklappt hatte. Sie verfrachteten den Hubwagen und die abgezogenen Räder in den Bulli und kletterten hinterher.

In aller Seelenruhe kurvte Linke zur Einfahrt des Fährterminals zurück. Er grüßte die Wachen nochmals kurz, und dann waren sie aus dem Gelände heraus.

In diesem Moment erreichte ein Funkspruch den Revierleiter. »Achtung, Möwe 52. Mord an einem Taxifahrer auf dem Parkplatz vor dem Werftparktheater, Einfahrt vom Ostring her. Fahrzeug und Opfer wurden soeben entdeckt. Der Täter ist flüchtig. Personenbeschreibung folgt in Kürze.«

Das schmeckte Linke überhaupt nicht. Wütend schlug er mit der flachen Hand heftig auf das Lenkrad. Dann riss er sich zusammen und antwortete förmlich:»Verstanden, ich fahre sofort dorthin.«

Er machte aber keinerlei Anzeichen, das Blaulicht einzuschalten, sondern fuhr zunächst zur Werkstatt zurück und stoppte neben Mozarts altem BMW. Der kam sofort herausgesprungen.

»Ist etwas schiefgelaufen?«

»Nein. Aber du musst das heute machen, Mozart. Ein Mord an einem Taxifahrer im Werftpark. Ich muss schnell zum Tatort. Wir sehen uns morgen zur gleichen Zeit wie heute.«

Linke übergab ihm ein Paket. »Pass gut darauf auf und mach bloß keinen Scheiß!«

Kopfnickend öffnete Mozart den Kofferraum seiner alten Dame, damit Maik und Peking die Räder umladen konnten. Dann legte er das Paket dazu und schloss vorsichtig den Kofferraumdeckel.

Linke grüßte noch einmal kurz und setzte dann rückwärts in die Werftstraße zurück. Erst als der Bulli wieder Fahrt aufgenommen hatte, stellte Linke Blaulicht und Sirene an.

Als Erster fand Mozart die Sprache wieder. »Taximord. So ein Quatsch, wegen ein paar Taler jemanden umzunieten. Na ja, wenigstens dieses Mal haben wir ein Alibi.«

Richtig, folgerte Maik. Ein Alibi hatten sie, nur erzählen durften sie es vermutlich niemandem.

DEUTSCHSTUNDE

Für Stuhr war es ein schönes Gefühl, die schlummernde Katja in seinem Arm zu halten. Zumal er sich in ihrer kleinen Wohnung geborgen fühlte. In Jennys großbürgerlicher Hamburger Wohnung kam er sich dagegen manchmal eher wie ein Fremdkörper vor.

Gut, vielleicht hatte er Katja gestern ein wenig überfordert mit seinem Geständnis, aber er konnte sie über seinen Auftrag nicht länger im Unklaren lassen. Er wollte ihr noch sagen, dass sie ihm wichtiger als Kommissar Hansens Auftrag war, aber so weit war es nicht mehr gekommen.

Entspannt starrte er nach oben. Das Licht der Straßenlaterne zeichnete den Schatten des Fensterkreuzes an die Zimmerdecke. Plötzlich klingelte es Sturm. Stuhr fuhr hoch, und Katja drehte sich unruhig weg.

Wer war das? Mozart vielleicht? Oder irgendein anderer Verflossener von Katja? Man würde sehen. Dann kehrte wieder Ruhe ein. Stuhr wollte sich gerade entspannt an Katja kuscheln, als es im Stakkato klingelte.

Verärgert sprang Stuhr aus dem Bett und rannte im Unterhemd zur Wohnungstür. Schnell drückte er den Summer, damit Katja weiterschlafen konnte. Er hörte, wie jemand das Treppenhaus hochstürmte. Vorsichtig öffnete er die Tür und wollte hinauslugen, aber in diesem Moment wurde sie ihm bereits schmerzhaft an den Kopf gestoßen.

Stuhr ging kurz zu Boden. Das Gesicht, das sich besorgt über ihn beugte, war ihm vertraut. Es war Olli.

»Tut mir leid, Stuhr, das war keine Absicht. Ich glaube, ich habe die Lösung des Falles gefunden.«

Er hielt Stuhr die Rückseite des Bedienungshandbuches des Computers dicht vor die Augen. »Dort steht das Passwort geschrieben: ›Satan‹!«

Stuhr sah jedoch nur hüpfende Buchstaben.

Katja kam verschlafen aus dem Schlafzimmer in den Flur und dämpfte Ollis Euphorie. »Vergiss es, Olli. ›Satan‹ habe ich mindestens dreimal versucht. Groß- und Kleinschreibung, alles, aber keine Chance.«

Dann beugte sie sich zu Stuhr herunter und half ihm wieder auf die Beine. »Helge, was machst du bloß für Sachen, wenn ich einmal eine Minute nicht bei dir bin?«

Ihr Kuss hauchte ihm wieder Leben ein.

Olli rannte in das Wohnzimmer und schaltete den Alien-Computer an. »Mensch oder Maschine. Passt auf, gleich werde ich den Kasten knacken. Ich habe im Glossar der Verschlüsselungssoftware recherchiert. Das Passwort erfordert mindestens sechs Buchstaben.«

Wie gewohnt erschien die Aufforderung zur Passworteingabe.

»›Satan‹ enthält aber nur fünf Buchstaben«, entgegnete Katja.

»Richtig. Aber schau dir dieses Wort an, das hinten im Benutzerhandbuch vermutlich von Jöllen handschriftlich eingetragen wurde. ›Sahtan‹ mit h vor dem t. Kommt, wir versuchen es damit.«

Er gab das Passwort ein, und das Betriebssystem des Rechners fuhr endlich hoch. Olli ballte die Faust zum Monitor. »Habe ich dich endlich geknackt, du elendes Miststück.«

Olli genoss seinen Triumph und begann, die Festplatte zu durchstöbern. Ab und zu gab er kurze Hinweise zu seinem Tun. Die Liebe von Jöllen zu seiner Partei war schon erstaunlich, denn wo andere geklaute Musik- und Schmuddeldateien horteten, da hatte Jöllen fein ordentlich in einem mächtigen Verzeichnisbaum Informationen seine Partei betreffend abgelegt. Es dauerte etwas, bis Olli schließlich in dem Verzeichnis »Dossiers« das Unterverzeichnis »Gaarden« fand, welches in drei Kategorien unterteilt war: Deutsche, Türken, Revier. Olli klickte das erste Verzeichnis an, und dort fand er sie alle: Herder, Schrock, Stange und neben anderen auch Mozart und Peking.

Olli zeigte mit dem Finger auf Mozarts Verzeichnis, aber Katja schüttelte den Kopf. Stattdessen zeigte sie auf das Verzeichnis von Holgi. Es war Olli klar, dass Katja in vielen Dokumenten vorkommen würde.

So wechselte Olli zunächst in Schrocks Ordner. »He, das ist ja der helle Wahnsinn, es befinden sich über 70 Dokumente im Verzeichnis, alle im Abstand von etwa 14 Tagen abgelegt. Mein Gott, der Jöllen scheint fast drei Jahre lang den Schrock belauscht zu haben, um Berichte für seine Partei zu verfassen.«

Stuhr interessierte zunächst aber nur der letzte Eintrag. Olli klickte die Datei an, und ein fünf Seiten langes Papier erschien auf dem Bildschirm. Zu dritt begannen sie gespannt, das Dokument zu lesen.

Jöllen hatte darin vom letzten Treffen mit Holger berichtet. Kurz vor seinem Tod hatte der ihn aufgesucht, weil er blank war und Durst hatte. Nach dem vierten Bier begann er zu erzählen, dass er gemeinsam mit Mozart und Peking über das Fährterminal Schmuggelware bringen sollte. In den Vorderreifen von Gabelstaplern, die mit der Fähre nach Norwegen exportiert wurden.

Trotz seines chronischen Geldmangels hatte Schrock Angst vor krummen Touren, und er traute sich den Knochenjob nicht zu. Jöllen hatte von sich aus dazu geschrieben, dass Schrock einen ziemlich klapprigen Eindruck gemacht hatte und dass ihm kaum mehr als das Heben einer Bierflasche zuzumuten war. In seine Wohnung hatte sich Holgi seit der Ablehnung des Jobs nicht mehr getraut, denn Mozart und Peking schienen davon auszugehen, dass er sie verpfeifen würde.

Schrock war zum Schluss anscheinend alles egal. Solange er noch Alk hatte, würde er weitertrinken, und wenn kein Zeugs mehr da wäre, dann würde er ein Fanal setzen, drohte er. Er könnte dadurch auf die Machenschaften in Gaarden hinweisen, ohne jemanden zu verpfeifen. Die Möglichkeit eines Freitods zog Jöllen aber nicht in Betracht. Abschließend wies der Kölner in seinem Bericht darauf hin, dass die Türken in Gaarden relativ dicht am Norwegenterminal operierten, wenngleich der hermetisch abgeriegelt und bewacht wurde. Menschen wie Mozart und Peking würden dort sofort auffallen, und einer wie Holgi erst recht. Jöllen spekulierte darüber, dass es einen Verbindungsmann geben müsse, durch den die Schmuggler unbemerkt an die Container gelangen könnten. Jöllen tippte auf den Revierleiter Linke, weil er den unlängst auf dem Fährgelände neben Mozart hatte stehen sehen.

»Schnitt.« Olli sprang auf und eilte im Laufschritt zur Toilette.

Stuhr goss in der Küche schnell drei Becher mit heißem Kaffee auf und balancierte sie ins Wohnzimmer.

Katja räumte Tastatur und Maus beiseite. Ungewollt fegte sie dabei das Betriebshandbuch vom Tisch. Sie hob es schnell auf, ebenso den Zettel, der herausgefallen war. Sie wurde leichenblass.

»Das gibt es nicht. Peking muss den Jupp umgebracht haben!«

Stuhr sah sie verwundert an. »Peking? Wie kommst du ausgerechnet auf den?«

Olli kehrte zurück.

Katja zeigte beiden den herausgefallenen Zettel. »Weil das auf der Quittung steht. Peking war der Vorbesitzer des Computers. Sieh nur, der Händler hat das ordnungsgemäß eingetragen.« Katja zeigte auf den Namen.

Olli lachte. »Quatsch, kannst du nicht lesen, Katja? Der Vorbesitzer heißt Peter König. Wer weiß, ob es eine solche Person überhaupt gibt. Ich habe den Namen noch nie gehört.«

Die Miene von Katja wurde tadelnd. »Die Person gibt es, Olli, denn Peter König, das ist Peking. ›Pe‹ als Abkürzung des Vornamens und ›king‹ als englische Übersetzung für König. Den Spitznamen hat er von uns schon auf der Schule verpasst bekommen.«

Stuhr staunte. Das änderte schlagartig die Situation. Wie sollte jemand in den Besitz dieses Computers gekommen sein, ohne Jöllen abzumurksen und ihm die Schlüssel abzunehmen? Aber war das nicht eine Frage für die Kieler Polizei?

FRONTWECHSEL

Obwohl Mozart spielerisch mit leichten Lenkbewegungen seinen schweren alten BMW gefühlvoll in das Karlstal einlenkte, fühlte sich Maik äußerst unbehaglich. Was sie abzogen, war von einem anderen Kaliber als die Diebstähle und Prügeleien, die sein Führungszeugnis bisher zierten.

Als Mozart beim »Friesenhof« in die Kaiserstraße einbog, wurde seine alte Dame unsanft vom Kopfsteinpflaster durchgerüttelt. Er bremste unerwartet hart, was die Reifen zum Quietschen brachte. Als Maik gegen das kalte Leder des Vordersitzes geworfen wurde, huschte vor ihnen eine Gestalt wie ein flüchtender Rehbock über die Straße.

»Stange!«, brüllte Mozart wütend und drehte sich zurück, um ihn im Rückwärtsgang zu verfolgen. Aber Peking blockierte mit seinem harten Griff den Getriebe-Schaltknüppel.

»Nix da, Mozart. Erst die Arbeit und dann das Vergnügen. Schau mal, da vorn.«

Vom Ende der Straße näherte sich ihnen mit hoher Geschwindigkeit ein Fahrzeug mit Blaulicht. Peking wies Mozart brüllend an, sofort weiterzufahren.

Fluchend trat Mozart auf das Gaspedal und bog in die Medusastraße ein. »Stange, dieser Misthund. Irgendwann kriege ich diesen lebenden Scheißehaufen in meine Finger!«

Maik hatte Stange nicht erkannt, alles ging viel zu schnell. Aber als er sich umdrehte, erkannte er seinen ehemaligen Kumpanen an der Art und Weise, wie er früher bei Prügeleien Fersengeld gegeben hatte, wenn er Schiss bekam. Es war eindeutig, Stange befand sich auf der Flucht.

Aber warum hetzte er durch Gaarden? Um diese Zeit lag er ansonsten abgefüllt in irgendeiner Ecke. Kam Stange etwa aus dem Werftpark, wo der Taxifahrer ermordet worden war? Jagte ihn der Polizeiwagen?

Im nächsten Moment flog Maik auf die andere Seite der Rückbank. Mozart hatte seinen BMW mit einem harten Einschlag in eine enge Einfahrt am Vinetaplatz hineingeprügelt und bremste hart auf einem kleinen Gewerbehof. Wie von Zauberhand öffnete sich das Tor einer Im- und Exportfirma, die »Ümport« hieß, wie dem Firmenschild zu entnehmen war.

Behutsam bugsierte Mozart seine alte Dame durch das enge Tor, welches umgehend hinter ihm geschlossen wurde. Maik sah sich um, aber in dem trübe beleuchteten Lagerraum befand sich neben verschiedenen unsortiert herumliegenden Reifen nur ein leergefegter Schreibtisch, was nicht gerade auf einen überbordenden Handel hinwies. Die heruntergelassenen Jalousien des Fensters waren dicht gezogen.

Mozart wischte sich den Schweiß von der Stirn und gab Entwarnung. »Wir haben es geschafft.«

Sie stiegen aus dem Fahrzeug.

Eine Feuerschutztür gegenüber dem Tor öffnete sich,

und zum Erstaunen von Maik erschien der hagere türkische Besitzer des An- und Verkaufsladens, bei dem er seine Landser-Hefte bezog. In der einen Hand hielt er die Fernbedienung für das Rolltor, und mit der anderen Hand grüßte er knapp die Besucher.

Erst auf den zweiten Blick erkannte der Türke Maik. »Ah, schon wieder ein neuer Mitarbeiter. Heute keine Lesestunde?«

Maik schüttelte den Kopf, was sollte er groß sagen? Eine Antwort schien der Besitzer auch nicht zu erwarten, denn er wandte sich Mozart zu.

»Hat alles geklappt?«

Mozart nickte. »Ja, aber viel Rindfleisch auf den Straßen. Die Bullen sind hochgeschreckt wegen des Taximords am Werftpark.«

Der Türke nickte. »Schon gehört. Unangenehme Geschichte. Wir werden darüber reden müssen.«

Mozart ging kurz zurück zu seinem Fahrzeug und kehrte mit einem dicken Paket mit grünen Geldscheinen zurück, eingewickelt in Klarsichtfolie. Offensichtlich 100-Euro-Scheine. »Morgen das Gleiche noch mal?«

Der Türke zögerte. »Mal sehen.«

Mozart blieb das Zögern nicht unbemerkt und begann zu fisteln. »Es ist Weihnachtsgeschäft, Ümet. Die Norweger und Schweden decken sich für die Zeit zwischen den Jahren ein. Die haben das gleiche Grauen vor dem Weihnachtsfest wie wir, dazu noch die Dunkelheit. Das lohnt sich für uns alle. Hier, Ümet, wie immer.«

Mit einem gewinnenden Lächeln überreichte Mozart das Paket dem türkischen Ladenbesitzer.

Ümet! Jetzt erst verstand Maik die Zusammensetzung des Schriftzugs »Ümport« auf dem Firmenschild.

Der Türke legte das Geldpaket auf eine elektronische Waage. In irgendeinem Film hatte Maik mitbekommen, dass beim Rauschgifthandel aus Zeitersparnis größere Geldmengen gewogen wurden, weil das schneller ging.

Ümet nickte zwar, aber zufrieden schien er nicht zu sein. »Es reicht nicht ganz.«

Erstaunt sah ihn Mozart an. »Wieso reicht das nicht? Es ist die vereinbarte Summe, wie immer.«

Der Türke präzisierte sein Anliegen. »Es reichte bisher, aber jetzt nicht mehr. Nicht ich mache die Preise. Die Ansprüche auf dem Balkan steigen. Die Kosten explodieren, zudem ist die Route gefährlicher geworden. Europol wird zu einer echten Gefahr für den gesamten Ost-West-Handel. Allein letzte Woche habe ich zwei Mann verloren. Die Balkanroute ist zu einer regelrechten Todesroute geworden. Leichen pflastern die Wege.«

Mozart hob wehrlos die Hände. »Ich habe nicht mehr Kohle, und heute bekomme ich auch keine mehr. Die Todesroute ist dein Problem, Ümet. Im Übrigen haben auch wir unsere Risiken. Und bedenke: Geld ist nicht alles.«

Ausdruckslos musterte ihn Ümet. »Du willst mir drohen, Mozart? Wo ist Linke? Ich will nicht mit dem Hausmeister reden, ich will den Boss sprechen.«

Der Schweiß stieg Mozart auf die Stirn. »Ich schwöre bei Allah, Ümet, drohen wollte ich nicht. Ich wollte nur sagen, dass auch andere lokale Größen für Polizeischutz in Gaarden eine Masse Knete auf den Tisch legen würden. Linke ist zurzeit gerade im Einsatz fürs deutsche Vaterland. Sein anderer Job, der Taxichord. Dienst geht bei deutschen Beamten nun mal vor.«

Ümets Miene blieb finster. »Ja, die deutschen Beamten. Eine Kaste für sich. Sag Linke, dass ich ihn unbedingt sehen will. Wir müssen die Preise für den Transport auf der Balkanroute neu verhandeln, ansonsten ist hier in Kiel Endstation für eure Geschäfte an der Ostsee.«

Das Unbehagen war Mozart anzusehen. »Aber der Preis war fest abgemacht.«

Der Türke fertigte ihn mit einer verächtlichen Handbewegung ab. »Quatsch, ›abgemacht‹. Ihr zahlt einfach immer den gleichen Preis, ohne euch um mein Risiko zu kümmern. Das ist wie an der Börse, und im Augenblick ist es schwer, an gute …«

Er unterbrach seinen Satz. Vermutlich befand er es für sinnvoller, mit dem Revierleiter zu feilschen, denn aus Mozart würde heute nicht mehr Geld herauszupressen sein. Vielleicht wollte er auch nicht, dass Maik als Neuling zu viel mitbekam.

Jedenfalls entspannte der Türke die Situation. »Ganz ruhig, Mozart. Ich habe ja nicht gesagt, dass ich jetzt mehr Geld haben will. Als Ehrenmann bin ich euch wohlgesonnen, und so nehme ich heute ein letztes Mal noch diese Geldlieferung an. Aber wenn ich nächstes Mal nicht mehr bekomme, dann bin ich gezwungen, mir andere Geschäftspartner zu suchen. Hafenstädte gibt es schließlich genug an der Ostsee. Im Übrigen sind in ganz Skandinavien in der letzten Zeit die Abnehmerpreise erheblich gestiegen. Wir alle müssen sehen, wie wir über die Runden kommen.«

Erleichtert wischte sich Mozart den Schweiß von der Stirn. Ümet zeigte auf eine Stahlluke im Fußboden. Maik kniete sich sofort hin. Der Deckel war zwar unverschlossen, aber schwer zu öffnen. Peking half ihm dabei, sie aufzuziehen. Der kleine Hohlraum, der sich darunter auftat, war durch zwei Räder ausgefüllt, welche wie die in Mozarts Kofferraum aussahen.

Maik verstand, dass jetzt getauscht werden sollte. Folgerichtig waren die Räder in der Luke recht schwer, und es wurde eine mühselige Angelegenheit, sie gemeinsam mit Peking herauszufischen.

Ümet hatte inzwischen eine große Waage unter dem Schreibtisch hervorgezogen, auf die Maik das erste Rad vorsichtig legen musste.

Der Türke wies auf die Anzeige. »Fünf Kilo mehr, siehst du?«

Mozart nickte. Nun war Maik endgültig klar, dass er sich inmitten eines gewaltigen Drogendeals befand. Die Situation war unwirklich. Jahrelang hatte er hier seine Landser-Hefte gekauft und sich insgeheim über den hageren Türken amüsiert, der diesen antiquierten Tauschhandel betrieb. Nun stellte ausgerechnet der sich als abgebrühter Drahtzieher im Drogenhandel nach Skandinavien heraus. Selbst gegenüber Mozart hatte er die Hosen an.

Gemeinsam mit Peking rollte Maik die schweren Räder zu Mozarts BMW. Quietschend öffnete sich der Kofferraum der alten Dame, und die Räder wurden ausgetauscht.

Das alte Telefon auf dem Schreibtisch klingelte. Lässig nahm Ümet den Hörer ab. Sein Blick wurde finster, aber er sagte nichts. Dann knallte er den Hörer auf die Gabel und ging forsch auf Maik zu.

»Du Misthund, deine Gang macht unser gesamtes Geschäft kaputt. Der Tote im Taxi ist Özmir vom Taxenbetrieb nebenan. Dein Kollege Stange soll ihn vor einer halben Stunde kaltgemacht haben. Özmirs Bruder verlangt Rache von mir.«

Mozart drängte sich dazwischen. »Vorsicht, Ümet! Finger weg von Maik, das ist unser bester Mann. Er hat die Seiten gewechselt. Mit den anderen von seiner ehemaligen Gang könnt ihr machen, was ihr wollt.«

Ümet spuckte verächtlich auf den Boden. »Die anderen? Du bist verrückt, Mozart. Wir verhandeln über Hunderttausende, und diese Idioten ruinieren wegen ein paar Euro unsere Geschäfte. Es wird in Gaarden bald von Polizei nur so wimmeln.«

Erstaunlicherweise machte sich nun Peking für Maik gerade, indem er sich breitbeinig hinter ihm aufstellte und die Hand öffnete. »Ich bekomme noch einen Hunderter von dir, Ümet. Für den Computer.«

Ümet zog als Antwort seine Pistole und richtete sie zunächst auf Maik, bis er über Peking auf den Kopf von Mozart schwenkte. Der Blick in die Mündung stellte die Verhältnisse klar. Es wurde nicht mehr verhandelt.

»Sagt Linke, dass das heute unser letzter Deal war. Ihr habt es vermasselt. Verpisst euch.«

Ihnen blieb nichts anderes übrig, als in den BMW einzusteigen. Maik konnte ausgerechnet in diesem Augenblick manche Situation in den Landser-Heften gut nachfühlen. Durfte man sich auf die Schonung durch den Gegner verlassen? Andererseits hatte er gelesen, dass eine Schusssalve zwischen Genick und Rücken einen schnellen Tod bereitete.

Die Stille, die sich zwischen Ümets gezückter Knarre und ihnen bis zum Einstieg in den BMW verbreitete, war atemberaubend. Wie bei einem Agentenaustausch im Kalten Krieg, bei dem man nie wusste, ob nicht ein Verrückter durchdrehte und doch noch schoss.

Nach einer endlosen Zeit saß Maik schlotternd auf der Rückbank im Bauch von Mozarts alter Dame. Es war unglaublich, er hatte noch keinen Cent in der Hand und schon ging der Arsch auf Grundeis. Das war alles zwei Nummern zu groß für ihn.

Endlich hob sich das Garagentor wieder. Nein, noch mal würde Maik nicht für Linke einen Job erledigen. Vielleicht sollte er es besser wieder mit ehrlicher Arbeit versuchen. Irgendwo bei einem richtigen Reifenhandel.

Mozart schien auch Schiss zu haben, denn er setzte mit aufheulendem Motor zurück, um im Garagenhof schnell zu drehen. Dann jagte er mit aufgeblendeten Scheinwerfern auf die Ausfahrt zu. Erst im letzten Moment konnte Mozart seine alte Dame vor einem riesigen Gefährt in der

Einfahrt stoppen, das schlagartig mit einem Scheinwerfer den gesamten Garagenhof in gleißendes Licht tauchte.

Peking hob sofort die Hände, und wenn der Profi das tat, dann musste die Lage aussichtslos sein. Maik tat es ihm nach.

Im nächsten Moment seilten sich Uniformierte in Kampfanzügen vom Dach des Lagerhauses herunter und stürmten es. Laute Kommandos fielen, bevor nach wenigen Schüssen Ruhe herrschte. Aus dem Fahrzeug in der Einfahrt sprangen jetzt Uniformierte mit gezogenen Maschinenpistolen und näherten sich Mozarts Fahrzeug.

»Aussteigen und schräg mit beiden Händen an die Wand lehnen!«, lautete der Befehl.

Was blieb Maik übrig? Als die Handschellen um seine Arme klickten, löste ein knapper Ruf die angespannte Stimmung auf.

»Sicherheit hergestellt!«

Wenig später schlurfte ein älterer Mann zu ihnen auf den Hof und stellte sich vor. »Gestatten, Hansen. Kommissar Hansen von der Kieler Kripo. Meine Herren, ich sehe, Sie wollen verreisen. Irgendetwas zu verzollen?«

Treuherzig schüttelte Mozart den Kopf. »Nein, wir sind nur zu Besuch.«

»Auch nicht im Kofferraum Ihres Fahrzeugs?«

Jetzt schwieg Mozart. Das Spiel war endgültig aus.

Der Kommissar wurde nicht unfreundlich. »Besuche zwischen Menschen sind grundsätzlich nützlich. Mit an Sicherheit grenzender Wahrscheinlichkeit wird Ihr Gastgeber aber in fremde Gefilde umziehen müssen. Vater Staat wird zukünftig für ihn sorgen.«

Neugierig fragte Mozart nach: »Vater Staat? Das ist interessant. Welcher Staat denn?«

Hansen blieb freundlich. »Die Völkergemeinschaft streitet noch darum, Ümet aufnehmen zu dürfen. Ein äußerst begehrter Mann. Ich dagegen kann Ihnen drei warme Plätze im Hotel Faesch anbieten. Einverstanden?«

Hotel Faesch? Das Kieler Gefängnis? Nein, da wollte Maik nicht wieder hin. Der Kommissar, der gefiel ihm, auch wenn der auf der anderen Seite stand.

Maik war unschlüssig, ob er besser nicht nochmals die Fronten wechseln sollte.

SPIELENDE

Stuhr hätte Olli erschlagen können, als er morgens um sechs Uhr mit seinem Handy vor Katjas Bett stand.

»Es ist der Kommissar. Er will dich sprechen.«

Stuhr fuhr hoch. »Welcher Kommissar?«

Olli übergab ihm das Gerät. Unbewusst nahm Stuhr im Bett Haltung an, als er Hansens Stimme aus dem Hörer quäken hörte.

»Verdammt noch mal, Stuhr. Wo steckst du? Wir wollten dich gestern Abend aus Schrocks Wohnung herausholen. Du bist in Gefahr! Es hat sich einiges in den letzten Stunden getan.«

Endlich. Es tat gut, mit Kommissar Hansen zu sprechen. »Hansen, Mensch, wo hast du nur gesteckt? Wir haben gestern Abend Jöllens Computer geknackt. Wir können den Fall jetzt lösen.«

Hansen brach aber nicht in Jubelschreie aus. »Komm runter, Stuhr. Wir haben den Fall bereits gelöst. Mozart und Peking sind verhaftet. Maik Herder auch. Gestern Abend haben wir das Trio auf frischer Tat in einem Hinterhof in Gaarden erwischt. Drogenhandel. Aber die Situation hat sich verändert. Es ist für dich gefährlich geworden, und deswegen müsst ihr so schnell wie möglich aus Gaarden heraus.«

»Mensch, Hansen. Du hast mich hängen lassen. Deine Frau hat dich völlig abgeschottet.«

Der Kommissar antwortete zerknirscht: »Ja, ich weiß, sie hat es wieder einmal zu gut mit mir gemeint. Ich habe das gestern Abend gründlich ihr gegenüber thematisiert. Andererseits hätte ich nicht viel bewegen können, denn ich habe mit hohem Fieber flachgelegen. Tut mir leid.«

»Hab ich doch geahnt, Hansen. Das afrikanische Zeckenbissfieber.«

Der Kommissar am anderen Ende der Leitung lachte laut. »Nicht ganz, aber geschlaucht hat es schon. Was macht Olli denn bei dir?«

»Ohne Olli wäre ich in Gaarden nicht weitergekommen. Er hat mir bei den Ermittlungen geholfen.«

Das erstaunte den Kommissar. »Freiwillig? So selbstlos kenne ich deinen Freund gar nicht. Womit hast du ihn bestochen, dass du ihn nach Gaarden locken konntest?«

Stuhr überging die Einlassung. »Hansen, was ist nur bei euch in der Polizeidirektion los? Von dem Konto konnte ich kein Geld abheben. Deine Kollegen waren allesamt ausgeflogen, und deinen Polizeidirektor wollte ich deswegen nicht belästigen.«

Hansen lachte. »Das war auch besser so. Die Kollegen sind im Weihnachtsurlaub, und Magnussen hat von alldem nichts gewusst.«

»Nichts gewusst?«

»Ja, wir beide hatten vereinbart, dass nur ich davon wissen sollte. Also habe ich mit deinem Ausweis ein Konto angelegt. Das Geld stammt aus meiner Privatschatulle.«

»Das geht? Du hast auf meinen Namen ein Konto angelegt?«

»Mit einer Polizeimarke geht vieles, Stuhr. Wo steckst du nun?«

Stuhr geriet ins Schleudern. »Bei … bei einer Informantin, sozusagen.«

Katja sah ihn giftig an.

Der Kommissar lachte. »Aber du liegst hoffentlich nicht im Bett mit ihr, oder?«

»Hansen, wir müssen dringend …«

Der Kommissar schnitt seinen Redefluss ab. »Pass auf, Stuhr, deine Tarnung ist aufgeflogen. Es könnte eng werden. Ich werde euch sofort von einem Streifenwagen herausholen lassen. In der Direktion können wir alles in Ruhe besprechen.«

Es blieb Stuhr nichts weiter übrig, als Katjas Adresse herauszugeben. »Aber schickt bitte keinen Wagen vom 5. Revier.«

Der Kommissar lachte nur kurz auf, er war noch nicht fertig mit seinen Anweisungen. »Noch etwas, Stuhr. Das Beweismittel, also der Computer, der muss auch mit. Er wird beschlagnahmt. In zehn Minuten ist der Wagen da. Haltet euch bereit und lasst euch oben an der Wohnungstür abholen. Sicher ist sicher.«

Oje, das mit der Beschlagnahme würde Olli richtig wehtun, vermutete Stuhr, aber das sollte ihm Hansen gefälligst selbst verklickern.

Der Kommissar meldete sich noch einmal. »Stuhr, deine Informantin. Vermutlich ist ihr Name nicht polizeibekannt. Ist die auch aufgeflogen? Muss sie mit?«

Skeptisch beäugte Stuhr Katjas schmollenden Mund. »Ich kläre das mit der Informantin ab. Bis gleich in der Direktion.«

Das Gespräch war beendet.

Katja fuhr hoch und ohrfeigte Stuhr. »Du Schwein. Informantin! Ist das alles?«

Stuhr hielt sich die schmerzende Wange, als er sich Olli zuwendete.

»Wir werden gleich abgeholt. Wir müssen aus Gaarden verschwinden. Es geht zu Kommissar Hansen in die Polizeidirektion. Dein Computer muss mit. Mozart, Maik und Peking sind bereits im Knast. Drogenhandel. Katja, willst du mitkommen?«

Sie hatte sich die Bettdecke bis zur Nase hochgezogen. Ihr Kommentar fiel spröde aus. »Aha. Der Spitzeldienst ist beendet, und nun geht es ab durch die Mitte. Der nächste Fall ruft. Vermutlich in den Betten der Villen in der Bismarckallee. Ein feiner Herr. Nein, vielen Dank. Ich bleibe hier.«

Sie drehte sich von Stuhr weg, aber er zog sie wieder zu sich. »Quatsch. Du kommst natürlich mit, Katja. Mit mir.«

Aber Katja wand sich kratzbürstig aus dem Griff. »Ich komme natürlich nicht mit, Helge. Schließlich habe ich mir nichts zuschulden kommen lassen, und vor Mozart muss ich keine Angst mehr haben. Ihr seid in Gaarden wie die Barbaren eingefallen und habt alles durcheinandergebracht. Nun löffelt man selbst die Suppe wieder aus. Basta!«

Es war Katjas Sturheit, die ihn zur Verzweiflung bringen konnte. Wollte sie nicht einige Nächte mit ihm zusammenbleiben? Wenigstens an Heiligabend? »Und was ist mit morgen?«

Sie tat erstaunt. »Wieso, was soll morgen großartig sein? Ein Montag wie jeder andere auch.«

Stuhr schaute ratlos Olli an, aber der blickte nur hilflos zur Decke und verkrümelte sich in den Flur.

»Du weißt genau, was ich meine, Katja. Morgen ist Heiligabend. Sind wir da noch zusammen?«

Katjas Gesichtsausdruck verfinsterte sich. »Soll ich ganz ehrlich sein, Helge?«

Stuhr nickte.

»Wenn du erst einmal wieder zurück in Kiel bist, dann bleibst du auch da. Dann bist du wieder der Oberstuhr. Das hast du früher schon einmal gemacht, und das wirst du immer wieder so machen. Das Leben in Gaarden ist nichts für dich. Das Spiel ist vorbei. Game over.«

Das Klingeln der Türglocke unterbrach die eingetretene Stille. Sollte es das Ende mit Katja sein? Einfach so?

Hastig zog sich Stuhr an. Bevor er ging, beugte er sich zu ihr hinunter und drückte sie kurz. »Es war alles schön mit dir, Katja. Ich werde dich nicht vergessen.«

Sie schien mit diesem Abschied gerechnet zu haben. Entsprechend nüchtern fiel ihre Antwort aus.

»Für mich war es auch nett, Helge, aber es passt einfach nicht zwischen uns. Es ist nun mal so. Mach es gut.«

Stuhr hörte, wie Olli die Wohnungstür öffnete. Wenig später klopfte es heftig an der Tür zum Schlafzimmer, man schien ungeduldig zu sein. Stuhr begab sich nachdenklich in den Flur, in dem sich zwei Polizisten neben Olli postiert hatten.

»Moin, die Herren. Abmarschbereit?«, fragte Stuhr.

Dienstbeflissen nickten die Beamten ihm zu. Schnell huschte Stuhr noch ins Badezimmer, um seine Zahnbürste zu holen. Der unerwartete Abschied von Katja schmerzte heftig.

Es war schon erstaunlich, wie kurzlebig Glück sein konnte.

SCHULFREUNDE

Mit einem freundlichen Lächeln empfing Kommissar Hansen hinter einem mächtigen Papierstapel den zerknitterten Stuhr und einen verunsicherten Olli, der seinen Computer unter dem Arm wie ein Baby zu schützen versuchte. Hansen bedeutete beiden, sich zu setzen, was sie auch brav taten.

Dann stellte er als ersten Akt zunächst Stuhrs richtige Identität wieder her, indem er ihm seinen Ausweis, die Geldkarten, den Wohnungsschlüssel und das Handy zuschob. Stuhrs Miene hellte sich etwas auf. Aber nachdem er erwartungsvoll das Handy angestellt hatte, wirkte er deprimiert.

»Schlechte Nachrichten, Stuhr?«, fragte der Kommissar teilnahmsvoll.

Stuhr stierte vor sich hin. »Viel schlimmer. Gar keine Nachrichten. Zumindest nicht von Jenny. Wie von einer Lawine verschüttet.«

Vorsichtig bohrte der Kommissar nach. »Mit der Informantin hattest du aber nichts, oder?«

Stuhr wies Olli mit einem strengen Blick in die Schranken, bevor er den Kopf schüttelte. »Meine Informantin hat mit dem Fall nichts zu tun. Sie war sozusagen ein Opfer von Mozart.«

»Ah ja. Sozusagen. Ich verstehe.« Hansen konnte sich ein spöttisches Lachen nicht verkneifen, und auch Olli musste grienen.

Stuhr wollte mit einem Fingerzeig auf Ollis Computer losprudeln, aber Hansen winkte ab und wies auf den Papierstapel vor sich.

»Nicht notwendig, wir haben bereits zugeschlagen. Was ihr heute Nacht vermutlich gelesen habt, türmt sich bereits ausgedruckt vor euch auf: 1.200 von Jupp Jöllen verfasste Seiten aus dem Gaardener Milieu. Seine Partei hat uns das vorgestern per Kurier überstellt, um ihr grundsätzliches Einverständnis zu den Rahmenbedingungen unseres Rechtsstaates unter Beweis zu stellen und ihre Kooperation mit den Polizeibehörden zu demonstrieren. Oberkommissar Stüber hat es stichprobenweise gesichtet und sofort die Brisanz des Materials erkannt. Dann haben wir mit dem halben Kommissariat den Stapel ausgewertet und gestern Abend die Verhaftungen durchgeführt, von denen ich vorhin am Telefon sprach.«

Hansen sprach nicht aus, dass Stüber ihn vermutlich nur deswegen aus den Klauen seiner Frau befreit hatte, damit er nicht selbst die ganzen Seiten durchackern musste. Dennoch, Hansen war heilfroh, seinem heimischen Krankenlager entronnen zu sein.

Stuhr hakte ein. »Aber Hansen, die Aufzeichnungen von Jöllen sind allesamt eine Mischung aus Beobachtungen, Vermutungen und Verdächtigungen. Gut, du magst das Trio gestern auf frischer Tat ertappt haben, aber gegen diesen Revierleiter Linke habt ihr nichts in der Hand.«

»Falsch. Als ich gestern in mein Büro kam, fand ich als Erstes die Nachricht von unserem Systemadministrator vor, der mir mitgeteilt hatte, wer die Akte von Mozart sperren ließ und ihn in den Status eines Informanten hievte: Es war Revierleiter Linke. Schnell lag der Schluss für uns nahe, dass Jöllens Vermutungen einer Komplizenschaft durchaus berechtigt waren. Ich habe aufgrund dieser Tatsache sofort die Überwachung von Mozart und Linke beim Staatsanwalt beantragt, aber die vom Revierleiter hatte er zunächst aufgrund eines unzureichenden Anfangsverdachts zurückgewiesen. Das war aber nicht entscheidend, denn durch die Beschattung von Mozart konnten wir die Bande gestern Abend beim Drogenhandel in einem Hinterhof am Vinetaplatz festsetzen.«

»In einem Hinterhof am Vinetaplatz?«, fragte Olli nach.

»Ja, der An- und Verkauf, aus dem dieser Computer stammt, war das Kieler Ende der sogenannten Balkanroute, über die Drogen aus dem vorderasiatischen Raum nach Westeuropa gelangen. Es beginnt mit der Ernte auf einem afghanischen Opiumfeld. Spätestens ab Istanbul ist alles fest in türkischer Hand, und von dort wird der Stoff auf allen möglichen Kanälen weiter über den Balkan nach Deutschland transportiert.«

Stuhr pfiff durch die Zähne. »Wenn bis Kiel alles in türkischer Hand blieb, dann konnte Revierleiter Linke nicht das Ende der Balkanroute sein.«

»Richtig. Deutsche werden in der Regel nur zur Verteilung kleinerer Mengen am Ende der Route eingesetzt. Der Besitzer des An- und Verkaufs ist ein gewisser Ümet Aleman, ein unscheinbarer älterer Türke, der auf dem Hinterhof einen Im- und Export-Handel betrieb, von dem nur das Firmenschild echt war. In Wirklichkeit wurde in großem Umfang Heroin geschmuggelt. Sie haben dazu auf dem Fährgelände bei verzollten Gabelstaplern in Containern die Originalreifen abgeschraubt und gegen andere ausgetauscht, die mit Heroin befüllt waren. Pro Reifen fünf Kilogramm, jeweils bei uns ein Marktwert im illegalen »Großhandel« so um die 150.000 Euro. In Norwegen und Schweden, wo die Reifen rückgetauscht werden, kostet das Zeug selbst bei den Großabnehmern bereits das Doppelte. Die Kleindealer schlagen noch ein Drittel auf oder strecken das Zeug. Ein ordentlicher Reibach. Da gibt es nur Gewinner, bis auf die Konsumenten. Leider benutzte Aleman seine Waffe bei der Razzia, und deswegen mussten wir ihn mit einem Beinschuss außer Gefecht setzen.«

»Warum hat er mit den Deutschen gehandelt? Das muss für ihn ein hohes Risiko gewesen sein.«

»Ümet Aleman konnte den Sprung nach Norwegen nicht aus eigener Kraft schaffen, obwohl ein hoher Gewinn lockte. Die Zollbehörden sind bei Türken ausgesprochen vorsichtig. Deswegen brauchte er Linke und seine Komplizen. Zum Schein betrieb er den An- und Verkauf im Vorderhaus. Ein Peter König hat diesen Computer dort für 100 Euro in Zahlung gegeben.« Der Kommissar zeigte auf das schwarze Gerät von Olli.

Stuhr nickte. »Richtig. Peter König ist der richtige Name von Peking. So weit waren wir auch schon, Hansen, aber dann muss Peking folgerichtig auch der Mörder von Jöllen sein, oder?«

Kommissar Hansen griente. »Tja, oder der jetzige

Besitzer, nämlich Olli, denn dessen Name tauchte als Käufer auf dem Beleg auf. Das war der Grund, warum ich bei Olli angerufen hatte. Ich konnte ja nicht ahnen, dass er sich bei dir aufhielt. Im Übrigen haben wir die Schlüssel von Jöllens Wohnung bei Mozart gefunden. Der Herr ist uns eine Erklärung schuldig.«

»Na, da bin ich aber gespannt. Und was ist mit Linke?«

»Nun, Mozart und Peking hatten einen Komplizen bei ihrer Verhaftung dabei. Es war ein Bekannter aus Schrocks sozialem Umfeld, den du mir damals benannt hattest: Maik Herder. Das war übrigens der Flüchtende vom Weihnachtsmarkt, den wir nicht schnappen konnten. Natürlich haben wir den auch einkassiert. Dieser Herder hatte allerdings nichts mit der Ermordung von Jöllen zu tun, weil er ein hieb- und stichfestes Alibi nachweisen konnte. Im Übrigen war er ganz frisch in diesen Drogenhandel hineingeschlittert. Genau genommen hatte er nur Reifen gewechselt mit einer gewissen Ahnung, dass es sich wegen der Höhe seines Anteils um krumme Geschäfte handeln musste. Nach dem Einsatz unseres Einsatzkommandos auf dem Hinterhof haben wir ihm bedeutet, dass wir ihn für den Drahtzieher hielten. Diesem Druck hielt er keine fünf Minuten stand. So schnell gesungen wie der hat noch keiner bei uns.«

Das überraschte Stuhr nicht.

Der Kommissar setzte seinen Bericht fort. »Herder war ausgesprochen kooperativ. Wir haben ihm klargemacht, dass er nur bei vollem Geständnis vor Gericht mit Milde rechnen kann. Er hat sofort Jöllens Verdacht gegen Linke bestätigt, der sie auf das Fährgelände eingeschleust hat und bei dem Reifentausch auch zugegen war. Der Revierleiter ist nach dem jetzigen Stand tatsächlich ein Schurke.«

Stuhr nickte befriedigt, aber Hansen nahm ihm schnell seine vorweihnachtliche Freude. »Heute Mittag werden wir Herder allerdings wieder freilassen.«

Jetzt fuhr Olli entgeistert hoch. »Was?«

»Ja, denn Revierleiter Linke hat sich inzwischen abgesetzt. Wir hoffen, dass uns Herder schnell zu ihm führt.«

»Dann ist der Fall ja so gut wie gelöst.« Olli freute sich, wieder nach Hamburg abrücken zu können.

»Nicht ganz. Uns fehlt noch der große Unbekannte, der ständig erhebliche Geldmengen bereitgestellt hat. Große Banknoten bekommt man nur schwer durch die Geldwäsche, was den gesamten Gewinn auffressen kann. Andererseits ist die Beschaffung von ausgesprochen vielen Banknoten mit kleinen Werten auffällig. Der große Unbekannte muss jemand sein, der eng mit dem Bankgewerbe verflochten ist.«

Olli schielte seltsam zu Stuhr hinüber, bevor er seine Frage stellte. »Ist denn gesichert, dass der Revierleiter das Geld nicht selbst aufgetrieben hat?«

»Das hatten wir auch erst vermutet, aber wir haben Linkes Konten gefilzt. Es gab keinerlei Hinweise auf größere Kontobewegungen. Im Gegenteil, er war ständig im Minus, sodass er notgedrungen irgendetwas nebenbei verdienen musste. Natürlich konnte keiner ahnen, dass er in großem Stil Drogenhandel betrieb.«

Stuhr ließ nicht locker. »Könnte es nicht sein, dass er

mehrfach groß abgesahnt hat und immer wieder seine Gewinne einsetzt?«

»Nein, dann müsste er zu Beginn einen Lottogewinn erzielt haben. Mit kleinen Summen kannst du keinen Drogenhandel aufziehen. Teuer sind vor allem die Transporte, denn dort ist das Risiko, erwischt zu werden, am höchsten. Deswegen wird im Drogenhandel oft mit ungewaschenem Geld bezahlt. Wenn das weg ist, tut es nicht ganz so weh. Bei unserer Razzia gestern haben wir nur sauberes Geld gefunden. Linke muss jemanden mit besten Bankkontakten kennen, der ihm das Bargeld für die Deals gegeben hat.«

Olli zischte Stuhr seine Vermutung zu. »Vielleicht der Bernie?«

Stuhr schien Olli nicht zu verstehen. »Welcher Bernie denn?«

»Na, der Bernd, der ehemalige Mitschüler von dir.«

Stuhr blickte erstaunt. »Meinst du Bernd Niemann? Woher weißt du denn, dass ich mit dem zur Schule gegangen bin?«

Nun beichtete Olli dem verblüfften Stuhr von den Unterhaltungen mit Bernie und Herbert in der 1. Gaardener HSV-Kneipe. Dass sich Olli verplappert hatte, schien Stuhr ziemlich egal zu sein, denn er wetterte sofort gegen Niemann los.

»Bernie! Diesem alten Ferkel habe ich noch nie getraut. Wenn mein ehemaliger Klassenkamerad mein Konto gesperrt hat und mich damit in Gaarden zum armen Mann gemacht hat, dann ist dem alles zuzutrauen. Bernd Niemann sitzt immerhin im Vorstand der Bank und hat die notwendigen Verbindungen, um Linke mit Bargeld zu versorgen.«

Hansen staunte über diese plötzliche Wendung. Sollte er Niemann zu einem Verhör abholen lassen? Außer einem Verdacht hatten sie wenig gegen ihn in der Hand. Nein, zunächst müssten sie Revierleiter Linke schnappen, um zu belastbaren Aussagen zu kommen.
Stuhr kippelte unruhig auf seinem Stuhl hin und her. »Hansen, du musst etwas unternehmen!«
Der Kommissar blickte skeptisch.
Das schien Stuhr nicht weit genug zu gehen. »Warum nimmst du Niemann nicht fest und quetschst ihn aus?«
Der Kommissar hob beschwörend die Hände. »Beruhige dich, Stuhr, wir haben den Köder bereits ausgelegt.«
Stuhr schüttelte genervt den Kopf. »Hansen, ich an deiner Stelle hätte mit einer Hundertschaft den gesamten Stadtteil durchkämmt. Irgendwo wären die Ratten schon aus ihren Löchern gekrochen.«
»Falsch, Stuhr. Der Wurm muss dem Fisch schmecken, nicht dem Angler. Du wirst schon sehen. Am besten haltet ihr euch beide möglichst weit von Gaarden fern. Dort kann ich für nichts garantieren, zumal die Türken wegen eines Taximordes sehr aufgebracht sind.«
Der Kommissar beendete das Gespräch. Er war sicher, dass sein Plan aufgehen würde.

KEINE FRAGE DER EHRE

Maik Herder atmete tief durch. Er war ziemlich erschlagen von den Geschehnissen der letzten 24 Stunden, die ihm in seinem trüben Loch noch einmal vor den Augen abliefen. Am Ende hatte er gar keine andere Wahl gehabt, als auszupacken. Ansonsten wäre er der erste Mensch in der Republik gewesen, der für einen Reifenwechsel zehn Jahre in den Bunker marschierte.

Es war erstaunlich, wie unbeschadet er aus dieser Angelegenheit herausgekommen war. Drogenhandel war schließlich kein Pappenstiel. Der Kommissar hatte ihn zwar die halbe Nacht gelöchert, aber zu seinem Erstaunen wurde er heute freigelassen, obwohl noch etliche Fragen zur Gang offengeblieben waren und er nicht einmal einen festen Wohnsitz vorweisen konnte. Das war ungewöhnlich.

Sie hatten ihn ab dem Moment anständig behandelt, in dem klar war, dass er auspacken würde. Sie wussten erstaunlich viel über ihn. Es war zu vermuten, dass Mozart und Peking bereits vor ihm gesungen hatten. Was blieb ihm großartig übrig, als auszupacken? Auf seine Nachfrage nach Mozart und Peking legte der schweigsame Kommissar lediglich die Handgelenke nebeneinander: Knast. Das beruhigte Maik, dann würde er die beiden lange Zeit nicht mehr sehen.

An der Festnahme dieses Ümet fand er lediglich bedauerlich, dass es zukünftig schwierig werden würde, an gebrauchte Landser-Hefte heranzukommen. Beunruhigender waren die vielen Fragen nach Stange. Sollte der den Taximord begangen haben? Es sah nicht so aus, als ob sie ihn schon gefasst hatten, sonst hätten sie kaum gefragt.

Wenn Linke und Stange beide noch auf freiem Fuß waren, dann konnte es eigentlich nur eine Frage der Zeit sein, bis sie bei ihm in der Wohnung auftauchten. Dann schwamm er in diesem Moment als kleiner Fisch in einem Haifischbecken, und er hatte nicht einmal ein funktionierendes Schloss in der Tür.

Setzte die Kripo darauf? Vielleicht war bereits der ganze Block umstellt? Er rannte zum Erker, aber auf der Straße war nichts Ungewöhnliches zu erkennen. Der Blick durch die trüben Scheiben hellte seine Stimmung keineswegs auf. Unruhe überkam ihn, er brauchte dringend Informationen.

Katja! Durch ihren Job im »Anker« hatte sie sicherlich Informationen, was mit Linke und Stange passiert war. Er würde sie aufsuchen! Entschlossen griff er nach seiner Jacke am wackeligen Garderobenhaken und ging zur Wohnungstür, um zu lauschen. Geräusche waren nicht auszumachen, und so schlich er vorsichtig die Treppen hinunter. Er öffnete die Haustür und lugte verstohlen nach allen Seiten, damit er nicht unangenehm überrascht wurde. Aber im Halbdunkel regte sich nichts. Als er aus dem Hausflur auf die Straße trat, überkam ihn zunächst ein flaues Gefühl, das aber schnell durch die Kälte verdrängt wurde. Immer wieder tänzelten feine Schneeflocken um seine Nase herum, die vom Wind in die Ecken der Straßen getrieben wurden.

Er beschloss, in weitem Bogen um den Vinetaplatz herum zum »Goldenen Anker« zu schleichen. Zunächst bog er auf den breiten Bürgersteig des Ostrings ein, denn dort musste er keine Angst haben, in der Dämmerung in irgendeine Einfahrt gezerrt und massakriert zu werden. Von den Straßenlaternen hielt er sich fern. Keine zehn Minuten später erreichte er den hell erleuchteten Parkplatz des Werftparktheaters. Vor dem Aufgang zum Gebäude wiesen Blumensträuße und Grablichter darauf hin, dass es an dieser Stelle den Taxifahrer erwischt haben musste. Es war nicht nur die Kälte des Winters, die sich vom Himmel auf die Erde senkte und Maik frieren ließ.

Er setzte sich wieder in Bewegung und passierte den kleinen Teich neben dem Theater, in dem sich die Parklaternen auf der glatten Wasseroberfläche spiegelten. Das Funkeln an einigen Stellen verriet ihm, dass der Tümpel bald überfroren sein würde. Ansonsten war der Park menschenleer, und zum Glück gab es hier keine dunklen Einfahrten.

Kritisch war der folgende lange Weg durch die Norddeutsche Straße. Obwohl er kein ängstlicher Typ war, bekam er in der immer enger werdenden Sackgasse Muffensausen. Wie beim Häuserkampf der Landser schlich er vorsichtig von einer Hausecke zu nächsten.

Plötzlich schlug eine Haustür auf, und ein Schäferhund sprang ihm wütend kläffend entgegen. Erstarrt blieb Maik stehen. Ein Mann eilte auf Maik zu und nahm den Hund an die Leine. »Keine Angst, der tut nichts. Harras ist immer so aufgeregt, wenn es nach draußen geht. Tut mir leid.«

Maik sagte nichts und wischte sich den Schweiß von der Stirn. Als er endlich die Elisabethstraße erreichte, stellte er fest, dass der »Anker« noch geschlossen hatte. Richtig, heute war Sonntag. Er würde Katja zu Hause besuchen, oben am Gaardener Hang.

Bevor er die Elisabethstraße überquerte, zog er die Kapuze tief in die Stirn. Dann ging es weiter die Norddeutsche Straße hoch. Nicht alle Straßenlaternen waren eingeschaltet, und so konnte er gut im Schutz der Dunkelheit vorankommen.

Plötzlich schoss aus der Schulstraße ein Fahrzeug mit aufgeblendeten Scheinwerfern heraus. Schnell verdrückte sich Maik in eine Einfahrt. Sein Herz pochte.

Die Lichter bogen um die Ecke, aber eine Hand berührte ihn. »He, Kumpel. Bist du auf der Flucht?«

Maik versuchte, den Mann zu erkennen, aber der blieb im Dunkeln. »Was willst du von mir? Ich bin in Eile.«

»Hast du eine Zigarette? Hab gerade kein Kleingeld.« Die Nachfrage war harmlos. Es musste sich um einen Penner handeln, der in der Einfahrt die Zeit totschlug, bis die Kneipen öffneten.

Maik antwortete nicht, sondern machte sich weiter auf die Socken. Er war erleichtert, als er am Ende der Straße die Wohnblöcke am abschüssigen Hang zum Fährgelände hin erreichte. In einem von ihnen musste Katja wohnen, denn er hatte sie irgendwann einmal in einem der Eingänge verschwinden sehen. Ihre Hausnummer wusste er nicht, er würde die Klingelbretter ablesen.

Gleich beim zweiten Block landete er einen Volltreffer. Auf der rechten Seite des Klingelbretts stand Katjas Name. Er trat einige Schritte zurück. Sie schien zu Hause zu sein, denn auf ihrer Seite brannte in der zweiten Etage Licht. Als er den Klingelknopf drücken wollte, wurde er hart an der Schulter gepackt.

»Na, Maik, willst du vor Weihnachten schnell noch einmal die Rakete polieren? Hatte mir schon gedacht, dich bei Katja zu erwischen.«

Es war die Stimme des Revierleiters, die von hinten an sein Ohr drang und ihm gleichzeitig das Blut in den Adern gefrieren ließ. Wieso duzte er ihn? Warum hatte er sich in Einzelkämpfermanier von hinten herangeschlichen? Was mochte er in der anderen Hand halten? Ein Messer, eine Knarre? Vorsichtig drehte sich Maik um.

Zum Glück hielt Linke nichts in der anderen Hand, aber er blickte misstrauisch. »Na, Maik, ein kleiner Abstecher auf Bewährung aus der Polizeidirektion wegen guter Führung?« Er erwartete unmissverständlich eine Antwort.

»Wieso ich? Dieser Schrock soll was mit Katja haben. Im Gegensatz zu Mozi und Peking habe ich nur Räder gewechselt. Ist besser, wenn ich nichts weiß, das habt ihr selbst gesagt.«

Linke schien zu überlegen, wie weit er dieser Aussage Glauben schenken konnte. Immerhin blieb er ruhig. »Warum ist das denn gestern schiefgelaufen?«

Diese Frage irritierte Maik, denn auf dem Revier musste sich die Aktion längst herumgesprochen haben.

»Wieso, hast du von dem Spezialeinsatz bei dem Türken nichts gewusst?«

»Nein, du hast doch mitbekommen, dass ich den Taximörder jagen musste, und an den Kollegen im Revier ist der Einsatz des Spezialeinsatzkommandos komplett vorbeigegangen. Der muss auf dem Westufer am Grünen Tisch in Höhenluft ausgeheckt worden sein. Sag mal, Maik, haben die im Verhör nach mir gefragt?«

»Nein, warum sollten sie? Du warst bei der Festnahme nicht dabei, und von uns kann niemand ein Interesse daran haben, dich zu verpfeifen.«

Zufrieden nickte Linke, aber in seinen Augen flackerte es unruhig. »Maik, ich glaube, dass dieser Helge Schrock uns verpfiffen hat. Dieses miese Schwein hat mit einem jüngeren Kollegen letzte Woche überall in Gaarden herumgeschnüffelt. Kennst du ihn?«

»Ich kenne ihn nicht, aber ich habe auch einiges von ihm gehört. Deswegen wollte ich ja Katja aushorchen. Woher kennst du ihn?«

»Ich kenne ihn auch nicht, aber Bernie ist mit ihm zur Schule gegangen. Irgendwann hat er ihn in seiner Wohnung aufgesucht und festgestellt, dass er ein krummer Hund ist.«

Bernie? War das nicht dieser fette Schmierlappen aus der HSV-Kneipe? Er nannte sich zwar Banker, aber Maik wusste, dass man bei dem ohne Sicherheiten Geld leihen konnte, selbst ohne Vertrag, nur mit Handschlag. Gegen entsprechende Zinsen war der Kunde König. Manchmal betrug der Zinssatz zehn Prozent, je nach Risiko und Art des Geschäftes. Pro Woche natürlich. Bei manchen krummen Geschäften schien sich das für beide Seiten auszuzahlen. Wenn einer nicht zahlen konnte, ließ Bernie für den dann den Knüppel aus dem Sack. Natürlich niemals er selbst, dafür hatte er zwei Prügelknaben angeheuert. Maik hatte sich von diesem Bernd Niemann immer ferngehalten.

»Aber was hat das mit Katja zu tun?«

Linke antwortete wie aus der Pistole geschossen: »Polizeitaktik, Maik. Das kannst du nicht verstehen. Auch uns war bekannt, dass Helge Schrock etwas mit Katja angefangen haben soll. In seiner Wohnung war ich schon, aber dort war alles zappenduster. Wo fliegt ein Vogel hin, wenn er singen will? Siehst du, ich bewache den goldenen Käfig. Deswegen kann ich dich nicht zu ihr hochlassen.«

Maik musste verschwinden. »Jetzt verstehe ich. Du willst den Bruder von Schrock abfangen, wenn er zu Katja will. Dann pumpst du ihm das Fell mit Blei voll, und er kann nicht mehr singen. Richtig?«

Linke schien diese Variante ernsthaft in Betracht zu ziehen. »Mal sehen, wie mir Schrock vor die Flinte läuft.«

Plötzlich riss ihn Linke ins Gebüsch. »Vorsicht! Der Bulli dort.«

Jetzt bemerkte auch Maik, dass ein Polizeifahrzeug langsam auf der Kieler Straße unterhalb des Hanges fuhr. Linke rechtfertigte sich sofort.

»Ich kann schlecht meine Kollegen vom Revier in diese Sache hineinziehen. Ist alles eine Frage der Ehre, oder?«

Maik nickte eifrig. »Wenn du dem Schrock so dicht auf den Fersen bist, bin ich im Moment wohl wenig hilfreich, oder?«

Linke blickte ihm prüfend in die Augen. »Ja, das ist richtig. Besser, ich bringe den Job hier allein zu Ende. Am besten verkrümelst du dich zur Jugendherberge und wartest dort. Wenn ich mit Schrock fertig bin, komme ich hinterher. Dann planen wir weiter.«

Erleichtert stimmte Maik zu. Als der Bulli weg war, rappelten sie sich wieder hoch. Maik überquerte schnell die Kieler Straße und hastete die Stufen zur Jugendherberge hoch, die von unten wie eine Burg wirkte. Schließlich erreichte er eine Stützmauer, hinter der er sich verstecken und den von vielen Straßenlaternen beleuchteten Hang gut einsehen konnte. Er war in Sicherheit. Zumindest bis Linke kommen würde. Sollte er nicht besser abhauen?

Noch während Maik über einer Strategie brütete, hatte er einen Schatten an Katjas Hauswand bemerkt, der zu dem Busch huschte, hinter dem Linke hockte. Wenig später beobachtete Maik, dass eine vermummte Gestalt den benommenen Linke aus dem Busch zerrte und vor einer zweiten Gestalt festhielt, die einen Baseballschläger auf Linkes rechte Schulter krachen ließ. Der markerschütternde Schrei des Revierleiters hallte mitsamt einem Brechgeräusch zu ihm hoch.

Maik wunderte sich, dass niemand in Katjas Haus ans Fenster ging.

Die Gestalt mit dem Baseballschläger redete nun heftig auf den wimmernden Linke ein, der mehrfach den

Kopf schüttelte. Die Antwort schien der vermummten Gestalt aber nicht zu gefallen, denn sie holte zu einem Schlag auf die andere Schulter aus. Maik sah zur Seite weg. Wieder hörte er den markerschütternden Schrei von Linke. Das konnten nur Niemanns Prügelknaben sein, die säumige Zahler auf diese Art einschüchterten. Linke musste sich für seine Deals das Geld von dem Banker geliehen haben.

Im nächsten Moment sprang die Haustür auf. Wie bei einem Rugbyspiel stürmten acht Polizisten in gepanzerten Einsatzausrüstungen auf die drei Männer zu und begruben sie unter sich. Gleichzeitig wurden in den Wohnungen des Gebäudes mehrere Fenster aufgerissen und maskierte Beamte mit Waffen im Anschlag sicherten ihre Kameraden und die Umgebung.

Kurze Zeit später standen die beiden vermummten Geldeintreiber mit den Armen genauso schräg an der Hauswand wie er gestern Abend im Hinterhof. Dann wurden allen dreien Handschellen angelegt, was für Linke äußerst schmerzhaft sein musste. Wenig später näherte sich in schneller Fahrt eine Limousine. Die Person, die auf der Fahrerseite ausstieg, erkannte er sofort: Es war Kommissar Hansen.

Kurz darauf erschien ein Mannschaftswagen, das gleiche Fahrzeug der Polizei wie gestern. Der Gaardener Hang wurde stärker ausgeleuchtet, und auf dem Gelände wimmelte es bald von Uniformierten, die immer weiter vom Haus entfernt das Gelände inspizierten.

Als schließlich zwei Polizisten mit Maschinenpistolen im Anschlag die Kieler Straße in seine Richtung hin überqueren, wurde es ihm zu heiß. Maik drückte sich von der Mauer ab und hastete am Eingang der Jugendherberge vorbei zum Gaardener Balkon. Auch wenn noch keine geschlossene Schneedecke lag, so war es ziemlich rutschig geworden.

Maik erwog kurzzeitig, über die Hörnbrücke nach Kiel zu flüchten. Aber nein, warum? Wer konnte ihm etwas anhaben? Linke war geschnappt, und ihn hatte die Polizei auf freien Fuß gesetzt. Der vertraute Blick auf die Hörn und die erleuchtete Innenstadt half ihm, seine Gedanken zu ordnen. Wieder hatte Kommissar Hansen die Polizeiaktion gelenkt. Hatte Katja geplaudert?

Es war eigentlich unglaublich, dass an dieser friedlichen Stelle auf dem Gaardener Balkon mit Blick auf die winterliche Landeshauptstadt der Jupp erdrosselt worden war.

Plötzlich riss eine Hand seinen Kopf in den Nacken. Er wunderte sich, dass der plötzliche Schnitt durch die Kehle überhaupt nicht wehtat. Er blickte an sich herunter. Wo kam das viele Blut im Schnee nur her?

GLÜCKSGEFÜHLE

Für Schnee hatte sich Bernd Niemann noch nie begeistern können. Die beiden Fahrbahnen der Stadtautobahn waren trotz des abendlichen Schneefalls zwar noch gut befahrbar, aber den tiefhängenden blaugrauen Wolken am Himmel war anzusehen, dass sie in Kürze Unmengen kalter Flocken ausschütteln würden. Er musste schleunigst raus aus Kiel und in irgendeinem Nest an der Nordsee untertauchen.

Aber bereits auf der Rendsburger Autobahn geriet er ins Grübeln, denn er wusste genau, dass auf den verschlungenen Landstraßen zur Westküste an Heiligabend kein Mensch mehr eine Handvoll Sand auf die Straße werfen würde. Nein, er musste einen geräumten Weg für seinen Wagen finden, der war der letzte Garant für seine Unabhängigkeit.

Er umklammerte fest das Lenkrad, denn sein Mercedes war für Niemann viel mehr als ein Statussymbol, er war sein Glück, denn er stammte aus kleinen Verhältnissen. Wenn er abends mit ihm von der Bankzentrale in Kiel über die Gablenzbrücke nach Gaarden zurückrollte, überkam ihn stets dieses angenehme Gefühl, aus seinem Leben etwas gemacht zu haben.

An seine Jugend hatte Niemann keine gute Erinnerung. Seine Mutter hatte für seinen Geschmack zu viele Verhältnisse mit ständig anderen Kerlen. Mit dickem

Bauch war sie in diesen abgelegenen Stadtteil hineingestolpert, um ein uneheliches Kind zu gebären, in der Hoffnung, dass die Gesellschaft in Gaarden von dem Bastard keine Notiz nehmen würde.

Für seine Geburt hatte sie auf das richtige Pferd gesetzt, und auch später konnte ihn seine Mutter neben der Arbeit in einem Friseursalon unbeachtet hochpäppeln. Er war durch ihren Job aber viel allein in der kleinen Wohnung. Sie kam meistens spät nach Hause, und oft verriet ihm ein laufender Motor vor der Tür, dass sie ihn kurze Zeit später wieder verlassen würde. Morgens weckte sie ihn zwar immer pünktlich, aber sie machte oft einen unaufgeräumten Eindruck.

»Wirst schon sehen, Bernie, das ist alles nur für unsere Zukunft«, beruhigte sie ihn dann und gab ihm einen Kuss. Irgendwann machte sie sich tatsächlich mit einem eleganten Damenfriseurladen in der Wikingerstraße selbstständig. Er war glücklich, denn nun konnte er nach der Schule seine Mutter aufsuchen, ohne dass ein Chef herumpöbelte. Endlich stand er in der Schulzeit gesellschaftlich auf der gleichen Stufe wie Helge Stuhr, und als seine Mutter das erste Fahrzeug für das Geschäft anschaffte, war er wie selbstverständlich zu seiner Klassenlehrerin stolziert, um ihr diese wichtige Neuigkeit mitzuteilen.

Als kleiner Junge konnte Niemann nicht ahnen, dass zahlungskräftige Kundinnen in Gaarden nach dem Wirtschaftswunder schnell Mangelware wurden. Zudem war das Geschäft seiner Mutter völlig überdimensioniert.

Ihm war schnell aufgefallen, dass sich viele gut aussehende Vertreter gegenseitig die Klinke in die Hand gaben, obwohl keine großen Geschäfte getätigt wurden. Manche waren sogar nett zu ihm, aber den meisten war anzusehen, dass sie scharf auf seine Mutter waren. Als Gegenleistung kamen Friseurartikel in den Laden. Naturalrabatt.

Kurzfristig hatte er sich damals überlegt, ob er nicht auch Vertreter werden sollte. Die meisten der schneidigen Burschen fuhren einen schicken Wagen. Sie waren jeden Tag in einer anderen Stadt und schienen überall neue Frauen kennenzulernen. Für einen pubertierenden Jugendlichen war das eine verlockende Vorstellung.

Dennoch, seitdem fühlte er zunehmendes Missbehagen. Wenn man sich auf die eigene Mutter nicht mehr verlassen konnte, worauf denn sonst? Was gab es im Wirtschaftswunderland ansonsten noch an festen Werten?

Das Geld wurde immer wichtiger, und er begann eine Banklehre in der Gaardener Filiale ihrer Hausbank. Als er sein erstes eigenes Geld verdiente, wandte er sich zunehmend von seiner Mutter ab.

Nach der Lehre trat er eine Stelle in der Kieler Bankzentrale an. Er begann, seine Vergangenheit in der Wikingerstraße abzustreifen und an der Optimierung seines Besitzes zu feilen. Natürlich blieb er wegen der günstigen Mieten in Gaarden wohnen, aber er bezog eine kleine Wohnung weitab vom Gaardener Ortskern.

Schnell stieg er auf in der Bank. Er war keiner von diesen geschniegelten Typen, er kannte die Sprache des

Volkes, und sein Rat wurde allseits gehört. Als er vor fünf Jahren in den Vorstand berufen wurde und diesen Mercedes gestellt bekam, hatte er das Gefühl, alles erreicht zu haben. Suum cuique. Jedem das Seine.

Seine Mutter? Er wusste nicht genau, was sie machte und wie es ihr nun ging. Heute war allerdings einer dieser Tage, an denen er ihren Trost gebrauchen konnte. Aber sie war wieder einmal weg.

Es war Heiligabend, und dieses Gefühl, auf der Flucht zu sein, hasste er abgrundtief. Er wollte sich nie wieder in seinem Leben vor irgendetwas verstecken.

Der Anruf seines Vorstandsvorsitzenden hatte ihn aufgescheucht. Dieser berichtete aufgeregt, dass die Polizei die Bank durchsucht und viele Unterlagen einkassiert hatte, die sich auch gegen ihn richten könnten. Revierleiter Linke war offenbar am Auspacken.

»Sie würden unserer Bank einen großen Dienst erweisen, wenn Sie erst mal nicht auffindbar wären.« Das waren die letzten Worte seines Vorstandsvorsitzenden.

Niemann ergriff die heilige Furcht, denn Linke konnte ihn tief in die Scheiße reiten. Hatten Landesbeamte denn keine Ehre mehr? Ungläubig schüttelte Niemann den Kopf und seufzte.

Die Nase seines Mercedes tauchte in den Rendsburger Kanaltunnel ein, und Niemann verdrängte den Gedanken, sich in den Uterus seiner Mutter zurückzusehnen. Irgendwann wich das grelle Licht im Tunnel wieder dem gnädigen Dunkel des Abends.

Natürlich war er christlich erzogen worden. Andererseits konnte man als Banker nicht immer nur ein

Gutmensch sein, und gerade das Risikokapitalgeschäft brachte ihn mit vielen Immobilienhaien und Spekulanten zusammen. Er bekam von seinem Chef für seine Aktionen jedes Geld der Welt, und je nach Risiko konnte er den Zinssatz festlegen, alles zum Wohle der Bank. Geschäfte über dieses Maß hinaus tätigten nur die noch skrupelloseren Geldhäuser.

Nach mehreren geplatzten Tagesdarlehen mit einigen Halunken, für die er fast geköpft worden wäre, kam er irgendwann auf die Idee, es mit zuverlässigeren Partnern zu versuchen, von denen er selbst profitieren könnte. Irgendwann begegnete ihm dann in der HSV-Kneipe der Revierleiter Linke und der schien ein geeigneter Kandidat zu sein: Landesbeamter, Dienststellenleiter und in ständiger Geldnot schwebend. Der würde für Geld alles tun und auch bei Gefahr stillhalten.

Der Schneefall nahm zu, und mehrfach geriet der Wagen ins Schlittern. Deshalb entschloss sich Niemann, nicht weiter Richtung Nordsee zu fahren, sondern den schnellsten Weg zur Flensburger Autobahn zu suchen.

Sicherlich würde die Kripo schnell herausfinden, dass *er* das Konto von Helge Schrock sperren ließ. Nachdem sich dieser Olli in der Kneipe verplappert hatte, hatte er sich die Unterlagen kommen lassen. Schnell fand er heraus, dass Helge Schrocks Konto von der Kripo angelegt worden war. Bei seinem kurzen Besuch in der Wohnung hatte er sich dann vergewissert, dass Schrock sein alter Schulkamerad Helge Stuhr war.

Ausgerechnet der schnüffelte in Gaarden für die Kieler Kripo herum. Was blieb Niemann anderes übrig, als ihm den Geldhahn abzudrehen? Er hatte sogar seine beiden Prügelknaben auf ihn angesetzt, aber Stuhr war plötzlich untergetaucht.

Hinter Büdelsdorf gelangte Niemann endlich auf die Flensburger Autobahn. Je weiter er nach Norden raste, umso dichter wurde das Schneetreiben.

Es war ärgerlich. Er wollte nur noch die beiden Fuhren durchziehen, das dicke Weihnachtsgeschäft mitnehmen. Alles lief problemlos, bis das letzte Kreditgeschäft durch den Polizeieinsatz platzte. Klar, das Geld war weg. Risikokapital. Was blieb ihm anderes übrig, als seine beiden Geldeintreiber auf Linke anzusetzen, um ihm klarzumachen, dass er sich einen solchen Fehler nicht noch einmal erlauben durfte.

Wie konnte er ahnen, dass Linke inzwischen von der Kripo gesucht wurde? Nun waren sie allesamt verhaftet und hatten vermutlich gesungen. Er war fertig.

Mühselig öffnete er das Handschuhfach und nahm die kleine Schnapsflasche heraus, die dort für Notfälle deponiert war. Es war ziemlich schwierig, während der Fahrt den Verschluss aufzudrehen, zumal sein Mercedes immer wieder ins Schlingern geriet. Als er es endlich geschafft hatte, sog er gierig den Inhalt des Fläschchens in sich hinein. Schnell trat eine wohltuend einlullende Wirkung ein.

Ein Schild tauchte auf. Noch ein Kilometer bis zur Autobahnraststätte Hüttener Berge. Er versuchte, klar zu denken. Über seine Geschäfte gab es nur wenige Unterlagen, und in der Bank wussten sie genau, wie man Akten säuberte. Das einzige Problem war er: Bernd Niemann.

Er hatte seinen Entschluss endgültig gefasst und drückte das Gaspedal durch. Jetzt keine halben Sachen machen. Er befreite sich von dem lästigen Sicherheitsgurt. Dann nahte schon die Einfahrt zur Raststätte, und es war nicht einfach, auf dem rutschigen Untergrund weiter auf sie zuzuhalten, ohne mit anderen Fahrzeugen zu kollidieren oder an Fahrt zu verlieren.

Gleich würde es vorbei sein. Nie wieder Schnee. Es würde wie ein Dienstunfall aussehen. Herzinfarkt würden sie vermuten. Bis zum letzten Atemzug hatte er alles für die Bank gegeben, würde es heißen, und sein Familienname würde nicht in den Schmutz gezogen werden.

Niemann trat das Gaspedal voll durch. Er empfand Glück, als der Stern auf der Kühlerhaube seines Mercedes haargenau eine der Zapfsäulen vor der Raststätte erwischte.

DAS FEST DER LIEBE

»… the winter is a marshmallow world.«

Missgelaunt würgte Kommissar Hansen Frank Sinatras Gejaule im Autoradio ab. Welch ein Schwachsinn, Winterlieder im Radio zu senden, während er im heftigen Schneetreiben kaum eine freie Fahrspur finden konnte, die ihn zum Einkaufszentrum am Rande der Stadt führen sollte.

Aber was blieb Hansen übrig? Schließlich war es ein bewährtes Ritual, dass der Kommissar an Heiligabend die letzten Einkäufe erledigte, während seine bessere Hälfte den Tannenbaum aufstellte und schmückte. Zudem musste auch der Weihnachtsbraten häuslicherseits sorgfältig vorbereitet werden, was nicht immer ohne Stress abging.

Kommissar Hansen seufzte, denn seine Frau hatte es mehr als gut. Während Else im trauten Heim bei weihnachtlichen Klängen ihre haushälterischen Fertigkeiten entfalten konnte, musste er sich vor dem überfüllten Einkaufszentrum gegen viele andere Autofahrer behaupten, die wie Geier auf der Suche nach freien Parkplätzen waren. Es war wie verhext, denn immer, wenn gerade ein Parkplatz frei wurde, stach wie aus dem Nichts ein anderes Fahrzeug in die Lücke hinein.

Im Rückspiegel bemerkte er jetzt, dass direkt hinter ihm eine Parklücke frei wurde. Schnell wollte er zurücksetzen, aber ein Porsche mit aufheulendem Motor kam ihm zuvor. Ein schmächtiger junger Mann stieg aus und strebte leichtfüßig in modischen Sneakern dem Einkaufszentrum zu, ohne hinter seiner stylischen Designerbrille weiter von seinem Umfeld Notiz zu nehmen.

Wütend trommelte der Kommissar auf das Lenkrad. Am liebsten hätte er sich den jungen Sportsmann sofort zur Brust genommen, aber er musste sich beruhigen: Schließlich stand das Fest der Liebe bevor. Seine Nerven würde er noch für die langen Stunden nach der Bescherung brauchen, die er in einsamer Stille mit seiner Frau verbringen musste.

Plötzlich bemerkte er, dass neben ihm gleichzeitig zwei Parkplätze frei wurden. Nun war es an der Zeit, die Taktik zu ändern. Verärgert öffnete Hansen das Seitenfenster und platzierte sein mobiles Blaulicht an die vertraute Stelle auf dem Dach seines Dienstfahrzeugs. Zufrieden registrierte er, dass die anderen Parkplatzsuchenden verunsichert stoppten. Ohne Hast und Eile konnte der Kommissar nun sein Dienstfahrzeug genau in der Mitte der beiden freien Parkplätze auf dem weißen Streifen abstellen. Damit hatte er endlich auch den Platz gewonnen, um später den Wagen von beiden Seiten bequem beladen zu können. Allerdings quengelte ein missgelaunter Autofahrer von der Seite.

»Reicht Ihnen denn nicht ein Parkplatz? Sie sehen doch, wie sehr wir uns bei der Parkplatzsuche quälen.«

Kommissar Hansen wusste nur zu genau, wie man mit solchen Querulanten umzugehen hatte. Beim Aussteigen schnappte er sich kurzerhand Kelle und Handschellen, um ihm beides drohend entgegenzuhalten.

»Geben Sie bitte sofort Raum für polizeiliche Ermittlungen. Entweder Sie fahren sofort weiter oder meine Kollegen buchten Sie über Nacht ein. Getrunken werden Sie vermutlich auch haben.«

Der Autofahrer jagte mit seinem Fahrzeug fluchend von dannen. Zufrieden verstaute Kommissar Hansen die dienstlichen Utensilien in seinem Fahrzeug und machte sich auf den Weg in den Einkaufstempel.

Zunächst war es für Hansen ein angenehmes Gefühl, in den großzügig überdachten Hallen des Shoppingcenters der feuchten Witterung entronnen zu sein. Unangenehm dagegen war, dass er sich durch Horden von Einkaufswütigen kämpfen musste: hustende Mütter, brüllende Väter und quengelnde Kinder. Der Kommissar bemühte sich, möglichst flach zu atmen, um nicht schon wieder Keime oder Viren mit nach Hause zu schleppen.

Glücklicherweise konnte er sich schnell mit einem Einkaufswagen bewaffnen, um besser gegen das Drängeln der Massen gewappnet zu sein. Mal setzte er sich gegen einen Kinderwagen durch, konnte auch einen geifernden Hund gegen eine Glasfront abdrängen, und immer wieder erwischte er den einen Knöchel oder die andere Hacke eines der Einkaufssüchtigen. Natürlich entschuldigte er sich stets höflich, und so gelangte er schließlich unbehelligt in die Lebensmittelabteilung, um ein Sixpack Weihnachtsbier zum Sonderpreis abzugreifen. Ansonsten würde sich vermutlich der gesamte restliche Einkauf kaum lohnen.

Dann ging es schnell weiter in die Elektrogeräteabteilung. Er wollte unbedingt Staubsaugerbeutel besorgen, damit am ersten Weihnachtstag dem gründlichen Hausputz seiner besseren Hälfte nichts im Wege stand. Wie jedes Mal war das Finden der richtigen Ersatzbeutel ein schwieriges Unterfangen, weil Hansen Marke und Typ nicht kannte. Er hatte es zwar irgendwann einmal notiert, aber der Zettel hatte sich nie wieder angefunden.

Schnell entdeckte der Kommissar eine Verkäuferin, die allerdings von einer Traube kaufsüchtiger Menschen bedrängt wurde. Skeptisch blickte Hansen auf seine Uhr. Zehn Minuten noch bis zum Ladenschluss. Auf konventionelle Art würde es mit dem Kauf der Staubsaugerbeutel nichts mehr werden. Er würde zu härteren Bandagen greifen müssen, und so zückte er kurzerhand seinen Dienstausweis.

»Bitte lassen Sie mich durch, Kripo Kiel. Es gibt ein ernsthaftes Problem. Bitte entfernen Sie sich unauffällig. Und schnell, bitte.«

Ungnädig wichen die Kaufwilligen zurück. Nur eine flehende männliche Stimme versuchte einen zaghaften Einspruch. »Aber ich kann doch nicht ohne Geschenk für meine Frau nach Hause kommen.«

Hansen ging auf das Katzengejammer nur kurz ein, um auch die anderen Kunden endgültig zu verscheuchen. »Junger Mann, man geht zu Weihnachten nicht mal eben so in letzter Minute kurz vor Toresschluss für die Geliebte einkaufen. Schämen Sie sich. Im Übrigen gibt es romantischere Geschenke als Elektrogeräte.«

Dabei hielt er ihm seinen Dienstausweis dicht vor die Nase, um ihn wie einen Dämon abzuwehren. Das klappte. Schließlich waren die Verkäuferin und er allein, die verunsichert nachfragte: »Sie ermitteln bei uns?«

Hansen nickte knapp. »Ja, und es handelt sich für die Kieler Kripo um einen ausgesprochen wichtigen Fall. Wir suchen einen bestimmten Staubsaugerbeutel, vermutlich können nur Sie uns helfen.«

Die Verkäuferin sah ihn entgeistert an. »Sie ermitteln wegen eines Staubsaugerbeutels?«

Der Kommissar erkannte, dass er nachlegen musste. »Ja. Ein fieser Mord. Es traf eine unschuldige Frau wie Sie, die im Dunkeln auf dem Rückweg von der Arbeit nach Hause erdrosselt wurde.«

Die Verkäuferin nickte jetzt beflissen. »Um welches Staubsaugermodell handelt es sich denn?«

Hansen versuchte, sich zu erinnern, obwohl er den Staubsauger seiner Frau noch nie in der Hand hatte. »Schwarzsilbern, etwa 40 cm lang, automatische Kabelaufwicklung. Und gelbe Füllanzeige. Sieht ein wenig wie ein Ufo aus.«

Die Verkäuferin überlegte kurz. »1800 Watt?«

Der Kommissar zuckte mit den Schultern. »Wahrscheinlich.«

Die Antwort der Verkäuferin kam wie aus der Pistole geschossen. »Dann handelt es sich mit hoher Wahrscheinlichkeit um einen Rowenta Compacteo RO 1755.«

Kommissar Hansen war vermutlich am Ziel. Aber auch wenn es die falsche Wahl war, so konnte er wenigstens die Packung als Geschenk für seine Else unter den Weihnachtsbaum legen, auch wenn ihm jetzt schon vor dem Umtausch nach dem Fest graute. Aber es gab keine Alternative, er musste nun schnell zugreifen. »Genau, für den benötigen wir Ersatzbeutel wegen unserer Ermittlungen.«

Die Verkäuferin drehte sich um und ergriff eine Beutelpackung, die sie allerdings nur zögerlich überreichte. »Sagen Sie, waren Sie nicht letztes Jahr wegen dieser Staubsaugerbeutel auch schon hier?«

Der Kommissar wehrte brüsk ab. »Nein, werte Dame. Denken Sie, wir haben bei der Kieler Kripo nichts anderes zu tun?«

Schnell ließ Hansen die verunsicherte Verkäuferin zurück und machte sich auf den Weg zu den Kassen, vor denen sich wegen des nahenden Feierabends allerdings lange Schlangen gebildet hatten. Kurzerhand steuerte er die Information an und schob die Einkäufe und seinen Dienstausweis über den Tresen. »Kripo Kiel, Kommissar Hansen. Wir sind in wichtigen Ermittlungen, Sie verstehen? Ich habe keine Zeit für lange Erklärungen. Bitte notieren Sie die Artikel. Ich lasse sie Ihnen vielleicht nächste Woche zurückbringen.«

Die Dame hinter dem Infotresen sah ihn ungläubig an. »Das Weihnachtsbier nach dem Fest zurückbringen? Da muss ich erst oben nachfragen.«

Hansen setzte eine unschuldige Miene auf. Die Dame

griff kopfschüttelnd zum Telefon, aber schon wenig später zeigte sie sich von ihrer freundlichen Seite. »Beste Grüße von unserer Geschäftsleitung an die Kieler Polizeidirektion. Sie können die Sachen so mitnehmen. Eine milde Gabe von unserem Haus. Ich soll ausrichten, dass wir froh sind, dass Sie selbst an Heiligabend bei uns für Ordnung sorgen.«

Dann tauchte die Dame kurz ab und hielt ihm ein kleines Päckchen mit einer kunstvoll gebundenen Schleife entgegen. »Hier haben Sie noch ein Parfum für Ihre Frau zum Weihnachtsfest.«

Beschwörend hob der Kommissar die Hände. »Das geht so nicht. Die Kieler Polizeidirektion ist nicht bestechlich.«

Ungläubig sah ihn die Dame an. »Wieso bestechlich? Es ist schließlich Weihnachten. Das Fest der Liebe.«

Das klang natürlich überzeugend, und so nahm Hansen die Gaben an. Er nickte kurz zum Dank, steckte seinen Dienstausweis wieder ein und begab sich wie ein Hamster beglückt mit seiner Beute zum Auto. Endlich einmal hatte er auch genug Platz um sich herum, um unbedrängt das Sixpack und den Karton mit den Staubsaugerbeuteln auf dem Rücksitz seines Dienstfahrzeugs abzulegen. Das Parfüm behielt er allerdings in der Hand und beäugte es misstrauisch. Seine Liebste bekam immerhin schon die Staubsaugerbeutel geschenkt, und so verstaute er das Duftwasser kurzerhand im Handschuhfach. Vielleicht konnte er es nach dem Fest gegen etwas Nützlicheres eintauschen.

Den Einkaufswagen ließ er einfach stehen, denn in den Schlitz hatte er lediglich eine von diesen Plastikmarken gesteckt, von denen er noch genug zu Hause liegen hatte. Seine Stimmung wurde langsam besser, das Allerwichtigste war erledigt. Beschwingt klemmte er sich hinter das Lenkrad, aber das Radio mit dem Weihnachtsgedudel ließ er ausgeschaltet. Schließlich musste er noch den Heiligabend mit seiner Frau überstehen.

Seine bessere Hälfte überraschte ihn allerdings unerwartet bei der Rückkehr vor der Tür, als er gerade seine Schätze vom Rücksitz einsammelte. Nun, verstecken machte keinen Sinn mehr, und so präsentierte er ihr stolz sein Geschenk.

Seine Else schlug die Hände über dem Kopf zusammen, aber nicht vor Glück. »Mein Gott, Konrad. Du hast schon wieder die falschen Ersatzbeutel für den Staubsauger gekauft. Genau wie im letzten Jahr. Aber wo hast du mein Olivenöl für unseren Braten gelassen?«

Olivenöl. Das hatte er in der Hektik vergessen. Seine Frau konnte allerdings kaum ahnen, welche Mühen und Qualen er jedes Jahr für die Weihnachtseinkäufe auf sich nahm. Eine kleine Ausrede würde sie sicher nicht verletzen.

»Olivenöl war leider ausverkauft. Zurzeit soll sogar in Norwegen die Butter knapp sein. Tut mir leid. Wie kann ich dir sonst noch helfen?«

Seine Frau lächelte mild. »Am besten hilfst du mir, indem du dich vor den Fernseher setzt und mich in Ruhe alles fertig machen lässt. Darf ich dir die Puschen bringen?«

Kommissar Hansen ergab sich seinem Schicksal. »Ja, und vielleicht auch schon einmal eines von den Weihnachtsbierchen, die ich für uns mitgebracht habe. Du weißt, ich mag das Bier nicht so kalt.«

Wenig später befreite er sich im Fernsehsessel von den drückenden Schuhen. Erleichtert seufzte er auf, als ihm wie von Zauberhand seine geliebten braunen Puschen übergestreift wurden. Dann senkte sich bereits ein frisch eingeschenktes, schäumendes Bier vor ihm. Es war eigentlich nicht unangenehm, verheiratet zu sein, befand Hansen. Auch nach den vielen Jahren. Es stimmte. Weihnachten war das Fest der Liebe. Erschöpft nahm er einen kleinen Schluck Bier, und wenig später dämmerte er selig davon. Schließlich lag ein überaus harter Tag hinter ihm.

Er musste tief eingeschlafen sein, denn erst spät bemerkte er, dass seine Frau schon länger versucht haben musste, ihn aus dem Schlaf zu holen. »Guten Morgen, Konrad. Heute ist Heiligabend. Wache bitte auf, es ist gleich Mittag. Du musst einkaufen fahren, mir fehlt noch Olivenöl. Das ist wichtig, ansonsten bekomme ich unseren Braten heute Abend nicht richtig hin.«

Kommissar Hansen war verwirrt, er lag im Bett. Er bekam seine Gedanken nicht mehr zusammen. Lag es an der Grippe, die ihn letzte Woche erwischt hatte?

Aber seine Else ließ nicht locker. »Konrad, nun komm schon endlich hoch.«

Hansen äugte argwöhnisch zum Wecker. Tatsächlich, es war halb 12 am Morgen des Heiligabends. Er musste den Besuch im Einkaufstempel geträumt haben. Verwirrt schaute er Else an. Die setzte sich jedoch zu ihm ans Bett und flüsterte ihm liebevoll ins Ohr:

»Konrad, nun komm schon hoch. Alter Schlingel, ich weiß genau, wie gerne du an Heiligabend zum Einkaufen fährst.«

Mit verschmitztem Blick steckte sie ihm einen kleinen Zettel zu. Überrascht fuhr Hansen hoch. »Was soll ich denn damit?«

»Darauf steht Marke und Typ unseres Staubsaugers, Konrad. Nicht dass du nach dem Fest wieder zum Umtauschen fahren musst.«

TAGESGESCHÄFT

An Heiligabend schob Polizeihauptmeister Frisch in der Überwachungszentrale der Kieler Polizei gern Dienst. Im Gegensatz zu dem hektischen Schichtbetrieb des restlichen Jahres war es ruhig, und die bewegten flackernden bunten Bilder auf den Überwachungsmonitoren wurden allmählich zu Standbildern. Eine dicke Schneedecke hatte sich über die gesamte Stadt gelegt, und die Monitore lieferten friedliche Bilder, die bis vor wenigen Minuten nur durch einzelne unverzagte Jogger gestört wurden. Es war 17 Uhr, und es herrschte Totenstille. Vermutlich wurde überall beschert.

Frisch war kein Intellektueller, aber er hatte sich mit den Jahren zunehmend Gedanken über den Sinn des Weihnachtsfestes gemacht. Stress gab es zu Hause meistens schon wegen der Essenswahl. Es endete früher fast immer damit, dass er mit seinem Sohn zufrieden Würstchen mit Kartoffelsalat vertilgen konnte, während seine Frau und die Schwiegermutter sich einen Karpfen einverleibten.

Inzwischen hatte sein Sohn längst eigene Kinder. Er hatte einen guten Job in der Hotelbranche im Mittelwesten von Amerika ergattert. Wegen der Zeitverschiebung telefonierten sie immer erst am Abend des ersten Weihnachtstages, wenn sein Sohn auf der anderen Seite des großen Teiches den Puter in die Röhre geschoben hatte.

Deswegen schob Frisch regelmäßig Dienst an Heiligabend, um dem Karpfen blau mitsamt Schwiegermutter zu entgehen und am ersten Weihnachtstag für das Telefonat ausreichend Zeit zu haben. Zum Ausgleich gönnten seine Frau und er sich seit einigen Jahren über Neujahr eine Woche Winterurlaub in Bayern. Nicht dass er Ski fahren konnte oder wollte, aber so war er fein heraus aus dieser ganzen Gefühlsduselei. Er war nun einmal ein Mann der Fakten.

Ihn irritierte der Klingelton, der unerwartet die Stille in der Heiligen Nacht abwürgte. Es war Jockel Giessen, sein Kollege vom Gaardener Polizeirevier. Sie waren zusammen auf der Polizeischule in Eutin ausgebildet worden, was ein halbes Jahr im gleichen Zimmer bedeutet hatte. Dieses enge Zusammenleben in einem Raum, das manche Ehe nicht aushielt, hatten sie vorbildlich und ohne Streit hinbekommen. Irgendwie schafften sie es nur über das Jahr nicht, sich zu treffen. Drohte die nächste Katastrophe?

Frisch nahm gespannt das Gespräch an. Aber Jockel klang wie immer, als wenn das Gespräch Alltag wäre. »Moin. Ich vermelde Frohe Weihnachten von der Ostfront. Alles in Ordnung bei euch?«

»In Kiel ist alles in Ordnung, auf meinen Monitoren ist Ruhe eingekehrt. Aber von euch in Gaarden hört man nur noch wilde Sachen. Gestern Abend schon wieder ein Mord?«

Jockel behielt die Ruhe. »Ja, aber so wild war das nun auch wieder nicht. Wenn sich Schurken gegenseitig abmurksen, dann haben wir weniger Arbeit. Es war eher ein Betriebsunfall, wenngleich ein tödlicher. Kommissar Hansen hat diesen Herder als Lockvogel benutzt, um an unseren ehemaligen Revierleiter heranzukommen. Letztendlich hat es geklappt, und auf Einzelschicksale kann man nicht immer Rücksicht nehmen.«

Frisch verstand das nicht. »Mensch, Jockel, ihr drüben in Gaarden seid aber hart drauf. War der Mord denn nicht zu verhindern?«

»Nee, dass zufällig ein Chaot mit einem Messer auf einen anderen trifft und eine alte Rechnung begleicht, das konnte keiner ahnen. Die heranstürmenden Kollegen vom Spezialeinsatzkommando waren zwar dicht dran, aber sie konnten den Täter erst nach dem Mord überwältigen.«

»Ärgerlich«, befand Frisch.

Sein Kollege stimmte zu. »Ja, damit konnte niemand rechnen. Auch mit den Gebaren von Linke nicht. Seine krummen Geschäfte hatte er sogar während der Dienstzeit gemacht. Ansonsten war er ein feiner Kerl, er hat eine Menge für uns geleistet.«

Das machte Frisch stutzig. »Was soll das denn heißen, Jockel, er hat eine Menge für euch geleistet? Er war ein Krimineller, oder nicht?«

»Klar. Aber auf der anderen Seite war er kollegial und hatte gute Kontakte bis tief in die Polizeidirektion hinein. So haben wir Notebooks statt Schreibmaschinen, unsere Möbel sind aus Edelholz und die Schusswesten von bester Qualität. Wir hausen zwar in einer unruhigen Ecke von Kiel, aber unsere Ausstattung ist tipptopp. Du hättest einmal sehen sollen, was gerade noch in den letzten Wochen herbeigeschafft wurde. Da haben sich die Fahrer der Möbelwagen die Klinke in die Hand gegeben. Das ist aber aufgeflogen.«

Frisch wurde neugierig. »Wieso?«

»Aufgeflogen ist das Ganze, weil unser Pförtner Kommissar Hansen auf die Anschaffungen hingewiesen hat. Der hat dann die Revision informiert, und schnell kam heraus, dass ein Mitarbeiter in der Polizeidirektion heftig dazu beigetragen hatte, den Haushalt zugunsten des Reviers umzubiegen. Es lebe die Kameralistik.«

»Den Namen, Jockel. Sag mir den Namen«, bat Frisch ungeduldig. Lebhaft konnte er sich vorstellen, wie sein Gaardener Kollege grinsend am Hörer saß.

»Nicht so ungeduldig, Kamerad. Erst dachte ich, das war ein hohes Tier, weil er sich manchmal von der Fahrbereitschaft des Landes vorfahren ließ. Schnell kam aber heraus, dass es lediglich der Büroleiter Zeise war. Der behauptet zwar felsenfest, dass alles nur auf Anweisung von Polizeidirektor Magnussen geschehen ist, was der aber kategorisch abstreitet. Da scheinen noch einige alte Rechnungen offen zu sein.«

Zeise? Das war nicht zu glauben. Der war manchmal ein wenig eigenbrötlerisch, aber immer korrekt. Manchmal überkorrekt. Deswegen hatte er nicht nur Freunde.

Jockel machte sich wieder am Telefon bemerkbar. »Sag mal, bist du noch dran, oder ist dir wegen Zeise die Kinnlade heruntergerutscht?«

»Ach, Jockel. Schön, deine muntere Stimme jedes Jahr zu hören, aber hier brüllt die Arbeit nach mir.

Schließlich erledigen wir zurzeit den Job für euch in Gaarden.«

Jockel lachte kurz. »Sag mal, habt ihr eigentlich herausbekommen, wer den Kommunisten umgebracht hat? Wir sind im Revier von allen Informationssträngen abgeschnitten.«

Klar wusste Frisch das, und ein Geheimnis war es auch nicht. »Das war dieser Mozart. Vor Maik Herder hatte er versucht, Holger Schrock anzuheuern. Der konnte und wollte nicht und hat sich bei Jöllen ausgeweint. Der wiederum hat alles akribisch auf seinem Computer festgehalten. Davon hatte Mozart Wind bekommen und Jöllen umgelegt. Dann hat er sich dessen Schlüssel geschnappt und das Gerät aus der Wohnung geklaut. Er selbst und seine Komplizen waren aber zu blöd, den Computer zum Laufen zu bekommen. Er ist offensichtlich davon ausgegangen, dass andere ihn auch nicht knacken können. Da er selbst nicht in Erscheinung treten wollte, aber geldgierig war, hatte er Peking gebeten, das Teil zu diesem An- und Verkauf am Vinetaplatz zu bringen. So kam Hansen auf Peking.«

»Mein Gott, wie kann man nur so blöd sein!«, entfuhr es Jockel Giessen.

Frisch hielt dagegen: »Blöd hin oder her, Jockel. Ich glaube, es ist die Gier, die die Menschen vom schmalen Pfad der Tugend abbringt. Wer von den Beteiligten hat am Ende etwas davon gehabt? Nur ihr!«

Die Antwort von Polizeihauptmeister Frisch schien seinen Gaardener Kollegen zu verwirren. »Wieso ausgerechnet wir?«

Frisch klärte ihn schmunzelnd auf. »Immerhin habt ihr eure Ausstattung auf den modernsten Stand bringen können, das hast du vorhin selbst gesagt. Ihr seid nun unser Vorzeigerevier.«

»Vorzeigerevier? Na, ich weiß nicht. Da muss sich noch eine Menge ändern. Zunächst bin ich gespannt, wer neuer Revierleiter wird und wie er die Sache anpackt. Immerhin, schlimmer als jetzt kann es nicht mehr kommen.«

Frisch entschied, das besser nicht zu kommentieren.

Jockels Stimme klang wieder zuversichtlicher. »Wird schon werden, altes Haus. Bis nächstes Jahr. Frohes Fest.«

Polizeihauptmeister Frisch grüßte zurück. Nachdenklich blieb er nach dem Gespräch sitzen.

Das Signal des Eingangs einer Mail erweckte seine Aufmerksamkeit. Es war eine kurze Vorabmeldung, dass nach ersten Berichten das Dienstfahrzeug des steckbrieflich gesuchten Vorstands der Gaardener Volksbank, Bernd Niemann, mit hohem Tempo in eine Autobahntankstelle in den Hüttener Bergen gerast war. Die Wucht der Explosion hatte die Überdachung einstürzen lassen, und die Rettungsmannschaften waren gerade dabei, nach den Opfern zu suchen.

Frisch zögerte. Sollte er mit dieser Nachricht den Kommissar zu Hause am Gabentisch stören? Nein, auch wenn Hansen ihn noch vor einer halben Stunde ausdrücklich darum gebeten hatte, ihn sofort in Kenntnis zu setzen, wenn sich irgendetwas ereignen würde.

Aber Niemann war vermutlich tot, und das würde er nach dem Weihnachtsfest auch noch sein. Der Fall war abgeschlossen. Frisch leitete die Mail an den Dienstcomputer von Hansen weiter.

Plötzlich zerriss ein neuer Anruf die Stille. Eine wüste Schlägerei nach der Bescherung in Kiel-Mettenhof.

Endlich, das normale Tagesgeschäft lief in der Überwachungszentrale wieder an.

BESCHERUNG

In Kiel war es manchmal am Heiligen Abend wärmer als an kalten Sommertagen, wenn sich die aus dem Westen heranziehenden Tiefdruckgebiete wie an einer Perlenkette aneinanderreihten. In den letzten Tagen hatte sich allerdings eine relativ stabile Ostwindlage eingestellt, die eisige Kälte und Schnee über die Stadt gebracht hatte.

Deswegen war Stuhr heute Morgen extra noch einmal losmarschiert und hatte sich einen großen Tannenbaum gekauft. Vorher hatte er 1.000 Euro bei der Bank abgehoben. Einfach so. Es war ein schönes Gefühl, wieder Geld in der Tasche zu haben.

Tagsüber hatte er den Baum geschmückt, so gut er es konnte. Er fühlte sich sauwohl in seinen eigenen vier Wänden, und immer wieder genoss er den prächtigen Blick aus dem Fenster. Der mächtige Campanile des Kielers Rathauses bildete mit den umliegenden verschneiten Gebäuden eine prachtvolle Kulisse vor dem gefrorenen Kleinen Kiel, einem See, dessen Wassermassen früher einmal den gesamten Altstadtkern umschlungen hatten. Hinter dem Bootshafen lag eine der großen Fähren, die mit Lichterketten festlich geschmückt waren. Regelmäßig zogen Schlepper und Kähne an ihr vorbei.

Den ganzen Tag über hatte er immer wieder zum

Handy geschielt, aber auf dem Display tat sich nichts. Keinerlei Lebenszeichen von Jenny. Warum?

Als es langsam zu dämmern begann, schnürte Stuhr seine Joggingschuhe. Er hatte sich eine große Runde vorgenommen, auch wenn er durch das Gesumpfe in Gaarden schlecht trainiert war. Er würde ein oder zwei Gehpausen einlegen müssen.

Dann brach er auf. Ganz langsam, gleichmäßiges Tempo, vorsichtig atmend. Er lief die Feldstraße bis in die Wik hinunter, weil man dort auch bei schlechten Bodenverhältnissen gefahrlos laufen konnte. Er vermied es, in die hell erleuchteten Fenster der Häuser aus der Gründerzeit zu schauen, in denen vermutlich Bescherung stattfand. Bisweilen stoppte eine rote Ampel seinen Lauf, aber das kam ihm wegen seiner schlechten Kondition durchaus entgegen.

Auf dem Rückweg an der Kiellinie lief er auf der Kaimauer. Bisweilen streifte ihn schäumende Gischt, die von den Spundwänden der Promenade hochgewirbelt wurde. Die mit Weihnachtsbäumen und Lichterketten geschmückten Kriegsschiffe an der Tirpitzmole waren durch das stetig zunehmende Schneetreiben nur schemenhaft zu erkennen. Die schneebedeckten Pflasterplatten dämpften seinen Lauf angenehm, aber bis zu den Gebäuden der Landesregierung hatte er ordentlich mit dem steifen Wind zu kämpfen.

Immer wieder zog er seine Mütze tief herunter. Als er die Staatskanzlei passierte, blickte er skeptisch zur Gebäudefront hoch. Aber keines der Fenster war erleuchtet. Dreesen schien einen wohnlicheren Ort zum Feiern gefunden zu haben.

Zum Ende der Uferpromenade hin ließ der Schneefall etwas nach, und wie aus dem Nichts tauchten die beiden Portalkräne der Werft auf, die an beiden Enden mit Tannenbäumen bestückt waren. Dahinter schlummerte Gaarden.

Nein, in diese Richtung wollte er nicht weiterlaufen. Am liebsten würde er die gesamte letzte Woche aus seinem Gedächtnis streichen. Stuhr war heilfroh, dass der Spuk endlich vorüber war. Deswegen bog er am Seegarten ab und lief durch die Innenstadt. Die verkehrsberuhigte Dänische Straße war menschenleer, und wegen der geschlossenen Schneedecke war es angenehm hell. Hechelnd genoss er die Stille, bis am Alten Markt plötzlich das Läuten der Nikolaikirche einsetzte. Schlagartig strömten die Familien von der Christmette heraus.

Stuhr fluchte, denn genau das wollte er sich am Heiligen Abend ersparen. Er beeilte sich, seine Wohnung zu erreichen, und hastete die Treppen hoch. Sorgfältig verschloss er die Tür hinter sich.

Als er sich ein wenig erholt hatte, war er zufrieden, diese lange Runde durchgehalten und so die übelste Zeit an diesem besonderen Tag überbrückt zu haben. Er war ordentlich am Schwitzen, deswegen schaltete er zunächst in aller Seelenruhe seine Tischlampen und den Weihnachtsbaum an, bevor er unter die Dusche sprang. Nachher würde er eine gute Flasche Wein aufmachen und bei Kerzenschein das letzte Jahr Revue passieren lassen.

Er war beim Abtrocknen, als es an der Tür klingelte. Wer hatte Sehnsucht nach ihm? Katja? Oder gar Jenny? Er ging zur Gegensprechanlage und nahm den Hörer ab.

»Mach schon auf, Stuhr, ich habe etwas für dich!«, brummelte sein ehemaliger Oberamtsrat Dreesen. Stuhr fluchte. Ausgerechnet den konnte er heute überhaupt nicht gebrauchen. Aber draußen stehen lassen konnte er ihn auch schlecht, dazu hatte der ihm schon zu oft geholfen. Stuhr drückte den Summer und zog sich schnell an. Als er wenig später die Tür öffnete, stand Dreesen lässig vor ihm, eine Kiste Bier geschultert.

»Ho, ho, ho! Frohe Weihnachten. 24 Flaschen zum 24. Dezember, das passt irgendwie zusammen, oder?«

Eine schöne Bescherung! Stuhr gab sich Mühe, freundlich zu bleiben.

»Dir auch frohe Weihnachten, Dreesen. Komm rein!« Stuhr hatte anderes im Sinn, als eine Bierorgie zu feiern. Davon hatte er letzte Woche genug gehabt.

Aber diese Sorge musste er nicht haben, denn Dreesen blickte nur kurz verständnislos auf den geschmückten Weihnachtsbaum, bevor er es sich in der Küche gemütlich machte. Den Kasten platzierte er kurzerhand zu seinen Füßen und angelte sich sogleich die erste Flasche. Offensichtlich hatte er das Bier hauptsächlich für den Eigenverzehr mitgebracht, was Stuhr nicht ungelegen kam. Dreesen öffnete die Flasche, nahm genussvoll einen Schluck und zeigte sich zufrieden. Ein Gespräch begann er nicht.

Also bohrte Stuhr nach. »Was treibt dich arme Seele denn zu mir?«

»Ach, in der Staatskanzlei war es mir zu eintönig, und ich habe schließlich diesen Wagen von der Fahrbereitschaft. Da dachte ich: Vollbringe ein gutes Werk und bringe dem Stuhr einen Kasten Bier vorbei. Ich habe Freitag schon bemerkt, wie klamm du warst.«

»Danke. Nett von dir. Ja, mir ging es nicht gut, aber das war nur vorübergehend.«

»So. Vorübergehend.« Dreesen ließ sich nicht weiter aus, sondern begann in schöner Regelmäßigkeit, alle Viertelstunde die leere Bierflasche gegen eine volle auszutauschen.

Kurz entschlossen ging Stuhr ins Schlafzimmer und kehrte mit fünf Hundertern zurück, die er vor Dreesen auf den Küchentisch blätterte. »Steck ein, Dreesen. Wenn du mehr davon brauchst, kannst du gern wiederkommen. Ich habe genug von dem Zeug.«

Dreesen sah das Geld ungläubig an. »Aber du bist selbst klamm, oder?«

Stuhr überlegte, ob er ihm von der letzten Woche erzählen sollte. Nein, diese Wiederbegegnung mit Gaarden, die würde er für sich behalten.

»Ich war zum Glück nur vorübergehend klamm. Lange Geschichte. Ein andermal.«

Aber Dreesen wehrte sich. »Ernsthaft, Stuhr, das kann ich nicht annehmen. Wie soll ich es jemals zurückzahlen?«

Stuhr winkte ab. »Das ist geschenkt, Dreesen. Keine Widerrede. Wenn du das nicht auf der Stelle einsteckst, kündige ich unsere Freundschaft auf.«

Es fiel seinem ehemaligen Oberamtsrat sichtlich

schwer, das Geld anzunehmen. Stuhr bemühte sich, die richtigen Worte zu finden.

»Dreesen, wenn du von mir kein Geld annehmen kannst, von wem denn sonst? Du musst aus deinem Tief kommen. Wenn ich dir einen Rat geben darf, dann rate ich dir, deine Angelegenheiten zu ordnen, sonst gehst du vor die Hunde. Ich kann dir dabei helfen.«

Dreesen sah ihn dankbar an. »Man merkt, dass du auch schon einmal tief im Schlamassel gesteckt hast. Früher in Gaarden, meine ich. Du glaubst nicht, welche Angst ich habe, wieder dort zu landen.«

Wenn Dreesen nur wüsste, wie gut er ihn verstand. Aber Stuhr verriet nichts. Es war an der Zeit, die beklemmende Situation aufzulösen. Er langte ebenfalls nach einer Flasche Bier und prostete dem zerknirschten Oberamtsrat zu. »Frohe Weihnachten, Dreesen.«

Das Bier schmeckte gut, auch wenn es nicht ganz auf Temperatur war. Er genoss es, aber er trank nur in kleinen Zügen. Er würde Maß halten.

Dreesen dagegen bekam mit der Zeit glasige Augen. Stuhr holte Bettzeug und baute vorsichtshalber ein Nachtlager auf seiner Couch. Als er sich wieder Dreesen zuwandte, bemerkte er, dass dieser inzwischen bierselig auf dem Küchenstuhl entschlummert war. Stuhr zog seinem ehemaligen Kollegen die Schuhe aus und schleppte ihn zu seinem Nachtlager. Dort deckte er ihn zu und lüftete den Raum. Stuhr löschte die Lichter und schlich in den Flur. Er wählte eine dicke wattierte Winterjacke. Er musste einfach noch einmal raus.

Als er an den Gaststätten am Alten Markt vorbeischlitterte, hatte er ein gutes Gefühl, denn er war wieder zu Hause angekommen. Drinnen feierten die Menschen, aber nichts zog Stuhr dorthin. Er musste an Katja denken. Wie es ihr wohl gestern und heute ergangen war? Lag sie vielleicht längst in den Armen eines anderen? Nein, er durfte sich nicht verrückt machen. Eine Katja ohne Gaarden, die gab es leider nicht. Am Bootshafen wunderte sich Stuhr über das neuerliche Auftauchen der beiden Gaardener Portalkräne. Was zog ihn nur immer wieder dorthin?

Er musste endgültig einen Schlussstrich ziehen. Was er sich beim Joggen am Nachmittag nicht getraut hatte, das würde er nun vollenden. Er würde an der Hörnbrücke ein letztes Mal von Katja Abschied nehmen.

Die von vielen Leuchtstoffröhren illuminierte Brücke war gerade hochgezogen, weil ein Schlepper in die Hörn fahren musste. Es war ihm egal, er würde sowieso nie wieder hinübergehen. Als sich die Brückenteile langsam wieder senkten, konnte Stuhr die vielen erleuchteten Fenster der Wohnblöcke am Gaardener Hang erspähen. Eines davon musste das von Katja sein. Was würde sich dahinter abspielen? Oder spülte sie schon wieder Gläser im »Goldenen Anker«?

Die Hörnbrücke senkte sich wieder, und die wenigen Passanten erreichten bald die Ufer auf beiden Seiten. Keine Katja, keine Strandtasche in der Hand. Nur gähnende Leere.

Mit einer Träne im Auge kehrte Stuhr der Hörnbrücke den Rücken zu. Schnurstracks marschierte er an den beiden Pavillons am Brückenkopf vorbei, in denen ebenfalls heftig gefeiert wurde, und ging zum Bahnhofsvorplatz, um sich ein Taxi nach Hause zu nehmen.

Dort stand nur noch eine einzige Person in einem weißen Daunenmantel. Es war vermutlich eine Frau, die auf das nächste Taxi wartete. Wie er. An Heiligabend war es schwierig, eins zu ergattern. Vielleicht könnten sie sich das Fahrzeug teilen. Er würde sie ansprechen. Aus einem unerfindlichen Grund bewegte sie jetzt ihren Kopf in seine Richtung. Dann begann sie vorsichtig, auf ihn zuzugehen. Ihren Koffer ließ sie stehen.

Auf einmal begann sein Herz heftig zu pochen, und er lief auf sie zu, so schnell es die rutschigen Pflastersteine zuließen. Schüchtern hob sie ihre Hand. Es war Jenny.

Schnell war er bei ihr und umarmte sie. Ihm schossen Tränen in die Augen und sie schluchzte laut auf. Er suchte ihren Mund. Er war eiskalt, sie musste schon längere Zeit in der Kälte ausgeharrt haben. Sie küsste ihn leidenschaftlich und er schmiegte sich an ihren bebenden Körper. Die Zeit schien stillzustehen, und um die beiden Küssenden herum tanzten Schneeflocken wie kleine Engel.

Ein angetrunkener Passant, der die Bahnhofstreppe heruntergestolpert kam, machte sich lustig über sie. »Warum müsst ihr es denn ausgerechnet hier treiben? Habt ihr kein Zuhause?«

Sie mussten glucksen. Genauso war es, sie hatten kein gemeinsames Zuhause. Aber das war vor mehr als 2000 Jahren schon ganz anderen passiert. Stuhr blickte

Jenny tief in die Augen. »Ich habe dich vermisst, mein Schatz.«

Sie hielt seinem Blick stand. »Ich dich auch, Helge. Wenn du nur wüsstest, was ich die letzte Woche durchgemacht habe. Ich bin mit diesem neuen Smartphone überhaupt nicht klargekommen, und dann waren wir tagelang eingeschneit. Immer wieder habe ich vom Hotel bei dir zu Hause angerufen. Warum bist du nie ans Telefon gegangen? Ich war verzweifelt. Heute Morgen war die Bahnstrecke endlich wieder frei. Ich habe den erstbesten Zug genommen, um nach dem Rechten zu sehen, und dann steht auf dem Bahnhofsvorplatz nicht mal ein einziges Taxi.«

Stuhr streichelte sie zärtlich. »Ich bin aber hier, mein Schatz. Wird alles gut.«

Jenny schluchzte. »Wenn du nur wüsstest, was ich in der letzten Woche alles durchgemacht habe, Helge.«

Stuhr zog sie dichter zu sich heran. »Frohe Weihnachten, Jenny.«

Jenny hielt ihn umschlungen. »Dir auch ein schönes Weihnachtsfest, Helge. Ich liebe dich.«

Stuhr drückte Jenny noch fester an sich, auch wenn er ein schlechtes Gewissen wegen Katja hatte. Sie sollte recht behalten: Wer einmal aus Gaarden geflüchtet war, der konnte dort nicht mehr glücklich werden.

Aus den Augenwinkeln bemerkte Stuhr, dass sich die dunklen, grauen Schneewolken verflüchtigten, und der hinter den Portalkränen aufsteigende Vollmond lächelte ihn versöhnlich an.

Jenny unterbrach die Stille. »Helge, ich möchte zu dir nach Hause. Mit dir Weihnachten verbringen. Ganz alleine, nur wir beide.«

Das war misslich, denn Dreesen schlief im Wohnzimmer. Er würde sich wegen der letzten Woche vermutlich einige Ausflüchte zurechtlegen müssen. Aber wenn Jenny wollte, dann würde Stuhr alles versuchen, um zukünftig mit ihr zusammenzuleben. Irgendwo zwischen Hamburg und Kiel, auch wenn er befürchtete, dass es diesen Platz vielleicht nicht gab.

Kommissar Hansen ermittelt:

1. Fall: Bädersterben
ISBN 978-3-8392-1094-9

2. Fall: Friesenschnee
ISBN 978-3-8392-1180-9

3. Fall: Küstengold
ISBN 978-3-8392-1309-4

4. Fall: Endstation Öresund
ISBN 978-3-8392-2570-7

5. Fall: Endstation Ostsee
ISBN 978-3-8392-2710-7

WWW.GMEINER-VERLAG.DE
Wir machen's spannend